TONY BUZAN

# SPEED READING

SCHNELLER LESEN

MEHR VERSTEHEN – BESSER BEHALTEN

mvg

Die Deutsche Bibliothek – CIP-Einheitsaufnahme

**Buzan, Tony:**
Speed reading : schneller lesen - mehr verstehen - besser behalten /
Tony Buzan. [Aus dem Engl. Von Gudrun Weithaler]. – 7. Aufl. –
Landsberg am Lech : mvg-verl., 2000
Einheitssacht.: Speed reading <dt.>
ISBN 3-478-71960-7

*Meiner lieben Mutter,*
*die mich mit so viel Liebe und Sorgfalt*
*mit der Schönheit und Kraft der Worte*
*bekannt gemacht hat;*
*der Schönheit und der Kraft*
*des Geistes!*

7. Auflage 2000


Umschlaggestaltung: Vierthaler & Braun, München
Satz: Wolfgang Appun, München
Druck- und Bindearbeiten: Druckerei Himmer GmbH, Augsburg
Printed in Germany 071 960/04002002
ISBN 3-478-71960-7

# Inhalt

# Vorwort des Herausgebers

Es ist ein Privileg, dieses Buch der großen Armee von jungen und alten Menschen zu empfehlen, die erpicht darauf sind, sich mehr Wissen über unsere verrückte und liebenswerte Welt anzueignen – über das Erbe der Vergangenheit, wissenschaftliche und politische Entwicklungen unserer Tage, über die gegenwärtige und die klassische Literatur.

Tony Buzan, dessen Karriere ich auf bescheidene Weise einige Jahre lang zu fördern versucht habe, beschränkt sich hier auf eine einfache und leicht zu befolgende Lernmethode dessen, was ich und meine Zeitgenossen uns mühsam und aus der Erfahrung erarbeiten mußten – wenn wir es überhaupt erarbeiteten. Sie werden auf diese Art schnell das, was ich viele Jahre lang tun mußte, erreichen oder es sogar übertreffen: wenigstens drei Zeitungen pro Tag lesen; etwa 25 wissenschaftliche Zeitschriften, ein halbes Dutzend allgemeine Wochenzeitschriften und zwei oder drei Bücher pro Woche; und ungefähr ein Dutzend allgemeiner Magazine pro Monat – sowie viele Briefe, Berichte, Zeitungsausschnitte, Nachschlagewerke, Handbücher, Kataloge usw.

Ich wünschte mir, ich hätte vor Jahren den Nutzen der Methode genießen können, die Tony Buzan hier so klar erklärt. Es hätte mir viel verlorene Mühe erspart, viele vergebliche Schritte; und ich schäme mich gar nicht zuzugeben, daß ich auch heute noch immer wieder von ihm lerne, wie ich mich verbessern kann. Sie haben wahrscheinlich den Vorteil, viel früher mit dem richtigen Weg zu beginnen. Ich bitte Sie, die Gelegenheit zu ergreifen! Es bedarf einiger Anstrengung, sogar bei Tony Buzans leicht erklärtem Schritt-für-Schritt-System; aber wenn Sie durchhalten, werden Sie feststellen, daß dieses Buch wie das Aufstoßen einer Tür in eine Welt voll von goldenem Sonnenschein der Erkenntnis ist.

Der verstorbene Heinz Norden, ehemaliger Nachrichten-Redakteur, *The Book of Knowledge*, Mitglied des Institute of Linguistics.

# Vorwort des Autors

Als ich 14 Jahre alt war, wurden in meiner Klasse eine Reihe Tests durchgeführt, um unseren Wissenstand zu überprüfen.

Unter ihnen war auch ein Schnellese-Test versteckt. Einige Wochen später erhielten wir unsere Ergebnisse, und ich stellte fest, daß ich eine durchschnittliche Geschwindigkeit von 213 Wörtern pro Minute (WpM) erreicht hatte. Meine erste Reaktion war Begeisterung, denn 213 klang sehr beachtlich. Meine Freude hielt jedoch nicht lange vor, denn unser Lehrer erklärte bald, daß 200 WpM guter Durchschnitt wären und daß der schnellste Schüler der Klasse 314 WpM erreicht hatte – 100 WpM mehr als mein Durchschnittsresultat.

Diese demoralisierende Nachricht sollte mein Leben verändern: Sobald der Unterricht vorbei war, lief ich zum Lehrer und fragte ihn, wie ich meine Geschwindigkeit verbessern könne. Er antwortete, daß es keine Möglichkeit gäbe und daß die Lesegeschwindigkeit genau wie der IQ, die Größe als Erwachsener und die Farbe der Augen grundsätzlich nicht zu ändern wäre.

Das schien nicht ganz richtig zu sein. Ich hatte gerade ein wirksames physisches Trainingsprogramm begonnen und innerhalb weniger Wochen wesentliche Veränderungen in jedem Muskel meines Körpers festgestellt. Wenn das Wissen um die richtigen Übungen es mir ermöglicht hatte, solche körperlichen Veränderungen zu bewirken, warum sollten es mir nicht angemessene visuelle und geistige Übungen möglich machen, meine Lesegeschwindigkeit, mein Verständnis und meine Erinnerung an das Gelesene zu verändern?

Diese Fragen standen am Beginn einer Nachforschung, die mich bald den Rekord von 400 WpM brechen und schließlich bequem mit einer Geschwindigkeit von 1.000 WpM lesen ließ. Durch die Untersuchungen erkannte ich, daß auf allen Ebenen *Lesen für den Geist dasselbe wie ein Aerobic-Training für den Körper ist.*

Durch das Lernen über das Wunder meiner Augen und die außergewöhnliche Kapazität meines Gehirns konnte ich nicht nur meine Geschwindigkeit, mein Verständnis und mein Gedächtnis verbessern, sondern stellte auch fest, daß ich schneller und kreativer denken, bessere Noten erzielen, Prüfungen relativ leicht bestehen, erfolgreicher studieren und Tage, Wochen und sogar Monate meiner Zeit einsparen konnte.

*Speed Reading*, das Buch, das Sie jetzt in Händen halten, ist das Ergebnis von 40 Jahren Erfahrung und Forschung auf diesem Gebiet. Seine Seiten enthalten die wesentlichen Geheimnisse, die ich während dieser Zeit lüften konnte.

Ich hoffe, Sie finden die Reise aufregend und können genausoviel Nutzen aus diesen mentalen Lesetechniken ziehen, wie ich es getan habe.

**Kontaktadressen**

Buzan Centre Austria
Geschäftsführer Peter Capek
Trattnerhof 2
A 1010 Wien

Tel. 0043 / 1 / 533 7015
Fax. 0043 / 1 / 869 7706
http://www.capek.com
E-mail: buzancentre@capek.com

Buzan Centres Ltd.
54 Parkstone Road, Poole
Dorset BH 15 2 PX UK

Tel. 0044 / 1202 / 674 676
Fax: 0044 / 1202 / 674 776
E-mail: 101737.1141@compuserve.com

# Dank

Mein besonderer Dank gilt: Vanda North, meiner freiberuflichen Chefredakteurin, die mit ihren eigenen, schnellen „Adleraugen“ so erfolgreich mithalf, dem Buch seine jetzige Form zu geben; meinen persönlichen Assistenten Lesley Bias, Phyllida Wilson und Sandy Zambaux, deren Arbeit für das Tippen des Manuskriptes und die Mithilfe bei der eigentlichen Produktion des Buches unschätzbar waren; Justin Coen für die originellen Illustrationen und das Korrekturlesen; der gesamten Familie Folley für das wunderbare Umfeld, das sie mir boten, in dem ich das Buch beenden konnte; den Buzan-Zentren und allen Radiant-Thinking-Lehrern für ihre Unterstützung, ihre Nachforschungen und das Lehren dieser Methoden; Caro und Peter Ayre dafür, daß sie mir das Heiligtum von Greenhill Hall zur Verfügung stellten, wo viele meiner frühen Nachforschungen abgeschlossen wurden; Robyn Ponty von Lizard Island, Australien, die mir ebenfalls alle Sorge und Unterstützung während der Zeit der ersten Entwicklung zukommen ließ; Sean Adam für seine Unterstützung und Hingabe an die Sache des besseren Lesens; „meinem Team“ bei der BBC, Chris Weller, Sheila Ableman; dem Brain Trust und allen Mitgliedern der Brain Clubs für ihre Mitarbeit am umfassenden Ziel der mentalen Bildung und ganz besonders am Konzept von *Speed Reading*.

# Kleine „Gebrauchsanweisung“

Millionen von Menschen auf der ganzen Welt haben das Erlernen des mühelosen und fließenden Schnellesens als eine der lohnendsten und bedeutungsvollsten Ereignisse in ihrem Leben erkannt.

Diese Einführung macht Sie mit den Zielen und der Einteilung von *Speed Reading* in fünf Hauptgebiete vertraut.

## Die Ziele dieses Buches

1. Ihre Lesegeschwindigkeit wesentlich zu verbessern
2. Den Inhalt des Gelesenen leichter zu verstehen und anzuwenden
3. Ihr Verständnis für die Funktion Ihrer Augen und Ihres Gehirns zu verbessern, um diese während des Lesens und Studierens und auch in ihrem Privat- und Berufsleben effektiver einsetzen zu können
4. Ihnen zu helfen, sowohl Ihren Wortschatz als auch Ihr Allgemeinwissen zu vergrößern
5. Zeit zu sparen
6. Ihnen Selbstvertrauen zu geben

## Die Hauptgebiete

Um das Lesen und Lernen zu erleichtern, ist *Speed Reading* in fünf Teile eingeteilt:

## Teil I: Testen Sie Ihre Geschwindigkeit

In diesem Teil erfahren Sie, wie Sie eine einfache grafische Darstellung nutzen können, um Ihre eigenen Fortschritte im Schnellesen und Verstehen durch das ganze Buch hindurch zu überprüfen. Dieser Teil schließt auch die Geschichte des Schnellesens mit ein, den neuesten Stand der Technik in der

Theorie des Lesens und eine neue Definition des Lesens. So werden Sie schnell den Weg kennenlernen, um auf allen Ebenen Verbesserungen zu erzielen.

## Teil II: Ihre erstaunlichen Augen

Dieser Teil hilft Ihnen zu verstehen, daß Ihre Augen *wirklich* erstaunlich sind, und zeigt Ihnen, wie Sie sie beherrschen lernen, um sofort Ihre Lesegeschwindigkeit und Ihr Verständnis zu verbessern. Sie lernen die aktuellen Top Ten der Hochgeschwindigkeitsleser kennen und begegnen einigen großen Persönlichkeiten, die in der Geschichte des Schnellesens herausragen.

Sie werden auch mit Techniken vertraut gemacht, die Ihnen helfen, Ihre Augen effektiver über die Seite zu führen, fortgeschrittene Fähigkeiten des Überfliegens und Durchsuchens zu entwickeln und Ihre Umgebung auf eine Art zu gestalten, die Ihren Augen und Ihrem Gehirn hilft, schneller zu lesen. Während des ganzen Teiles machen Sie Übungen und Schnellese-Tests, die es Ihnen ermöglichen, den „Muskel" Ihres Auge-Gehirn-Systems zu stärken und Ihre Lesegeschwindigkeit zu beschleunigen.

## Teil III: Superkonzentration

Sie finden hier die wichtigsten Leseprobleme und wie man sie überwindet. Dazu gehören Konzentrationsschwäche und Veständnisschwierigkeiten, Subvokalisieren und „Lernschwierigkeiten" wie Lesestörung und Leseschwierigkeiten infolge von inadäquatem Aufmerksamkeitsverhalten. Es ist ein Kapitel der „guten Nachrichten", in dem Sie entdecken werden, daß *alle* Schwierigkeiten überwunden werden können.

## Teil IV: Entwickeln Sie fortgeschrittene Speed-Reading-Fähigkeiten

Dieser Teil hilft Ihnen, den wichtigsten Faktor zur Verbesserung Ihres Denkvermögens zu entwickeln – Ihren Wortschatz. Die Kapitel machen Sie mit den Präfixen, Suffixen und Wurzeln vieler Wörter bekannt, den Schlüsseln, die die Türen zu Wortschatzwelten und Wissen öffnen können.

Dieser Teil erklärt auch das Mind Mapping (die neue Dimension des Denkens und Aufzeichnens) und zeigt Ihnen, wie Sie Ihr Wissen über die Absatzstruktur nutzen können, um Ihre Leseeffektivität zu verstärken, und wie Sie jedes Buch, das Sie lesen, aus der „Vogelperspektive" betrachten.

## Teil V: Der Weg zum Meisterleser

Im letzten Teil von *Speed Reading* werden Sie mit fortgeschrittenen Lesetechniken bekannt gemacht einschließlich einer umfassenden Studientechnik, wie Sie die Kontrolle über Zeitungen und Zeitschriften gewinnen und wie Sie mit der Informationsexplosion umgehen, die von Computerbildschirmen und anderen „des Schreibens und Lesens kundigen Maschinen" herrührt. Dieser Teil zeigt Ihnen auch, wie Sie Speed-Reading-Techniken auf Literatur und Dichtkunst anwenden und führt den Begriff der „Wissensdatei" ein – eine Methode, sich in jedem gewünschten Themenbereich auf dem laufenden zu halten.

Dieser Teil endet mit einem Blick auf Ihre zunehmend positive Zukunft und rät Ihnen, wie Sie Ihre Lesegeschwindigkeit, Ihr Verständnis, Ihre Speed-Reading-Techniken und -Gewohnheiten weiterhin ausbauen und verbessern können. Danach finden Sie die in *Speed Reading* immer wieder erwähnten Fortschrittstabellen und das Fortschrittsdiagramm.

Die fünf Teile sind auf den farbigen Master-Mind-Maps der Tafeln I, IV, V, VII, VIII zusammengefaßt. Diese Tafeln finden Sie im Mittelteil des Buches, der Text bezieht sich immer wieder darauf.

# Die Übungen

## Selbsttests

Sieben Kapitel dieses Buches enthalten Artikel und ausgewählte Lesestücke verschiedener Schwierigkeitsstufen, die Ihnen eine ständige Rückmeldung über Ihren Fortschritt geben. Die Selbsttests am Beginn des Buches sind dafür bestimmt, Ihre Lesegeschwindigkeit zu vergrößern, die Selbsttests in der Mitte des Buches werden Ihre Wahrnehmungsfähigkeiten und Ihren Wortschatz entwickeln, und diejenigen am Ende des Buches werden Ihnen die Möglichkeit geben, Ihr ganzes Speed-Reading-Potential zu erreichen.

Einige dieser Leseabschnitte handeln von der Geschichte und Theorie der Hauptgebiete menschlichen Wissens; andere sind Artikel über den aktuellen Stand der Forschung im Bereich Lernen und der Funktionsweise des menschlichen Gehirns. Wenn Sie das Buch beenden, werden Sie deshalb nicht nur Ihre Lesegeschwindigkeit erhöht, Ihre Denkfähigkeit verbessert und Ihre Kritik- und Beurteilungsfähigkeit verstärkt haben; Sie werden auch ein weit größeres Wissen über sich selbst und die Welt um Sie herum besitzen.

## Die Übungen

Sieben Kapitel von *Speed Reading* enthalten spezielle Übungen, die Ihre visuelle Wahrnehmung, Ihr geistiges Bewußtsein, Ihre Kritikfähigkeit und Ihren Wortschatz steigern sollen. Wie Übungen zum Muskelaufbau werden einige Ihnen noch mehr nutzen, wenn Sie sie mehrmals wiederholen.

Sie finden in diesem Buch außerdem zahlreiche Illustrationen und Diagramme, die Ihnen helfen, den Inhalt leichter zu verstehen. Außerdem finden Sie in diesem Buch Geschichten, die Sie ermutigen und motivieren sollen.

# Wie Sie Speed Reading schnell lesen!

Dieses Buch ist ein einwöchiger, zweiwöchiger, dreiwöchiger oder vierwöchiger Kurs, das hängt davon ab, wie schnell Sie Ihre Ziele erreichen wollen!

Lesen Sie die nächsten Absätze, dann stellen Sie Ihren Studienplan auf. Gehen Sie zunächst das Inhaltsverzeichnis genau durch und stecken Sie das Gebiet ab, das Sie behandeln möchten. Dann planen Sie die ungefähre Zeitspanne, die Sie für jeden Teil des Buches aufwenden wollen und hören mit einem allgemeinen Überblick von sowohl Inhalt als auch Studienprogramm vor Ihrem geistigen Auge auf. Dies sollte nur wenige Minuten benötigen.

Danach blättern Sie das ganze Buch schnell durch, machen sich mit den verschiedenen Teilen vertraut und beginnen, sich geistig auf den „Inhalt“ des Buches und Ihre Ziele einzustellen.

Jetzt entscheiden Sie, ob Sie ein Kapitel pro Tag oder zwei oder drei Kapitel erledigen wollen, oder ob Sie ihre Geschwindigkeit variieren wollen. Haben Sie erst einmal Ihre Entscheidung getroffen, *tragen Sie Ihren Studienplan in Ihren Kalender ein, kennzeichnen Sie den Tag, an dem Sie beginnen und den Tag, an dem Sie das Buch beenden werden.* Wenn Sie das berechnen, denken Sie daran, daß jedes Kapitel durchschnittlich zehn Seiten lang ist und die meisten Übungen für Sie leicht durchführbar sind. Sie sind dabei, sich auf eine der aufregendsten Reisen Ihres Lebens zu begeben – blättern Sie um, und machen Sie sich auf den Weg.

# Teil I
# Lesegeschwindigkeit und Verständnis

## 1. Machen Sie eine Bestandsaufnahme!

Es ist notwendig, den richtigen Ausgangspunkt zu finden, von dem aus Sie losgehen, um zu lernen und Ihre Fähigkeiten zu verbessern. Es gibt dabei kein richtig oder falsch, gut oder schlecht; nur eine exakte Einschätzung, wo Sie sich gegenwärtig befinden.

### Einstiegsquiz

Beginnen Sie mit einem Quiz über Lesegewohnheiten und Lesefähigkeiten, um Ihr Denken auf das Lesen und das Hochgeschwindigkeitslesen einzustimmen. Beantworten Sie jede Frage mit Ja oder Nein, und lesen Sie das Ergebnis im Anschluß.

- Sind Lesegeschwindigkeiten von über 1.000 Wörtern pro Minute möglich?
- Meinen Sie, daß alle Menschen mit einer vorgegebenen, natürlichen Lesegeschwindigkeit lesen?
- Glauben Sie, Ihr Motivationsgrad ist ohne Einfluß auf die Kommunikation zwischen Ihren Augen und Ihrem Gehirn und somit auf Ihre Lesegeschwindigkeit?

- Befürchten Sie, beim Speed Reading weniger zu verstehen?
- Fördert das Wort-für-Wort-Lesen das Verständnis?
- Erschließen sich die Bedeutung der Information und der Rhythmus der Sprache bei Romanen und Gedichten nur durch langsameres Lesen?
- Sollten Sie 100 % dessen, was Sie lesen, verstehen und sich an 100 % des Gelesenen erinnern?
- Sollte ein gutes und wichtiges Buch Seite für Seite gelesen werden und nie z.B. der Schluß des Buches zuerst?
- Wie bewegen sich Ihre Augen beim Lesen über die Zeile: in einer gleichmäßig fließenden Bewegung?
- Kann man nur das wirklich verstehen, auf das sich die Augen genau konzentrieren?
- Vermeiden Sie das Überspringen von Wörtern als eine „schlechte Angewohnheit"?
- Macht Sie die Subvokalisierung (die Gewohnheit, jedes Wort beim Lesen mit den Lippen lautlos zu formen) langsamer, und sollte sie daher vermindert oder ausgeschaltet werden?
- Sind Sie durch das Lesen mit dem Finger auf der Seite langsamer und sollten Sie dies durch Üben ausschalten?
- Klären Sie Unverstandenes, bevor Sie weiterlesen, weil Sie glauben, sonst nicht den ganzen Text zu verstehen? Schlagen Sie z.B. unbekannte Wörter in einem Lexikon sofort nach?
- Notieren Sie wichtige Punkte im Text, um Ihr Gedächtnis zu verbessern?
- Sollten Notizen immer in sauberer, geordneter und übersichtlicher Art gemacht werden – vor allem Sätze und gegliederte Listen über Informationen, die Sie gelesen haben?

## Ergebnis

Wenn Sie lediglich eine dieser Fragen mit „Ja" beantwortet haben, sind Sie fast schon so weit, einer unserer Speed-Reading-Lehrer zu werden! Und diese eine Frage war die erste:

*Geschwindigkeiten von mehr als 1.000 Wörtern pro Minute sind möglich!*

Die restlichen Fragen handeln von den üblichen Vorurteilen und sollten mit einem nachdrücklichen „Nein“ beantwortet worden sein, denn sie lassen Ihre Lesegewohnheiten tatsächlich immer schlechter, Ihre Lesegeschwindigkeit immer langsamer und Ihr Verständnis und Verstehen immer schwieriger und unzulänglicher werden! Arbeiten Sie also *Speed Reading* durch, und eliminieren Sie diese falschen Annahmen eine nach der anderen.

# Testen Sie Ihre Verständnisfähigkeit

## Vorwort

In diesem Kapitel bitte ich Sie, genau das Gegenteil von dem zu tun, um das ich Sie in jedem anderen Kapitel ersuche. Ich bitte Sie, nicht schnell zu lesen, weil Sie Ihre gegenwärtige Geschwindigkeit berechnen müssen, um den Fortschritt, den Sie im Laufe des Buches machen, genau zu beurteilen. Setzen Sie also nicht alles daran, schneller als sonst zu sein, und sorgen Sie sich nicht um das Resultat. Legen Sie die Uhr neben sich, und lesen Sie allein. Jemand, der Ihre Zeit stoppt oder Sie beobachtet, beeinflußt zwangsläufig Ihr Verständnis und bringt Sie vielleicht dazu, entweder schneller oder langsamer als gewöhnlich zu lesen.

Wenn Sie das Testende erreicht haben, sehen Sie sofort auf die Uhr und folgen der weiteren Anleitung. Bereiten Sie sich innerlich vor, und beginnen Sie jetzt, folgenden Text in Ihrer normalen Geschwindigkeit zu lesen.

# Selbsttest 1
# Der Krieg der Intelligenz

## Neue Welttrends

Beobachter des Aktienmarktes kontrollieren wie Geier zehn Persönlichkeiten in Silicon Valley. Wenn es auch nur das kleinste Anzeichen dafür gibt, daß einer von Firma A zu Firma B wechselt, bewegen sich die Aktienmärkte der Welt. Der englische Arbeitsmarktservice veröffentlichte vor kurzem einen Bericht, in dem festgehalten wurde, daß von den obersten 10 % der britischen Firmen 80 % sehr viel Geld und Zeit in Ausbildung stecken; und von den unteren 10 % der Firmen weder Geld noch Zeit investiert wurde.

In Minnesota hat das Plato Computer Erziehungsprojekt bereits das Denken und das akademische Leistungsniveau von 200.000 Schülern verbessert. In den Streitkräften einer wachsenden Zahl von Ländern sind mentale Kriegskünste bereits genauso wichtig wie physische Kampffertigkeiten. Nationale Olympiakader widmen schon 40 % ihrer Trainingszeit der Entwicklung des positiven Denkens, des Mentaltrainings und der Visualisierung.

Bei den Fortune 500 (die 500 bestverdienenden Firmen der USA) haben allein die fünf größten Computerfirmen über 1 Milliarde Dollar für die Weiterbildung ihrer Angestellten ausgegeben, und die Entwicklung intellektuellen Kapitals steht an vorderster Stelle inklusive der Entwicklung der mächtigsten Währung der Welt – der Währung der Intelligenz.

In Caracaz war Dr. Luis Alberto Machado der erste, der als Minister der Intelligenz ein Portefeuilleministerium erhielt mit dem politischen Mandat, die mentale Kraft der Nation zu verbessern. Wir sind Zeugen eines Quantensprungs in der menschlichen Entwicklung – des Bewußtseins durch die Intelligenz selbst und des gleichzeitigen Bewußtseins, daß diese Intelligenz zu verblüffenden Ergebnissen trainiert werden kann. Diese ermutigenden Nachrichten müssen im Zusammenhang mit den von der Geschäftswelt definierten Problembereichen gesehen werden.

In den letzten 20 Jahren wurden über 100.000 Personen aus jedem Kontinent befragt. Die wichtigsten Gebiete, die allgemein für verbesserungswürdig gehalten werden, sind: Lesegeschwindigkeit und -verständnis, allgemeine Lernfähigkeiten, Umgang mit der Informationsexplosion, Konzentration, mündliche und schriftliche Kommunikationsfähigkeiten, kreatives Denken, Problemanalysen, Motivation, Zeitmanagement.

Mit Hilfe der modernen Forschung über die Funktionsweise des Gehirns kann jedes dieser Probleme relativ einfach in Angriff genommen werden. Diese Forschung hat zum Inhalt:

- die Funktionen der linken und rechten Gehirnrinde;
- Mind Mapping;
- Höchstgeschwindigkeitslesen und selektives Lesen/intellektuelle Kommandozentralen;
- Gedächtnishilfen;
- Vergessen nach dem Lernen;
- die Gehirnzelle;
- geistige Fähigkeiten und Altern.

## Die Funktionen der linken und rechten Gehirnrinde

Es gehört mittlerweile zum Allgemeinwissen, daß die linken und rechten Zellschichten des Gehirns sich um verschiedene intellektuelle Funktionen kümmern. Die linke Gehirnrinde steuert vor allem Logik, Sprache, Zahlen, Reihenfolge, Analysen, Linearität und Auflistung, während die rechte Gehirnrinde Rhythmus, Farbe, Vorstellungsvermögen, Tagträume, räumliche Beziehungen und Dimensionen unterstützt.

Erst vor kurzem wurde erkannt, daß weder die linke Gehirnrinde die „akademische“ Seite noch die rechte Gehirnrinde die „kreative, intuitive“ Seite“ ist. Wir wissen jetzt aus umfangreichen Forschungen, daß beide Seiten gemeinsam genützt werden müssen, um sowohl intellektuell als auch kreativ erfolgreich zu sein.

Die Einsteins, Newtons, Cezannes und Mozarts dieser Welt kombinierten genau wie die großen Geschäftsgenies ihre linguistischen, numerischen und analytischen Fähigkeiten mit Vorstellungsvermögen und Visualisierung, um ihre kreativen Meisterwerke zu schaffen.

Wenn man dieses Basiswissen unserer mentalen Funktionen kennt, ist es möglich, durch Training jeden dieser Problembereiche zu lösen, wobei oft Leistungssteigerungen von 500 % erreicht werden.

## Mind Mapping®

Eine der modernen Methoden, solche Verbesserungen zu erzielen, liegt im Mind Mapping. Beim traditionellen Erfassen von Notizen ist die Erfassung immer linear: Man erstellt entweder Sätze, kurze Ausdrücke oder numerisch und alphabetisch geordnete Listen. Diese Methoden lassen wegen ihres Mangels an Farbe, visuellem Rhythmus, Bildhaftigkeit und räumlichen Bezugspunkten die Denkfähigkeiten des Gehirns abstumpfen.

Im Gegensatz dazu nutzt Mind Mapping die ganze Breite der Gehirnfähigkeiten, indem es ein Bild in die Mitte stellt, um das Erinnerungsvermögen und die kreative Produktion von Gedanken zu erleichtern und so assoziative Gedankenverflechtungen zu ermöglichen. Wenn Sie diesen Ansatz nutzen, können Sie Reden in Minuten anstelle von Tagen vorbereiten; Probleme können umfassender und schneller gelöst werden; das Gedächtnis kann von kaum vorhanden bis ausgezeichnet verbessert werden, und kreativen Denkern ist es möglich, eine grenzenlose Anzahl von Ideen anstelle einer begrenzten Liste zu produzieren.

## Höchstgeschwindigkeitslesen und selektives Lesen

Durch das Kombinieren von Mind Mapping mit neuen Lesetechniken, die Lesegeschwindigkeiten von 1.000 bis sogar 10.000 WpM ermöglichen, kann man intellektuelle „Kommandozentralen“ bilden. Diese Techniken sind in letzter Zeit in den multinationalen Organisationen Nabisco und Digital Computers angewendet worden. Dabei teilten sich jeweils 40 bzw. 120 leitende Angestellte in vier Gruppen auf. Jeder einzelne in jeder der vier Untergruppen verwandte zwei Stunden darauf, Schnelllese- und selektive Lesetechniken auf eines von vier ausgewählten Büchern anzuwenden. Als zwei Stunden vorbei waren, diskutierten die Angehörigen jeder Untergruppe untereinander ihr Verständnis, ihre Interpretation und ihre Reaktionen auf das Buch. Jede Untergruppe wählte dann einen Vertreter, der allen

Mitgliedern der drei anderen Untergruppen einen zusammenfassenden Vortrag hielt. Dieser Vorgang wurde viermal wiederholt, und am Ende jedes Tages verließen 40 bzw. 120 leitende Angestellte jeder Firma den Seminarraum mit Informationen im Wert von vier Büchern, die sie nicht nur *im* Kopf, sondern integriert, analysiert und im Gedächtnis verankert hatten.

Dieser Versuch kann ähnlich in der Familiensituation genutzt werden. Vor kurzem wandte ihn eine mexikanische Familie bei ihren drei Kindern im Alter von 6 bis 15 Jahren an. Innerhalb von zwei Monaten war jedes Kind der beste Schüler seines Jahrgangs und konnte mit Hilfe der anderen Familienmitglieder innerhalb von zwei Tagen erledigen, wozu das durchschnittliche Kind/der durchschnittliche Schüler ein Jahr benötigt.

## Gedächtnishilfen

Gedächtnishilfen wurden ursprünglich von den Griechen erfunden und waren als „Tricks" gedacht. Wir erkennen heute, daß diese Techniken solide auf den Gehirnfunktionen basieren und daß sie, wenn sie korrekt angewendet werden, das Gedächtnis eines jeden ganz entscheidend verbessern können.

Gedächtnishilfen zwingen uns dazu, die Prinzipien der Assoziation und Imagination zu nutzen, um aufregende, farbige, sinnliche und folglich unvergeßliche Bilder in unserem Kopf zu kreieren. So werden die angeborenen Funktionen des Gehirns genutzt, um sich Informationen noch wirkungsvoller einzuprägen. Solche Techniken wurden im IBM Ausbildungszentrum in Stockholm angewandt und trugen wesentlich zum Erfolg des 17wöchigen einführenden Trainingsprogramms bei.

Es besteht ein wachsendes Bewußtsein dafür, daß das Erlernen des Lernens *vor* der Vermittlung jeder anderen Weiterbildung einem vernünftigen Geschäftsgebaren entspricht. Deshalb stellen auch eine Anzahl führender internationaler Organisationen Gedächtnishilfen obligatorisch in all ihren Ausbildungskursen an die *vorderste Front*. Ein einfaches Rechenbeispiel zeigt: Wenn DM 1.000.000 für Ausbildung ausgegeben und 80 % des Erlernten innerhalb von zwei Wochen vergessen werden, gehen in derselben Zeitspanne DM 800.000 verloren.

## Vergessen nach dem Lernen

Nach einer Lernphase von einer Stunde gibt es einen kurzen Anstieg in der Wiederabrufbarkeit der Information. Diesem folgt ein drastischer Rückgang, wobei nach 24 Stunden 80 % der Details verloren sind. Diese Aufteilung bleibt im großen und ganzen gleich, ungeachtet der Länge der Aufnahmezeit. Demzufolge ist der Inhalt eines Dreitage-Kurses zwei Wochen später fast vergessen. Durch die Entwicklung eines einfachen Verstehens für die Gedächtnisrhythmen ist es nicht nur möglich, diesen Abbau zu verhindern, sondern Menschen sogar so auszubilden, daß sie das erworbene Wissen vermehren und behalten können. Schon aus Gründen des optimalen Geldeinsatzes (für Aus-/Weiterbildung usw.) ist dies dringend notwendig!

## Die Gehirnzelle

Jeder von uns besitzt 1.000.000.000.000 Gehirnzellen, und der Zusammenhang zwischen ihnen kann eine schwindelerregend große Anzahl von Mustern und Permutationen ergeben. Bei dem Potential eines Neurons, sich mit jedem der anderen Neuronen zu verknüpfen, hat Prof. Pjotr Kouzmich Anokhin von der Universität Moskau eine schier unglaubliche Zahl von Verknüpfungsmöglichkeiten im menschlichen Gehirn errechnet: Stellen Sie sich eine 1 vor, gefolgt von einer 10 Millionen Kilometer langen Schlange von Standard-Schreibmaschinen-Nullen! Mit unserer uns innewohnenden Fähigkeit, mehrere Milliarden von Datenzeichen zu integrieren und mit ihnen zu jonglieren, übertrifft somit unser phänomenaler Biocomputer den berühmten Cray-Computer bei den Fähigkeiten, Probleme zu lösen, zu analysieren, Prioritäten zu setzen und kreativ oder kommunikativ zu sein – allerdings braucht es dafür ein gründliches Training!

## Mentale Fähigkeiten im Alter

„Sie sterben ab!“ ist die übliche Aussage von Leuten als Antwort auf die Frage: „Was passiert mit Ihren Gehirnzellen, wenn sie älter werden?“ Sie wird normalerweise mit ungewöhnlichem und überraschendem Enthusiasmus vertreten. Eine der wunderbarsten Nachrichten aus der modernen Gehirnforschung kommt jedoch von Dr. Marion Diamond von der Universität Kalifornien, die vor kurzem bestätig hat, daß es in normalen, aktiven und gesunden Gehirnen keinen Beweis für einen Verlust von Gehirnzellen durch das Alter gibt. Im Gegenteil, die Forschung zeigt jetzt, daß regelmäßiges Training des Verstandes eine biologische Steigerung in seiner verketteten Komplexität ergibt, d.h. die Intelligenz der Person nimmt zu. Das Training von Leuten im Alter von 60, 70, 80 und 90 Jahren hat gezeigt, daß auf jedem Bereich geistiger Leistung statistisch bedeutsame und ständige Verbesserungen erzielt werden können. Wir erleben so einen Quantensprung in der Entwicklung menschlicher Intelligenz.

Durch die Anwendung unseres Wissens über die einzelnen Gehirnfunktionen und die Möglichkeiten ständiger, geistiger Weiterentwicklung während des ganzen Lebens können wir die Probleme lösen, die bisher als unvermeidlicher Bestandteil des Alterungsprozesses angesehen wurden.

Stoppen Sie jetzt Ihre Uhr, berechnen Sie die benötigte Zeitspanne: ......... Minuten.

Indem Sie die Anzahl der Wörter im Absatz (in diesem Fall 1.430) durch Ihre gestoppte Zeit (in Minuten) dividieren, erhalten Sie Ihre derzeitige Lesegeschwindigkeit in Wörtern pro Minute (WpM):

$$\text{Wörter pro Minute (WpM)} = \frac{\text{Anzahl der Wörter}}{\text{Zeit}}$$

Wenn Sie Ihre Berechnung beendet haben, tragen Sie das Resultat in das Feld WpM in Ihre Fortschrittstabelle und Ihr Fortschrittsdiagramm auf Seite 235 f. ein.

Weiter im Selbsttest: Jetzt geht es darum, wieviel des Testtextes Sie verstanden haben. Überprüfen Sie die Statements auf Richtigkeit, und beantworten Sie die Fragen (ohne Nachblättern im Text!):

**1.** Die obersten 80 % der britischen Firmen investieren beträchtliche Summen und Zeit in die Ausbildung.

2. Nationale Olympische Kader verwenden:
   a) 20 %  b) 30 %
   c) 40 %  d) 50 %
   ihrer Trainingszeit für die Entwicklung positiver Gedankenmuster, für Mentaltraining und Visualisation
3. Die erste Person, der ein Regierungsportefeuille als Minister für Intelligenz gegeben wurde, war:
   a) Dr. Marion Diamond  b) Dr. Luis Alberto Machado
   c) Dominic O'Brien  d) Plato
4. Zahlenwerte sind vor allem eine Funktion der linken Gehirnrinde.
5. Die Einsteins, Newtons, Cezannes und Mozarts dieser Welt waren erfolgreich, weil sie in erster Linie folgendes miteinander verbanden:
   a) Zahlen mit Logik
   b) Wörter mit Analyse
   c) Farbe mit Rhythmus
   d) Analyse mit Vorstellungsvermögen
6. Beim Mind Mapping stellen Sie:
   a) ein Bild in den Mittelpunkt
   b) ein Wort in den Mittelpunkt
   c) nichts in den Mittelpunkt
   d) immer ein Wort und ein Bild in den Mittelpunkt
7. Wenn Sie die neuen Schnellese- und selektiven Lese-Techniken verwenden, sollten Sie neue Normalgeschwindigkeiten von gut:
   a) 500 Wörtern pro Minute
   b) 1.000 Wörtern pro Minute
   c) 10.000 Wörtern pro Minute
   d) 100.000 Wörtern pro Minute erreichen
8. Die zwei Firmen, die neue intellektuelle Kommandozentralen für das Studium von Büchern aufstellten, waren:
   a) IBM und Coca Cola  b) Digital and Nabisco
   c) Nabisco and Microsoft  d) IBM and ICL
9. Gedächtnishilfen wurden ursprünglich erfunden von:
   a) den Chinesen  b) den Römern
   c) den Griechen  d) Plato
10. Nach einer Zeitspanne von einer Stunde entsteht:
   a) eine kurze Besserung im Informationsabruf
   b) ein gleichbleibendes Niveau im Informationsabruf

c) ein kurzer Einbruch im Informationsabruf
d) ein schneller Einbruch im Informationsabruf

**11.** 24 Stunden nach einer Lernperiode gehen Detailinformationen im Prozentsatz von ... verloren:
a) 60 % b) 70 %
c) 80 % d) 90 %

**12.** Die Anzahl Gehirnzellen im Durchschnittsgehirn beträgt:
a) 1 Million b) 1.000 Millionen
c) 1 Million Millionen d) 1.000 Millionen Millionen

**13.** Der Cray-Computer kommt in seiner Gesamtrechenkapazität der Gehirnleistung letztendlich nahe.

**14.** Dr. Marion Diamond bestätigte kürzlich, daß es:
a) keinen Beweis für einen Verlust an Gehirnzellen im Alter bei normal aktiven und gesunden Gehirnen gibt
b) keinen Beweis für einen Verlust von Gehirnzellen im Alter bei jedem Gehirn gibt
c) keinen Beweis für einen Verlust an Gehirnzellen in Gehirnen unter 40 gibt
d) einen Beweis für einen leichten Verlust an Gehirnzellen im Alter in normal aktiven und gesunden Gehirnen gibt

**15.** Mit entsprechendem Training können statistisch bedeutende und ständige Verbesserungen im Denkvermögen bei Personen bis ins Alter von:
a) 60 b) 70
c) 80 d) 90 Jahren erreicht werden

Überprüfen Sie nun Ihre Antworten. Dann teilen Sie Ihre Anzahl richtiger Antworten durch 15 und multiplizieren sie mit 100, um Ihren Prozentwert an Verständnisfähigkeit zu errechnen.

**Auflösung**

| | | |
|---|---|---|
| 1: Falsch | 2: c) | 3: b) |
| 4: Richtig | 5: d) | 6: a) |
| 7: b) | 8: b) | 9: c) |
| 10: a) | 11: c) | 12: c) |
| 13: Falsch | 14: a) | 15: d) |

$$\text{Verständnisleistung: } \frac{\text{Anzahl richtiger Antworten x 100 \%}}{15}$$

Tragen Sie jetzt Ihr Ergebnis in Ihre Fortschrittstabelle und in Ihrem Fortschrittsdiagramm auf Seite 235f. ein.

Nun ein kurzer Blick auf die Lesegeschwindigkeiten im Laufe des Lebens (Abb. 1). Der Grund für die Steigerung bei höherem Bildungsniveau liegt weniger im Wissenszuwachs über besseres Lesen, sondern einfach im Leistungsdruck, sehr viel mehr Material in sehr kurzer Zeit lesen zu müssen. Anders gesagt: Ein entscheidender Faktor ist die Motivation. Einen weiteren Beweis dafür liefert die Tatsache, daß der Erwachsene, nachdem er die Schulausbildung abgeschlossen hat, vor allem deshalb auf das Leseniveau der Grundschule zurückfällt, weil die Motivation abgenommen hat und der Druck wegfällt. Die Lesemenge sinkt durchschnittlich auf nur ein Buch pro Jahr.

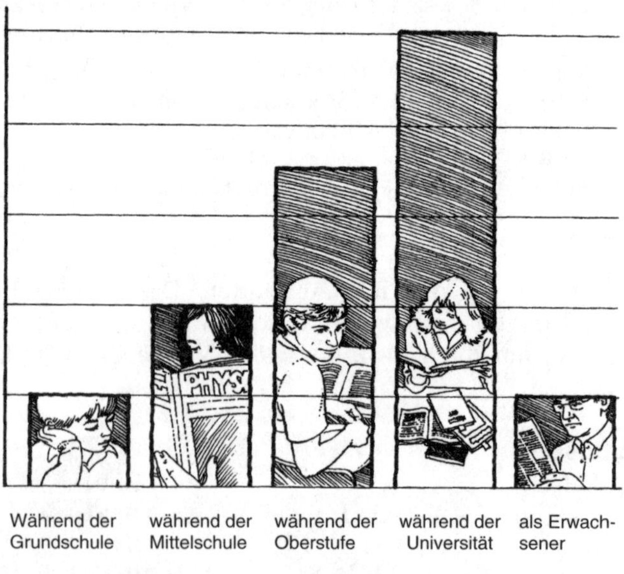


Abb. 1: Die durchschnittliche Lesegeschwindigkeit von Personen im Laufe des Lebens, bezogen auf den Bildungsstand

Im Gegensatz zu diesem Personenkreis werden Sie, wenn Sie die Information dieses Buches aufnehmen, nicht auf Ihr ursprüngliches Niveau zurückfallen – Sie werden es statt dessen erhalten und verbessern!

## Betrachten Sie Ihr bisheriges Ergebnis

- Ihre jetzige Lesegeschwindigkeit (WpM) beträgt:

$$\frac{\text{Anzahl der Wörter}}{\text{Zeit}} \quad \ldots\ldots\ldots$$

- Ihr Verständnis liegt zur Zeit bei: ......... %
- Die durchschnittliche Lesegeschwindigkeit beträgt 200-220 Wörter pro Minute.
- Höher Gebildete lesen normalerweise nur aus Zeitdruck und größerer Motivation schneller, nicht weil sie wissen, wie sie effektiver lesen können.
- Jeder (auch Sie) kann seine Lesegeschwindigkeit und sein Verständnis verbessern.

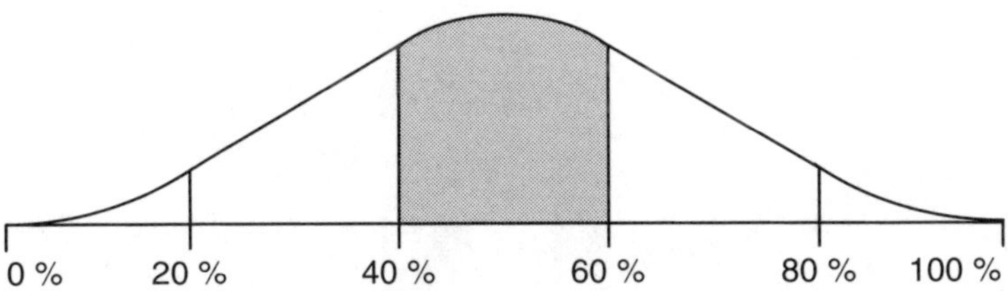


50 % Verständnis (die meisten Menschen)

Abb. 2: Verständniskurve beim Speed Reading im Bevölkerungsdurchschnitt

## So sollten Sie vorgehen

1. Stellen Sie sicher, daß Sie Ihre Geschwindigkeit und Ihr Verständnis in Ihre Fortschrittstabelle und Ihr Fortschrittsdiagramm auf Seite 235 f. eingetragen haben.
2. Tragen Sie das Datum Ihrer nächsten Speed-Reading-Sitzung in Ihren Kalender ein.
3. Steigern Sie Ihre Motivation – sie steigert Ihre Geschwindigkeit.
4. Werfen Sie einen kurzen Blick auf Kapitel 2, bevor Sie es lesen.

Jetzt, da Sie die Einführung abgeschlossen, vielleicht schon alle Seiten des Buches durchgeblättert und Ihren ersten Selbsttest beendet haben, folgt ein kurzer Überblick über die Geschichte des Speed Readings, der Sie mit den neuesten Entwicklungen auf dem Gebiet bekanntmacht, um Sie auf Ihren ersten großen Sprung vorwärts vorzubereiten.

# 2. Die Geschichte des Speed Reading

Die Suche nach den Geheimnissen des schnellen Lesens hat uns die Antwort überraschenderweise nicht im Auge, sondern im Gehirn finden lassen.

## Die Informationsexplosion

Dieses Kapitel beschreibt die Informationsexplosion der letzten Zeit, erforscht die Methoden, mit denen Ihnen wahrscheinlich das Lesen beigebracht wurde, erzählt die faszinierende Geschichte, wie sich das Speed Reading entwickelt hat, stellt Ihnen die aktuellen Weltrekordhalter und ihre außergewöhnlichen Geschwindigkeiten vor und sieht sich Ihre Möglichkeiten an, es ihnen gleichzutun.

In den letzten Jahren hat die Menge an Zeitschriften und Büchern beinahe unkontrollierbare Proportionen angenommen. Außerdem hat die Erfindung des Computers und des Faxgeräts für viele Menschen buchstäblich Berge von zusätzlichem Lesematerial geschaffen.

Vor einigen Jahrzehnten war es dem Durchschnittsbürger noch bequem möglich, die Informationsflüsse zu navigieren. Aber diese Flüsse haben sich jetzt in reißende Ströme verwandelt, die uns zu verschlingen drohen.

Lassen Sie uns die Methode betrachten, mit der Ihnen das Lesen beigebracht wurde, die historische Entwicklung des Speed Reading und schließlich Ihre Möglichkeiten, „auf den Stromschnellen des Wissens zu reiten“!

# Wie haben Sie lesen gelernt?

Lassen Sie uns kurz die Methode betrachten, mit der Ihnen das Lesen beigebracht wurde. Können Sie sich erinnern, auf welche Weise Sie unterrichtet wurden? Mit der phonetischen Methode oder mit der Schau-und-Sprich-Methode oder mit einer Kombination aus beiden?

## Die phonetische Methode

Diese macht das Kind zunächst mit dem gewöhnlichen Alphabet von A bis Z bekannt und stellt dann den Klang jedes einzelnen Buchstaben vor. Dann wird das Kind mit den Buchstaben und Klängen im Wortzusammenhang bekannt gemacht, bis das Kind gelernt hat, die richtigen Klänge zu produzieren (richtig vokalisiert). Danach wird ihm beigebracht, lautlos zu lesen. Dieser letzte Abschnitt braucht oft viel Zeit, und viele Kinder und sogar Erwachsene kommen nie über das Stadium der lautlosen Lippenbewegungen hinaus. Diejenigen, die *über* dieses Stadium hinauskommen, sprechen vielleicht dennoch innerlich die einzelnen Laute aus. Das heißt, sie sind sich beim Lesen des Klanges jedes einzelnen Wortes bewußt.

## Die Schau-und-Sprich-Methode

Auch diese Methode, Kindern das Lesen beizubringen, beruht auf einem Wort oder einer verbalen Antwort. Man zeigt dem Kind ein Bild, wobei das Wort, das das Objekt bezeichnet, klar darunter geschrieben wird. Der Lehrer fragt dann das Kind um die richtige Antwort. Wenn eine falsche Antwort gegeben wird, führt der Lehrer das Kind zur richtigen Antwort und geht dann weiter zum nächsten Wort. Sobald das Kind eine entsprechende Fertigkeit erlangt hat, befindet es sich in derselben Situation wie das Kind, das auf die phonetische Methode unterrichtet wurde, und wird dann gelehrt, lautlos zu lesen.

## Was bedeutet Lesenkönnen wirklich?

Sobald ein Kind Wörter erkennen und lautlos lesen kann, wird allgemein angenommen, daß es lesen gelernt hat und deshalb lesen kann. Es wird wenig weitere Information vermittelt, da man annimmt, daß das Kind die Fähigkeit des Lesens nur anzuwenden braucht. Dabei ist dies nur die erste Stufe des Lesens. Ein Kind in diesem Stadium zu belassen bis es erwachsen ist, bedeutet ungefähr dasselbe, als würde man annehmen, sobald ein Baby krabbeln kann, wäre der ganze Bewegungsprozeß abgeschlossen!

# Die Entwicklung von Speed Reading

Das Speed Reading hat seinen Ursprung im Beginn dieses Jahrhunderts.Viele frühen Kurse basierten auf Informationen aus einer recht unvermuteten Quelle – der Royal Air Force. Während des Ersten Weltkriegs hatten Air-Force-Taktiker herausgefunden, daß einige Piloten beim Fliegen nicht fähig waren, Flugzeuge in einiger Entfernung zu unterscheiden. Beim Luftkampf war dies ein Nachteil, daher entwickelten die Taktiker eine Maschine mit Namen Tachistoskop, die Bilder in unterschiedlich kurzen Zeitabständen auf eine große Wand wirft. Sie begannen, große Bilder eigener und feindlicher Flugzeuge lange zu projizieren und kürzten dann nach und nach die Projektionsdauer, reduzierten die Größe und den Blickwinkel des gezeigten Bildes. Zu ihrer Überraschung stellten sie fest, daß mit einiger Übung die Durchschnittsperson beinahe punktgroße Darstellungen von verschiedenen Flugzeugen unterscheiden konnte, wenn die Bilder nur *ein Fünfhundertstel einer Sekunde* auf die Wand geworfen wurden.

Die Augen können offensichtlich mit einer unglaublichen Geschwindigkeit Informationen erfassen. Man nutzte dieselbe Erfindung daher für das Lesen und projizierte zunächst ein Wort in großen Buchstaben fünf Sekunden lang auf eine

Wand, reduzierte stufenweise die Größe des Wortes und verkürzte die jeweilige Projektionsdauer. Die Teilnehmer konnten schließlich vier Wörter gemeinsam innerhalb einer fünfhundertstel Sekunde lesen. Diesen Entdeckungen zufolge bauten die meisten Schnellesekurse auf dem Flash-Card- oder Tachistoskop-Training auf (das auch als Aufblendtraining bekannt ist).

Durchschnittlich stiegen die Lesegeschwindigkeiten der einzelnen Personen von 200 Wörtern pro Minute auf bis zu 400 Wörter pro Minute. Zunächst klingt das wunderbar: eine Verdoppelung der Lesegeschwindigkeit! Wenn jedoch das Auge Bilder (z.B. ein Flugzeug oder ein Wort) in *einer fünfhundertstel Sekunde* erkennen kann, dann wäre die erwartete Lesegeschwindigkeit in einer Minute *60 Sekunden x 500 Wörter pro Sekunde = 30.000* (oder ein kurzes Buch) in einer Minute. Wo sind die übrigen 29.600 Wörter geblieben?!

Die Tachistoskop-Trainer erkannten dies nicht und machten unbeirrt weiter. Durch regelmäßiges Training gelang es den meisten Menschen, von einem Durchschnitt von 200 Wörtern pro Minute auf einen Durchschnitt von 400 Wörtern pro Minute zu kommen, was genau den Unterschied zwischen einem Grundschüler und einem Akademiker entspricht (vgl Abb. 1). Die erfolgreichen Tachistoskop-Studenten berichteten jedoch ein paar Wochen nach Abschluß des Lesekurses, daß ihre Lesegeschwindigkeit wieder auf ihr ursprüngliches Niveau gesunken war. Das wiederum ähnelt stark der Rückkehr zur Norm des durchschnittlichen, erwachsenen Lesers.

Erst vor kurzem hat man erkannt, daß das *normale* Lesetempo zwischen ungefähr 200 bis 400 Wörtern pro Minute liegt und daß die meisten Menschen am unteren Ende dieser Skala operieren. Die erhöhte Lesegeschwindigkeit, die während der Tachistoskop-Kurse beobachtet wurde, hatte wenig mit dem Training zu tun, sondern war vielmehr die Folge der hohen Motivation der Schüler. Eine weitere Erklärung für das Mißlingen dieses Versuchs findet man, wenn man auf die Grundregel der Wahrnehmung Bezug nimmt: Um etwas genau zu sehen, muß unser Auge immer noch in Verbindung mit dem Objekt stehen, das es sieht.

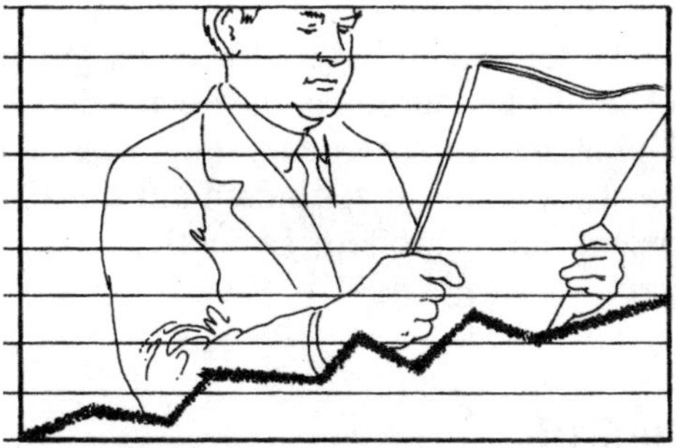


Abb 3a: Tachistoskop-Graph

Abb. 3b: Individueller Fortschritt – mit dem Tachistoskop trainiert

## Die letzten 30 Jahre

Obwohl man immer mehr erkannte, daß das Tachistoskop keine umfassende Annäherung an das Speed Reading darstellte, wurde die Technik als *ein* Teil eines Grundtrainingssystems genutzt. Um das Jahr 1960 begannen Forscher – unter ihnen auch die Amerikanerin Evelyn Wood – zu entdecken, daß durch entsprechendes Training die Augen lernen konnten, sich schneller zu bewegen, und daß das Verständnis über die Grenze von 400 Wörtern pro Minute hinaus beibehalten werden konnte, was für das Speed Reading soviel bedeutete wie der Meilenrekord von vier Minuten für Athleten. In verschiedenen „dynamische Leseschulen" begann die durchschnittliche Geschwindigkeit für einen guten Schnelleser an die nächste große Hürde vorzustoßen – 1.000 Wörter pro Minute. Unter den verschiedenen angewandten Methoden war das Foto-Lesen, das sich einfach auf die Fähigkeit des Auges konzentrierte, größere Druckflächen als üblich zu „fotografieren".

## Lesen mit dem Gehirn!

Die Erkenntnis setzt sich langsam durch, daß in erster Linie nicht die Augen für Sie lesen, sondern Ihr Gehirn. Dies bildet die Basis für einen gänzlich neuen Zugang zum schnellen Lesen. In diesem Buch werden Ihnen Übungen vorgestellt, die es Ihnen ermöglichen, sowohl die Fähigkeiten Ihrer Augen als auch die Ihres Gehirns zu entwickeln und beide zu einem einzigen Werkzeug zu vereinen, das sie in einen intellektuellen Spitzenstürmer verwandelt.

Jetzt mögen Ihnen die Lesegeschwindigkeiten der Leute, deren „Bekanntschaft" Sie nun machen, noch höchst erstaunlich und gänzlich unerreichbar vorkommen. Aber wenn Sie dieses Buch beendet haben, wird es Sie nach ihren Rekorden gelüsten!

Schnellese-Tests beruhen primär auf dem Lesen von Romanen. Der Leser muß einen Roman so schnell wie möglich lesen und danach Personen, die den Roman bereits genauestens gelesen haben, einen Vortrag halten. Dieser muß Kommentare über alle folgenden Bereiche enthalten: Hauptfiguren; Hintergrund; Handlung; Philosophie; Symbolgehalt; Sprachniveau; literarischer Stil; Methaphorik; Themen; historischer Zusammenhang.

### Die Weltrekordhalter im Speed Reading

| | | | |
|---|---|---|---|
| **1.** | Sean Adam | USA | 3.850 WpM |
| **2.** | Kjetill Gunnarson | Norwegen | 3.050 WpM |
| **3.** | Vanda North | Großbritannien | 3.000 WpM |
| **4.** | Cris van Aken | Niederlande | 2.520 WpM |
| **5.** | Mithymna Corke | Niederlande | 2.100 WpM |
| **6.** | Luc van Hof | Niederlande | 1.906 WpM |
| **7.** | Michael J. Gelb | USA | 1.805 WpM |
| **8.** | Cinnamon Adam | USA | 1.782 WpM |
| **9.** | James Longworth | Großbritannien | 1.750 WpM |
| **10.** | Frank van dr Poll | Niederlande | 1.560 WpM |

Wenn Sie daran interessiert sind, sich dieser Speed-Reading-Elite anzuschließen: Treten Sie dem weltweiten Brain Club bei!

Ihre Möglichkeiten, Ihre Lesegeschwindigkeit wenigstens auf das Zweifache Ihres jetzigen Niveaus zu verbessern, ist genauso groß wie die der gegenwärtigen Top Ten der Welt. Jeder einzelne von ihnen war ein Leser, der wie Sie und ich ursprünglich mit seiner normalen Lesegeschwindigkeit unzufrieden war und beschloß, Zeit und Mühe in die Entwicklung seiner mächtigsten menschlichen Fähigkeiten zu stecken. *Speed Reading* gibt Ihnen die einzigartige Möglichkeit, ihren „Augenstapfen" zu folgen!

## Zusammenfassung

**1.** Die zwei Haupttechniken, Kindern das Lesen beizubringen, sind die phonetische und die Schau-und-Sprich-Methode.

**2.** Diese Methoden helfen uns nur, die erste Entwicklungsstufe im Lesen zu erreichen.

**3.** Das Speed Reading begann mit der Entwicklung von Übungen für schnelles Wahrnehmungsvermögen der Royal Air Force. Die Tachistoskop-Methode ermöglichte es den Menschen, ihre Lesegeschwindigkeit zu verdoppeln, aber führte oft nach einigen Wochen zu einem Rückfall zu normaler Lesegeschwindigkeit.

4. Dynamische Leseschulen überwanden die Barriere von 400 Wörtern pro Minute.
5. Wir wissen jetzt, daß in Wirklichkeit unser Gehirn das Lesen steuert.
6. Die Top Ten Leser der Welt lesen zwischen 1.500 und 3.850 Wörter pro Minute.
7. Ihr eigenes Potential ist ebensogroß!

## So sollten Sie vorgehen

1. Wiederholen Sie schnell, in weniger als fünf Minuten, alles, was Sie bisher gelesen haben.
2. Überprüfen Sie Ihre Ziele im Speed Reading, ändern Sie sie eventuell angesichts dessen ab, was Sie in diesem Kapitel gelesen haben.
3. Überprüfen Sie in Ihrem Kalender das Datum Ihrer nächsten Speed-Reading-Sitzung.
4. Nehmen Sie sich eine Minute Zeit für das Überfliegen des nächsten Kapitels.

Jetzt, da Sie Ihre eigenen Ziele abgesteckt haben und mit der Geschichte des Speed Reading vertraut sind, sind Sie bereit, eine Definition des Gebietes in Angriff zu nehmen, auf dem Sie im Begriff sind, ein Experte zu werden.

# 3. Die neue Definition des Lesens

Definition ist die Gefährtin der Klarheit; Klarheit führt Sie zu Ihren Zielen.

## Was bedeutet Lesen?

Fragen Sie sich selbst, was Lesen für Sie bedeutet, und schreiben Sie Ihre Definition auf:

________________________________________

________________________________________

________________________________________

Vergleichen Sie nun Ihre Definition mit allgemeinen Definitionen wie „Lesen bedeutet Verstehen, was der Autor sagen wollte", „Lesen bedeutet, das geschriebene Wort in sich aufzunehmen" oder „Lesen ist die Assimilierung gedruckter Information".

### Die neue Definition

Jede dieser drei Standarddefinitionen deckt jedoch nur *einen* Teil des Vorgangs ab. Eine genaue Definition muß aber die ganze Breite von Lesefertigkeiten beinhalten, denn Lesen ist eigentlich ein Prozeß, der die folgenden Schritte umfaßt:

**1. Erkennen**
Ihre Kenntnisse der alphabetischen Symbole. Dieser Schritt findet statt, bevor das physische Lesen beginnt.

**2. Assimilierung**
Der physische Prozeß, durch den das Wort Licht reflektiert; es wird vom Auge aufgenommen; dann über den optischen Nerv in das Gehirn weitergeleitet.

**3. Innen-Integration**
Ist gleichbedeutend mit Basisverstehen, bezieht sich auf ein Verbinden aller Teile der gelesenen Information mit allen anderen passenden Teilen.

**4. Außen-Integration**
Der Prozeß, durch den Sie all Ihr bisheriges Wissen in das Gelesene einbringen, richtige Verbindungen herstellen, analysieren, abschätzen, auswählen und verwerfen.

**5. Festhalten**
Das grundsätzliche Speichern von Informationen. Die meisten Leser kennen die Erfahrung, einen Prüfungsraum zu betreten und die meisten Informationen einer zweistündigen Zeitspanne zu speichern, aber sich erst beim Hinausgehen daran zu erinnern! Speichern alleine reicht nicht und muß vom Zurückrufen ins Gedächtnis begleitet werden.

**6. Ins Gedächtnis zurückrufen**
Die Fähigkeit, aus dem Speicher das Benötigte wieder abzurufen, vorzugsweise dann, wenn es gebraucht wird.

**7. Kommunikation**
Der Gebrauch, dem die Information sofort oder anschließend zugeführt wird. Die Kommunikation beinhaltet geschriebene oder gesprochene und auch darstellende Kommunikation inklusive Kunst, Tanz und andere Formen kreativen Ausdrucks. Dazu gehört auch die wichtigste und oft vernachlässigte menschliche Funktion: das Denken! Denken ist Ihre weiterführende Außen-Integration.

Im Licht dieser Definition sieht man, daß die allgemeinen Lese- und Lernprobleme von einem Leser in Angriff genommen werden können, der gelernt hat, das Gedruckte zu erkennen, zu assimilieren, zu begreifen, zu verstehen, zu behalten, abzurufen und mitzuteilen. Sie sehen:

- Lesen ist ein vielschichtiger Prozeß.
- Jeder einzelne Teilbereich muß entwickelt werden, wenn Sie ein effektiver Schnelleser werden wollen.

Ihre Wissensgrundlagen sind gelegt. Sie gehen nun zum nächsten Teil weiter und werden den Gebrauch und das Training der erstaunlichsten Kameras im bekannten Universum erforschen.

## Zusammenfassung

1. Lesen ist ein vielschichtiger Prozeß.
2. Jeder einzelne Teilbereich muß entwickelt werden, wenn Sie ein effektiver Schnellleser werden wollen.

## So sollten Sie vorgehen

- Reihen Sie die sieben Schritte so aneinander, daß Sie die Nummer „1“ jenem Schritt geben, von dem Sie annehmen, daß Sie ihn am dringendsten verbessern müssen.
- Verschaffen Sie sich in weniger als fünf Minuten einen Überblick über den gesamten nächsten Teil.

Sie haben sich nun wichtige Wissensgrundlagen angeeignet. Im nächsten Teil des Buches werden Sie den Gebrauch und das Training Ihrer Augen kennenlernen.

# Teil II
# Ihre erstaunlichen Augen

## 4. Die Kontrolle der Augenbewegungen

Ihre Augen sind eines der Wunder im Universum! Jedes Ihrer Augen ist das erstaunlichste dem Menschen bekannte optische Instrument, das im Vergleich sogar die fortschrittlichsten Teleskope und Mikroskope klein erscheinen läßt. Die Natur dieses wunderbaren Instruments kann erklärt werden, und indem man es versteht, kann man es kontrollieren und zu unserem Vorteil einsetzen.

### Lernen Sie Ihre Augen kennen

- Jedes Ihrer Augen besteht aus 130 Millionen Lichtempfängern. Jeder Lichtempfänger kann mindestens fünf Photonen (Lichtenergiebündel) pro Sekunde aufnehmen.
- Ihre Augen unterscheiden zwischen über 10 Millionen verschiedenen Farben.
- In harmonischer Zusammenarbeit können Ihre Super-Lichtempfänger in *weniger als einer Sekunde* eine Szene, die *Milliarden* von Informationsteilchen enthält, mit höchster fotografischer Genauigkeit dekodieren.
- Das Cerne Laboratorium in der Schweiz hat geschätzt, daß es 68 Millionen Dollar kosten würde, eine Maschine zu bauen, die das unglaubliche Raffinement Ihrer Augen kopieren könnte. Das Laboratorium weist auch richtig

darauf hin, daß das mechanische „Auge" recht wenig beweglich und beinahe so groß wie ein Haus wäre.

## Verschiedene Pupillengrößen

Wir wissen schon seit geraumer Zeit, daß unsere Pupillen ihre Größe der Lichtintensität und der Nähe des Objektes anpassen. Je heller das Licht und je näher das Objekt, desto geringer die Pupillengröße. Westliche Wissenschaftler haben vor kurzem entdeckt, daß die Pupillengröße auch vom Gefühl abhängt. Die Größe Ihrer Pupillen nimmt bei besonderem Interesse für den betrachteten Gegenstand automatisch zu. Solche Veränderungen sind gering, können aber bei genauer Beobachtung bemerkt werden. Jadehändler in China wissen das schon lange. Während der Händler dem Kunden Objekte zur Ansicht präsentiert, achtet er ganz besonders auf die Augen des Kunden und wartet ab, ob sich die Pupillen vergrößern. Wenn er diese Vergrößerung bemerkt, weiß der Händler, daß der Kunde „scharf darauf" ist, das Objekt zu kaufen, und legt einen entsprechenden Preis fest.

Wenn Sie als Schnelleser an etwas interessiert sind, werden Ihre Pupillen weiter, lassen mehr Licht ein. Je interessierter Sie sind, um so weiter zieht Ihr Gehirn die Vorhänge vor Ihren Augen zurück und ermöglicht sich (und Ihnen!), *ohne zusätzliche Anstrengung* mehr Einzelheiten pro Sekunde aufzunehmen.

## Das Sehen im Kopf

Die phänomenal komplexen Bilder, die von Ihren Netzhautempfängern dekodiert werden, werden an den Sehnerv (vgl. Tafel II im Mittelteil des Buches) weitergeleitet und dem visuellen Bereich Ihres Gehirns übermittelt – dem Hinterhauptlappen. Dieser sitzt paradoxerweise nicht hinter den Augen, sondern in Ihrem Hinterkopf, und übernimmt das Lesen, indem er Ihre Augen auf der Jagd nach Informationen über die Seite führt, die für Ihr Gehirn wichtig sind.

Somit wird klar, daß traditionelle Lesegewohnheiten und -geschwindigkeiten ein Produkt eines Fehltrainings sein müssen und daß sich bei richtigem Training die Effektivität bedeutend verbessern würde. Dies zu wissen, bildet die Grundlage für die revolutionäre Methode des Speed Readings.

## Wie lesen Ihre Augen wirklich?

Das Auge bewegt sich nicht fließend über die Seite. Die Augen machen kleine und recht regelmäßige „Sprünge". Diese führen von Haltepunkt zu Haltepunkt, gewöhnlich etwas weiter als ein Wort auf einmal. Das Auge hält einen Augenblick an, um ein oder zwei Wörter aufzunehmen, bevor es weitergeht und den Vorgang wiederholt (s. Abb. 4a).

Während sich das Auge auf diese Art bewegt und anhält, sich bewegt und anhält, wird die Information nur während der Pausen aufgenommen. Diese Pausen nehmen die meiste Zeit in Anspruch. Und da jede Pause zwischen einer viertel und eineinhalb Sekunden dauern kann, ist es möglich, eine sofortige Verbesserung Ihrer Lesegeschwindigkeit zu erreichen, indem Sie weniger Zeit für jede Pause aufwenden.

Abbildung 4b zeigt die Augenbewegungen eines sehr langsamen Lesers. Der Leser macht ungefähr zweimal so viele Pausen oder Fixierungen, als für das gute Verstehen notwendig sind. Zusätzliche Pausen entstehen, weil der schlechte Leser oft Wörter noch einmal liest, manchmal sogar um drei Stellen zurückgeht, um sicherzugehen, daß er alles richtig verstanden hat. Diese Gewohnheiten, zurückzuspringen (das beinahe gewohnheitsmäßige Zurückgehen auf Wörter, die gerade gelesen worden sind) und die Regression (das bewußte Zurückgehen auf Wörter, von denen der Leser weiß, daß er sie nicht oder falsch verstanden hat) machen die große Anzahl der Fixierungen des langsamen Lesers aus.

Bei Tests wurde den Probanden ein Zurückspringen oder eine Regression nicht erlaubt; in 80 % der Fälle entdeckten die Leser, daß ihr Auge die Information in Wirklichkeit aufgenommen hatte und sie diese verarbeiteten, während sie die nächsten paar Sätze lasen.

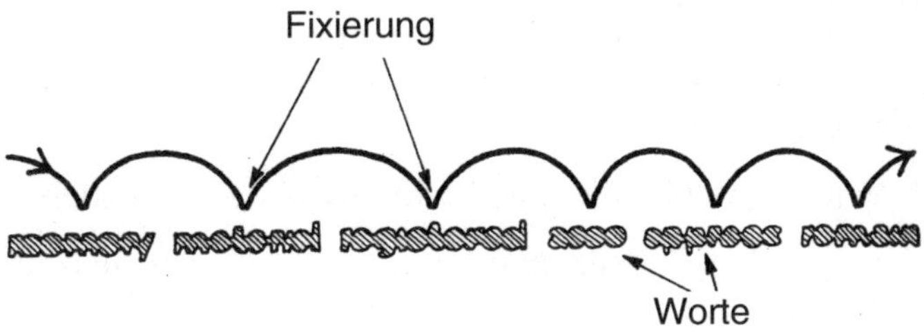


Abb. 4a: Diagramm der Grundbewegung des Auges beim Lesen

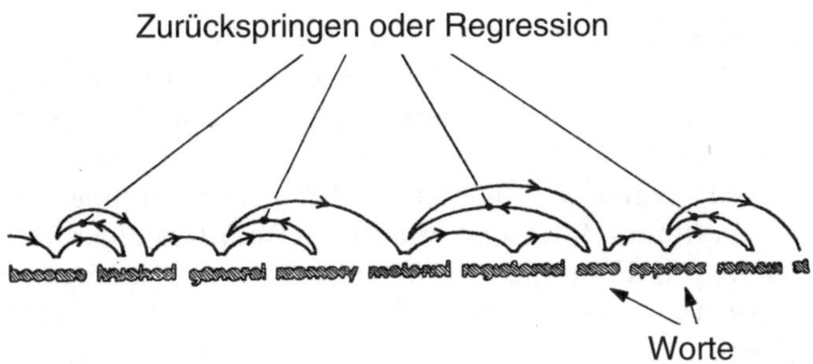


Abb. 4b: Diagramm der Augenbewegung eines schlechten Lesers

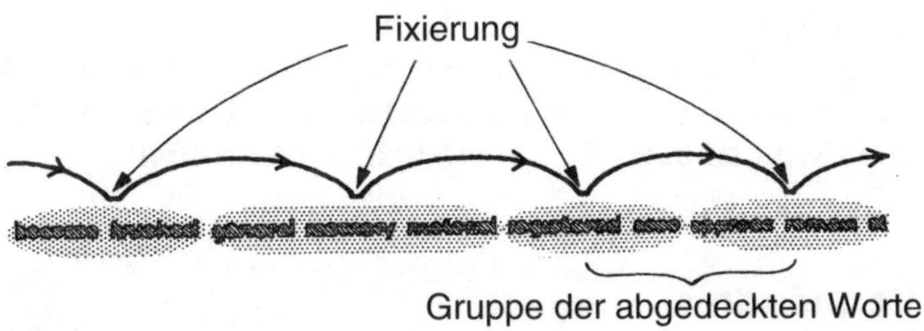


Abb. 4c: Diagramm der Augenbewegungen eines guten Lesers

Der schnelle Leser leistet sich sehr selten diese unnötigen Wiederholungen, die die Geschwindigkeit des schlechten Lesers so drastisch reduzieren. Wenn jeder Rücksprung oder jede Regression annähernd eine Sekunde braucht und nur zweimal pro Zeile stattfindet, dann werden auf einer durchschnittlichen Seite von 40 Zeilen 1 Minute und 20 Sekunden verschwendet. Bei einem durchschnittlichen Buch von 300 Seiten ergibt das:

1,3 Minuten x 300 Seiten = 390 Minuten = 6 ½ Stunden

an zusätzlicher Zeitverschwendung durch Lesen (und nicht Verstehen)!

## Der schnelle Leser

Abbildung 4c zeigt, daß der gute oder schnelle Leser nicht nur das Zurückspringen und die Regression vermeidet, sondern auch längere Lesesprünge macht. Der gute Leser nimmt auch nicht nur ein Wort pro Fixierung auf, sondern drei, vier oder fünf. Wenn wir annehmen, daß jede Fixierung gleich lang dauert, und diese Zeit mit durchschnittlich einer halben Sekunde pro Fixierung festlegen, taucht ein interessantes Bild auf. Bei einer normalen Zeile mit 12 Wörtern wird der langsame Leser, der bei einem Wort pro Fixierung stagniert und zweimal zurückspringt oder nochmals liest, 14 x ½ sec = 7 sec benötigen, während der schnelle Leser, der drei oder vier Wörter pro Fixierung aufnimmt ohne Rücksprung oder Regression 4 x ½ sec = 2 sec benötigt.

Der schnelle Leser hat, mit einer winzigen Richtigstellung in der Augenmechanik, den langsamen Leser um 350 % im Lesen und in der Geschwindigkeit übertroffen!

## Verständnis

„Aber warten Sie", sagen Sie. „Mir wurde immer gesagt, daß ich, um gut zu verstehen, „langsam und genau" lesen muß. Sicherlich wird die Verbesserung meiner Geschwindigkeit mein Verständnis *schlechter* werden lassen?" Diese Annahme klingt logisch, dennoch zeigt die Forschung immer deutlicher, daß *das Verständnis um so besser ist, je schneller man liest*.

Um dies selbst zu überprüfen, lesen Sie die folgende Behauptung genau so, wie sie geschrieben steht, nehmen Sie sie „langsam und genau“ und mit größtmöglichem Verständnis auf:

Man hat he raus ge fun den daß Schnelle sen be sser für das Ver ste hen ist als lang sa mes Le sen.

Schwierig? Naürlich! Denn Ihr Gehirn ist nicht dafür bestimmt, in solch verheerend langsamen Tempo zu lesen. Langsames und genaues Lesens ermutigt das Gehirn, immer noch langsamer zu lesen mit immer geringerem Verständnis und immer größerer Qual.

Nun sehen Sie sich den nächsten Satz an, lesen Sie diesmal die Wörter, wie sie zusammengestellt sind:

Es ist entdeckt worden daß das menschliche Gehirn mit Hilfe der Augen Information weit leichter aufnimmt wenn die Information in sinnvollen Gruppen zusammengestellt ist.

Ihr Gehirn arbeitet weitaus besser bei Geschwindigkeiten von 400 WpM und darüber. Eine interessante Beobachtung: Sieht ein Prüfer Menschen zu, die ihren Finger beim Lesen über die Zeile bewegen, liegt deren Lesegeschwindigkeit tatsächlich bei 400 WpM oder mehr. Ein Ansteigen in der Geschwindigkeit führt demnach automatisch zu einem Ansteigen im Verständnis. Das ist so, weil die Information in sinnvollen Blöcken organisiert wird, die unserem Gehirn sofort verständlich sind.

Derart verbessertes Verstehen hilft Ihnen, sich besser zu erinnern, denn das Gedächtnis beruht ebenfalls auf der Fähigkeit unseres Gehirns, Informationen in sinnvollen Blökken zusammenzustellen. Ihre erste Aufgabe besteht deshalb darin, die schlechten Gewohnheiten des Zurückspringens, der Regression und der zu geringen Wortaufnahme pro Fixierung zu eliminieren.

Zusätzlich zur Eliminierung dieser schlechten Angewohnheiten gibt es eine weitere Methode, Ihre Geschwindigkeit zu steigern: Versuchen Sie, Ihre normale Fixierungszeit von z.B. einer Sekunde pro Fixierung auf eine halbe Sekunde pro Fixierung zu steigern (was leicht möglich sein sollte, wenn man bedenkt, daß Ihr Auge Informationen in einer fünfhundertstel Sekunde aufnehmen kann).

# Übungen

## So kontrollieren Sie Ihre Augenbewegungen

Die nachfolgende Übung ist als Hilfe gedacht, schnellere Fixierungen zu erreichen und mehr Information durch „visuelles Schlingen“ aufzunehmen. Dies sollte Ihnen das Vertrauen und die gesteigerte Motivation vermitteln, die Sie benötigen, um Rücksprünge und Regression zu vermeiden. Sie wird Sie auch ermutigen, beim Lesen mehr auf einen Blick aufzunehmen. Legen Sie sich Papier und Stift bereit. Benutzen Sie eine Karte, um die Ziffern abzudecken. Decken Sie jede Zahl *so kurz wie möglich* auf, gestehen Sie sich nicht mehr als den Bruchteil einer Sekunde zu, sie zu sehen. Beinahe sofort sollte sie wieder *ab*gedeckt werden.

Dann schreiben Sie die Zahl auf, an die Sie sich erinnern, und überprüfen Sie Ihr Ergebnis. Machen Sie mit der nächsten Zahl weiter, und gehen Sie so von einer Kolonne zur nächsten. Sie werden feststellen, daß die Übung um so anspruchsvoller wird, je weiter Sie fortschreiten, da die Anzahl der Ziffern ständig erhöht wird. Die Zahlen bestehen aus gerade so vielen Beispielen, daß es Ihrem Auge/Gehirn ermöglicht wird, sich an diese Schwierigkeitsstufe zu gewöhnen, bevor Sie zur nächsten weitergeführt werden. Wenn Sie das Ende der sechsstelligen Ziffern mit wenig Fehlern erreichen können, sind Sie sehr gut.

### Wahrnehmungsübung 1

| | |
|---|---|
| ......................26 .............. | ......................53 .............. |
| ......................74 .............. | ......................79 .............. |
| ......................82 .............. | ......................63 .............. |
| ......................91 .............. | ......................73 .............. |
| ......................22 .............. | ......................53 .............. |
| ......................35 .............. | ......................29 .............. |
| ......................66 .............. | ......................24 .............. |

| | |
|---|---|
| ......................25 .............. | ......................31 .............. |
| ......................46 .............. | ......................02 .............. |
| ......................13 .............. | ......................85 .............. |
| ......................72 .............. | ......................43 .............. |
| ......................20 .............. | ......................67 .............. |
| ......................50 .............. | ......................76 .............. |
| ......................23 .............. | ......................06 .............. |
| ......................40 .............. | ......................28 .............. |
| ......................96 .............. | ......................88 .............. |
| ......................77 .............. | ......................84 .............. |
| ......................45 .............. | ......................15 .............. |
| ......................21 .............. | ......................60 .............. |
| ......................87 .............. | ......................83 .............. |
| ......................49 .............. | ......................99 .............. |
| ......................78 .............. | ......................58 .............. |
| ......................87 .............. | ......................18 .............. |
| ......................03 .............. | ......................85 .............. |
| ....................277 .............. | ....................864 .............. |
| ....................833 .............. | ....................825 .............. |
| ....................013 .............. | ....................953 .............. |
| ....................736 .............. | ....................425 .............. |
| ....................226 .............. | ....................129 .............. |
| ....................736 .............. | ....................490 .............. |
| ....................903 .............. | ....................363 .............. |
| ....................271 .............. | ....................646 .............. |
| ....................736 .............. | ....................726 .............. |
| ....................813 .............. | ....................411 .............. |
| ....................413 .............. | ....................361 .............. |
| ....................908 .............. | ....................058 .............. |
| ....................862 .............. | ....................864 .............. |
| ....................832 .............. | ....................956 .............. |
| ....................525 .............. | ....................864 .............. |
| ....................865 .............. | ....................737 .............. |
| ....................837 .............. | ....................635 .............. |
| ....................747 .............. | ....................737 .............. |
| ....................109 .............. | ....................107 .............. |
| ....................251 .............. | ....................747 .............. |
| ....................982 .............. | ....................837 .............. |
| ....................825 .............. | ....................215 .............. |
| ....................211 .............. | ....................847 .............. |
| ....................267 .............. | ....................880 .............. |
| ....................837 .............. | ....................626 .............. |
| ....................108 .............. | ....................103 .............. |

....................411 ..............
....................716 ..............
....................975 ..............
....................779 ..............
....................744 ..............
....................764 ..............
....................216 ..............
....................077 ..............
....................865 ..............
....................877 ..............
....................755 ..............
....................866 ..............
....................199 ..............
..................8638 ..............
..................7875 ..............
..................1178 ..............
..................2277 ..............
..................7426 ..............
..................7655 ..............
..................7777 ..............
..................5433 ..............
..................5433 ..............
..................9880 ..............
..................8612 ..............
..................9871 ..............
..................8766 ..............
..................3777 ..............
..................7544 ..............
..................1074 ..............
..................7654 ..............
..................8764 ..............
..................5325 ..............
..................6423 ..............
..................0653 ..............
..................8644 ..............
..................6118 ..............
..................7703 ..............
..................5423 ..............
..................8762 ..............
..................8277 ..............
..................7272 ..............
..................0177 ..............
..................8767 ..............

....................217 ..............
....................870 ..............
....................544 ..............
....................656 ..............
....................458 ..............
....................168 ..............
....................562 ..............
....................641 ..............
....................655 ..............
....................668 ..............
....................302 ..............
....................110 ..............
....................617 ..............
..................7475 ..............
..................7356 ..............
..................1088 ..............
..................2436 ..............
..................8656 ..............
..................6423 ..............
..................6555 ..............
..................6545 ..............
..................7657 ..............
..................8702 ..............
..................0188 ..............
..................0677 ..............
..................3343 ..............
..................2244 ..............
..................7702 ..............
..................7653 ..............
..................7623 ..............
..................5433 ..............
..................6543 ..............
..................7056 ..............
..................8765 ..............
..................7655 ..............
..................1154 ..............
..................8674 ..............
..................7543 ..............
..................5734 ..............
..................7374 ..............
..................8862 ..............
..................1761 ..............
..................2345 ..............

..................7654 ..............
..................6511 ..............
..................1075 ..............
..................9841 ..............
..................3753 ..............
..................8297 ..............
..................9275 ..............
..................5702 ..............
..................3089 ..............
..................2850 ..............
..................4861 ..............
................46533 ..............
................64322 ..............
................98011 ..............
................66255 ..............
................64533 ..............
................27549 ..............
................86422 ..............
................08436 ..............
................18643 ..............
................74323 ..............
................52741 ..............
................79285 ..............
................29477 ..............
................13655 ..............
................29371 ..............
................35727 ..............
................64652 ..............
................45610 ..............
................82547 ..............
................21420 ..............
................47539 ..............
................49763 ..............
................95079 ..............
................91637 ..............
................26091 ..............
................14161 ..............
................08222 ..............
................49653 ..............
................42983 ..............
................60258 ..............
................46104 ..............
................51252 ..............
..................5433 ..............
..................6531 ..............
..................7120 ..............
..................1106 ..............
..................2754 ..............
..................1173 ..............
..................4828 ..............
..................8567 ..............
..................9861 ..............
..................8422 ..............
................76542 ..............
................75252 ..............
................19866 ..............
................44904 ..............
................37621 ..............
................95412 ..............
................95339 ..............
................15155 ..............
................85369 ..............
................36438 ..............
................47721 ..............
................76201 ..............
................51915 ..............
................68224 ..............
................01678 ..............
................82102 ..............
................44627 ..............
................50664 ..............
................27392 ..............
................99266 ..............
................56439 ..............
................14733 ..............
................38657 ..............
................63644 ..............
................30080 ..............
................17533 ..............
................16843 ..............
................93867 ..............
................84611 ..............
................12548 ..............
................62938 ..............
................47250 ..............
................52952 ..............

................83704 ..............
................15733 ..............
................62969 ..............
................15845 ..............
..............987104 ..............
..............916846 ..............
..............376520 ..............
..............238755 ..............
..............452876 ..............
..............045018 ..............
..............112785 ..............
..............234743 ..............
..............564220 ..............
..............887632 ..............
..............876926 ..............
..............031410 ..............
..............517195 ..............
..............376490 ..............
..............438753 ..............
..............875316 ..............
..............219564 ..............
..............376982 ..............
..............085377 ..............
..............387520 ..............
..............978564 ..............
..............103866 ..............
..............984372 ..............
..............796103 ..............
..............041673 ..............
..............643192 ..............
..............638726 ..............
..............116794 ..............
..............436795 ..............
..............998665 ..............
..............654732 ..............
..............284938 ..............
..............563982 ..............
..............876944 ..............
..............342988 ..............
..............865014 ..............
..............987655 ..............
..............765839 ..............
..............965411 ..............

................07650 ..............
................29332 ..............
................48579 ..............
..............345783 ..............
..............201896 ..............
..............456782 ..............
..............569832 ..............
..............387513 ..............
..............984764 ..............
..............298436 ..............
..............090769 ..............
..............954137 ..............
..............759484 ..............
..............656892 ..............
..............332558 ..............
..............476831 ..............
..............219575 ..............
..............857393 ..............
..............386280 ..............
..............619474 ..............
..............219575 ..............
..............487615 ..............
..............764973 ..............
..............114874 ..............
..............576330 ..............
..............657894 ..............
..............349715 ..............
..............496511 ..............
..............392588 ..............
..............567682 ..............
..............284191 ..............
..............767936 ..............
..............432615 ..............
..............816155 ..............
..............764130 ..............
..............084503 ..............
..............278402 ..............
..............932548 ..............
..............478902 ..............
..............543790 ..............
..............037686 ..............
..............258765 ..............
..............423699 ..............

| | |
|---|---|
| .............356794.............. | .............175894.............. |
| .............763297.............. | .............538722.............. |
| .............090808.............. | .............443245.............. |
| .............578392.............. | .............121377.............. |
| .............578343.............. | .............987532.............. |
| .............013677.............. | .............467832.............. |
| .............284680.............. | .............538763.............. |
| .............998577.............. | .............105790.............. |
| .............334877.............. | .............857644.............. |
| .............876653.............. | .............664893.............. |
| .............189568.............. | .............356543.............. |
| .............987564.............. | .............467558.............. |
| .............958747.............. | .............465379.............. |
| .............836753.............. | .............556794.............. |
| .............001579.............. | .............567833.............. |
| .............378696.............. | .............189696.............. |
| .............276460.............. | .............354673.............. |
| .............287655.............. | .............801568.............. |
| .............765844.............. | .............968477.............. |

## Selbsttest 2

Machen Sie nun mit dem nächsten Selbsttest anhand des folgenden Textes weiter. Wenden Sie alles an, was Sie in diesem Kapitel gelernt haben, vermeiden Sie Zurückspringen und Regression, verringern Sie die Zeitdauer der Fixierungen und nehmen Sie größere Wortgruppen pro Fixierung auf. Außerdem üben Sie nun auch die *Plus-Eins-Regel:* Setzen Sie es sich zum Ziel, wenigstens ein Wort pro Minute schneller zu lesen als bei Ihrer vorherigen Höchstgeschwindigkeit. Auf diese Art unterliegen Sie nicht unnötigem Streß, und Sie werden oft feststellen, daß Sie sich um zehn oder mehr Wörter pro Minute verbessert haben. Das dadurch entstehende Selbstvertrauen führt zu schnellerem und effizienterem Lesen. Trauen Sie sich mehr zu? Dann setzen Sie sich ein *Plus-Zehn-Limit*, wobei Ihr Ziel darin besteht, sich um zehn Wörter pro Minute zu verbessern. – Und denken Sie an das Starten Ihrer Uhr und das Ablesen der Zeit am Ende des Textes!

## Kunst – vom Primitiven zum Christentum

Kunst ist eine der vollkommensten Ausdrucksformen des menschlichen Gehirns. Seit Anbeginn der Zeiten war der schaffende Geist mit einer der hochentwickeltsten und kompliziertesten Formen der Analyse und des Ausdrucks beschäftigt, die man sich vorstellen kann.

### Primitive Kunst

Alle Künste haben ihren Ursprung in prähistorischer Zeit, aber die in Elfenbein und Knochen eingeritzten, auf Wänden und Höhlendecken in Nordspanien und Südfrankreich gezeichneten oder gemalten Tierdarstellungen rufen durch ihre außergewöhnliche Kraft und offensichtliche „Modernität" immer noch Verwunderung hervor. Viele Meisterwerke wurden ungefähr zwischen 40.000 und 10.000 vor Christus geschaffen. Wir bewundern die Art, wie die Künstler die Hauptmerkmale der Tiere – Mammut und Bison, Hirsch, Wildschwein und Wildpferd – ausgewählt und betont haben; das Wissen, das sie über ihre Anatomie zeigen; das Können, mit dem sie die massige Gestalt und die kraftvollen Bewegungen der Tiere darstellen, wobei sie nichts anderes benutzen als etwas Schwarz und roten Ocker.

Es gibt vergleichbare Gemälde und Zeichnungen von Menschen, die ein ähnliches Leben zu einem viel späteren Zeitpunkt führten. So haben die afrikanischen Buschmänner in Felsenunterständen Tierzeichnungen hinterlassen, die denen unserer ersten europäischen Künstler in Schönheit und Stil ähnlich sind, obwohl einige davon erst vor kurzer Zeit im 19. Jahrhundert entstanden sind. In der nächsten Zivilisationsphase wurde das Jagen weniger wichtig, und das soziale Leben nahm konkretere Form an. Mit dem Anwachsen der Landwirtschaft wurden Werkzeuge aus Stein und Bronze sowie die Töpferei und das Webehandwerk entwickelt, und es entstanden verschiedene Riten und Zeremonien. Die typische primitive Gesellschaft, von der noch ein paar Beispiele wie in Polynesien existieren, fand aus ihrer rudimentären Religion den künstlerischen Ausdruck.

## Die Kunst der alten Welt im Mittelmeergebiet

Die alten Ägypter nutzten die Wandmalerei auf den Außenwänden ihrer Tempel: ein deutliches, niederes Relief bildete den Umriß, der mit heller Farbe gefüllt wurde. Die Mehrheit noch vorhandener ägyptischer Gemälde findet man auf Grabwänden. Sie enthalten Szenen aus dem Leben der Verstorbenen. Von großer Qualität zeugt die lebendige Beobachtung der Künstler beim Malen von Szenen des Festessens, des Tanzes, Fischens und Vogelfangens entlang des Nils, wobei Männer meist in rotem, Frauen in gelbem Ocker gemalt wurden.

Die Wandgemälde der Minoer aus dem alten Kreta, die im Palast von Knossos gefunden wurden, können mit ihren hellen, flächig aufgetragenen Farben und entschiedenen Umrissen mit denen von Ägypten in Zusammenhang gebracht werden. – Die bemalte Töpferei des alten Griechenland bietet auf kleinem Gebiet weitere Beispiele dieser künstlerischen Traditionen. Die männliche Figur ist dunkel, die weibliche hell; Umrisse spielen eine wichtige Rolle. Die griechischen Vasenmaler (die oft ihre Schalen und Vasen signierten) können als brilliante Zeichner mit einem äußerst feinen Gefühl für den Wert der Linie und Silhouette angesehen werden.

In der klassischen Periode Griechenlands stoßen wir zum ersten Mal auf Bilder im modernen Sinn, obwohl unsere Vorstellung von ihnen leider nicht auf den authentischen Werken der legendären Meister Zeuxis und Apelles beruht, sondern auf Kopien griechischer Gemälde, die man bei den Ausgrabungen der römischen Städte Pompeji und Herculaneum entdeckte. Die griechischen Maler haben ihrer Kunst eine Ausdehnung und eine Stellung verliehen, von der die Ägypter und Minoer nicht einmal träumen konnten. Ihre Arbeit war nicht länger flach, sondern stellte Licht und Schatten dar. Die Griechen dachten sich dramatische Kompositionen aus; sie interessierten sich für das Problem, ihren Figuren in Aussehen und Gebärde individuellen Charakter und Ausdruck zu verleihen. Die griechisch-römischen Arbeiten, die die Villen reicher Römer im ersten Jahrhundert nach Christus schmückten, zeigen Beispiele von Landschaften (bislang unbekannt) und Stilleben. Sie waren die Vorläufer der späteren Entwicklung der Malerei in Italien.

Der Zerfall des Römischen Reiches, die Errichtung eines neuen Rom im frühen Byzanz (Konstantinopel) und das Aufkommen des Christentums als allgemeines Glaubensbekenntnis des Westens verliehen der Malerei einen neuen Charakter, einen neuen Geist und ein neues Ziel. Die christliche Religion wurde zum Thema des Künstlers. Konstantinopel besaß viele Verbindungen mit dem Osten, dessen Einfluß man im Gebrauch reicher Farbe und geometrischer Muster sehen kann.

## Die byzantinische Kunst

Die wichtigsten Erfolge byzantinischer Malerei wurden mit dem Mosaik erreicht, das zur Dekoration der Wände oder Innenschiffe byzantinischer Kirchen verwendet wurde. Andere Formen waren zunächst die Ikone, ein Bild von Christus oder der Gottesmutter, und die Illustration der Evangelien und liturgischer Werke mit Zeichnungen und Blattgold. Die verwendeten Stilmittel waren durch die Tradition fest bestimmt, und da das byzantinische Reich über 1.100 Jahre nach der Gründung im vierten Jahrhundert nach Christus intakt, wohlhabend und stabil blieb, finden wir bei durchaus ähnlichen Werken weit auseinanderliegende Entstehungsdaten.

## Die frühe christliche Kunst im Westen

Hier beobachten wir eine komplexe Geschichte. Die christliche Kunst folgte zunächst der griechisch-römischen Tradition wie in den Gemälden, die in den römischen Katakomben gefunden wurden. Sie wurde dann durch die lokalen Elemente der verschiedenen Regionen des Römischen Reich und durch religiöse und kommerzielle Verbindungen mit Byzanz beeinflußt. Lange Zeit war die klösterliche Kunst der illustrierten Manuskripte die wichtigste Form der Malerei wie im keltischen und angelsächsischen Großbritannien und im Reich Karl des Großen.

Die frühe christliche Kunst vermied im allgemeinen die realistische Abbildung der menschlichen Gestalt, die ein Kennzeichen der klassischen Kunst war. Dennoch war sie nicht notwendigerweise primitiv und unvollkommen, sondern auf eine Art und Weise, die sich von weltlichen Angelegenheiten distanzierte, eher geistig und abstrakt; und aus diesem Blickwinkel wird sie heute positiver beurteilt als dies früher der Fall war. Das Christentum war die eine verbindende und erzieherische Kraft in Europa; und Bilder waren das wichtigste Mittel, seine Botschaft effizient und universell unter die Menschen zu bringen, die verschiedene Sprachen sprachen und nicht lesen und schreiben konnten. Mit dem großen Zeitalter des Kirchenbaus, das im 11. Jahrhundert begann, entwickelte sich der internationale, westliche Stil, der als romanisch bekannt ist.

## Der Aufbruch in die Moderne

Nach den Stilrichtungen wie der Renaissance, dem Barock oder später dem Klassizismus führte der französische Künstler Cezanne, der als Vater der Modernen Kunst gilt, die Kunst einen Schritt weiter. Er war vor allem daran interessiert, *wie* er etwas sah, nicht *was* er sah. Er begann deshalb die Art und Weise zu erforschen, wie Licht von einem Objekt reflektiert und vom menschlichen Auge/Gehirn aufgenommen wird.

Aus Cezannes Arbeit entwickelte sich die gesamte Schule des Kubismus, der nicht nur mit Lichtflächen, sondern auch verschiedenen Perspektiven arbeitete. Künstler wie Wassily Kandinsky und Lorraine Gill haben sich sogar noch intensiver damit auseinandergesetzt, wie und was wir sehen, indem sie die Beziehung zwischen Farbe und Farbe, Linie und Linie und Linie und Farbe untersuchten.

Im 21. Jahrhundert werden wir wahrscheinlich die Entwicklung neuer Theorien in der Kunst erleben, die sie weit enger mit Mathematik, Physik und all den anderen Wissenschaften verbinden.

Stoppen Sie jetzt Ihre Uhr, berechnen Sie die benötigte Zeitspanne: ......... Minuten.

Indem Sie die Anzahl der Wörter im Absatz (in diesem Fall 1.077) durch Ihre gestoppte Zeit (in Minuten) dividieren, erhalten Sie Ihre derzeitige Lesegeschwindigkeit in Wörtern pro Minute (WpM):

$$\text{Wörter pro Minute (WpM)} = \frac{\text{Anzahl der Wörter}}{\text{Zeit}}$$

Wenn Sie Ihre Berechnung beendet haben, tragen Sie das Resultat in das Feld WpM in Ihre Fortschrittstabelle und Ihr Fortschrittsdiagramm auf Seite 235 f. ein.

Weiter im Selbsttest: Jetzt geht es darum, wieviel des Textes Sie verstanden haben. Überprüfen Sie die Statements auf Richtigkeit, und beantworten Sie die Fragen:

**1.** Alle Künste haben ihren Ursprung in:
a) Afrika b) prähistorischer Zeit
c) der frühen Eisenzeit d) im Nildelta

**2.** So weit wir es heute wissen, entstanden die ersten künstlerischen „Meisterwerke“ zwischen:
a) 100000 und 50000 vor Christus
b) 50000 und 40000 vor Christus
c) 40000 und 10000 vor Christus
d) 10000 und 5000 vor Christus

**3.** Der afrikanische Buschmann beschäftigte sich im Gegensatz zum Höhlenmenschen nicht so sehr mit Tieren.

**4.** Eine typische, primitive Gesellschaft beschäftigt sich in ihrer Kunst vor allem mit:
a) Malerei b) Jagd
c) Religion d) Krieg

**5.** Die alten Wandmalereien im Mittelmeergebiet sind gekennzeichnet durch:
a) feine Umrisse und leuchtende Farben
b) feine Umrisse, flächig aufgetragene Farben
c) deutliche Umrisse, leuchtende Farben
d) deutliche Umrisse, flächig aufgetragene Farben

**6.** Auf ägyptischen Grabmalereien ist die weibliche Figur meist in:
a) rotem Ocker b) gelb
c) braun d) rot gemalt

**7.** Das erste Auftauchen von Bildern im modernen Sinn beruht auf:
a) den authentischen Arbeiten von Zeuxis und Appelles
b) den griechischen Vasenmalern
c) Kopien griechischer Malereien, die in den römischen Städten Pompeji und Herculaneum gefunden wurden
d) der italienischen Renaissance

**8.** Die ersten Beispiele von Landschaftsmalerei wurden gefunden:
a) bei der Ausgrabung griechischer Städte
b) in ägyptischen Gräbern
c) in den Villen reicher Römer
d) in der Arbeit der Minoer

**9.** In der byzantinischen Kunst war das Christentum das Hauptthema der Künstler.

**10.** Die großen Leistungen byzantinischer Malerei wurden erzielt auf dem Gebiet:
a) Mosaik
b) Vasen
c) Teppiche
d) der Triumphdarstellungen des byzantinischen Reiches

**11.** Die Ikone stellte eine festgelegte Tradition in der byzantinischen Kunst dar.

**12.** Die byzantinische Kunstschule dauerte ungefähr:
a) 110 Jahre b) 500 Jahre
c) 1000 Jahre d) 1100 Jahre

**13.** Die frühe christliche Kunst:
a) kopierte die klassische Kunst
b) vermied die realistische Darstellung der menschlichen Gestalt
c) betonte die Darstellung der menschlichen Gestalt
d) war nicht an der menschlichen Darstellung interessiert

**14.** Der Vater der modernen Kunst war:
a) Duccio b) El Greco
c) Cezanne d) Picasso

Überprüfen Sie nun Ihre Antworten. Dann teilen Sie Ihre Anzahl richtiger Antworten durch 14 und multiplizieren sie mit 100, um Ihren Prozentwert an Verständnisfähigkeit zu errechnen.

**Auflösung**

| | | |
|---|---|---|
| 1: b) | 2: c) | 3: Falsch |
| 4: c) | 5: d) | 6: b) |
| 7: c) | 8: c) | 9: Richtig |
| 10: a) | 11: Richtig | 12: d) |
| 13: b) | 14: c) | |

Verständnisleistung: $\frac{\text{Anzahl richtiger Antworten x 100 \%}}{14}$

Tragen Sie jetzt Ihr Ergebnis in Ihre Fortschrittstabelle und in Ihrem Fortschrittsdiagramm auf Seite 235 f. ein.

## So sollten Sie vorgehen

1. Reduzieren Sie das Zurückspringen und die Regression, denn beide sind nicht notwendig. Bewegen Sie sich nur vorwärts.
2. Ihre Augen lesen mit Pausen oder Fixierungen, die zwischen einer viertel und eineinhalb Sekunden dauern. Der langsame Leser nimmt durchschnittlich ein Wort pro Fixierung auf, bei durchschnittlicher Lesegeschwindigkeit werden drei bis fünf Wörter pro Fixierung aufgenommen. Also: Verkürzen Sie die Zeitdauer jeder Fixierung! Dazu wiederholen Sie in der nächsten Zeit Wahrnehmungsübung 1 (S. 48 ff.).
3. Langsames und genaues Lesen stört das Verständnis. Schnelleres Lesen und das Lesen in sinnvollen Blöcken hingegen fördern das Verständnis. Nehmen Sie deshalb Wörter in langen, sinnvollen Blöcken auf.
4. Bleiben Sie konzentriert und verbessern Sie Ihre Motivation, damit Sie effektiver lesen, leichter verstehen und das Erarbeitete sich wirklich merken!
5. Überfliegen Sie kurz Kapitel 5.

Da Sie das erste Hauptkapitel über die Verbesserung Ihrer Augenmechanik abgeschlossen haben, wissen Sie nun um die Verbesserungen Ihrer Lesegeschwindigkeit. Dies ist das erste von vier derartigen Kapiteln, von denen Sie jedes in die Lage versetzen wird, ähnlich große Fortschritte zu erzielen. Bevor Sie mit den übrigen drei Kapiteln weitermachen, ist es notwendig, Ihren Augen und Ihrem Gehirn eine Leseumgebung zu verschaffen, die die Leistung und den Erfolg fördert. Dies ist das Thema des nächsten Kapitels.

# 5. Externe und interne Umgebung

Wenn Innen und Außen beide stimmen, gilt verblüffenderweise die Formel 1+1=3!! Die Wirkungen positiver innerer und äußerer Bedingungen addieren sich nicht, sondern potenzieren sich; das gleiche gilt für negative Bedingungen.

## Das Schaffen von optimalen äußeren Bedingungen

Sie lernen nun Möglichkeiten kennen, Ihre Lesegeschwindigkeit und Ihr Verständnis zu steigern, indem Sie die richtigen äußeren Bedingungen schaffen und dabei Faktoren wie Körperhaltung und Licht beachten. Außerdem erfahren Sie, wie innere Störungen vermieden werden, die durch Probleme wie Angst und Unwohlsein entstehen. Eine positive Einstellung bewirkt gemeinsam mit einer positiven Umgebung mehr positive Effekte, ebenso wie eine negative interne Einstellung in gleicher Weise mit einer negativen externen Umgebung zusammenwirkt, um noch mehr negative Effekte zu schaffen. Es ist ausschlaggebend, dieses Prinzip zu verstehen.

### Arbeitsplatz

Ihre Umgebung wird Ihre Leistungen beeinflussen. Der Platz, an dem Sie lesen, sollte hell, geräumig, angenehm für das Auge, für Lesezwecke gut ausgerüstet, nach Ihrem Geschmack dekoriert und ein Ort sein, an dem Sie sich gerne aufhalten würden, auch wenn Sie nicht lesen. Machen Sie Ihren Studierplatz nicht zu einer Gefängniszelle, verwandeln Sie ihn in ein Paradies. Er sollte Sie einladen und willkommen heißen.

## Lichtverhältnisse

Das beste Licht zum genauen Lesen ist das Tageslicht, deshalb sollten Sie möglichst in der Nähe eines Fensters lesen. Zu bestimmten Tageszeiten, wenn es zu dunkel ist, sollte das Licht über Ihre Schulter gegenüber der Hand einfallen, mit der Sie schreiben, um Glanz und Schatten zu vermeiden (s. Abb. 5). Tischlampen können eine Überanstrengung der Augen verursachen, wenn sie nicht richtig plaziert sind. Das Licht sollte hell genug sein, um das Material, das gelesen wird, angemessen zu beleuchten, aber nicht so hell, daß es zum Rest des Raumes einen zu großen Kontrast bildet. Zusätzlich zur Tischlampe ist eine allgemeine, gleichmäßige Beleuchtung optimal.

## Umgebung

Damit es sich Ihr Gehirn „bequem“ machen kann, sollte in Ihrer Leseumgebung alles Material, das Sie benötigen, passend bereit und leicht zugänglich sein. Dies wird nicht nur Ihre Konzentration und Ihr Verständnis steigern, sondern Ihnen auch einen psychologischen Auftrieb geben. Das Wissen, daß Ihre Unterlagen gefällig und zweckmäßig angeordnet sind, vergrößert Ihre Freude an der bevorstehenden Arbeit und erleichtert es Ihnen, diese durchzuführen.

Abb. 5: Das Diagramm zeigt die beste Haltung und die richtige Position der Lichtquelle zum Lesen

## Körperhaltung

Und Ihre Sitzhaltung? Machen Sie es sich nicht zu bequem! Idealerweise sollte Ihr Sessel weder zu hart noch zu weich sein, eine gerade Lehne haben (eine schräge verursacht Haltungsfehler und Rückenschmerzen und macht das richtige Anlegen von Notizen unbequem). Der Sessel sollte Sie unterstützen, eine gute Haltung fördern und Sie weder allzusehr entspannen noch anspannen.

Die Höhe sowohl Ihres Sessels als auch Ihres Schreibtischs ist wichtig: der Sessel sollte hoch genug sein, um es Ihren Oberschenkeln zu ermöglichen, parallel zum Boden oder etwas höher als parallel zu sein. Das garantiert, daß der Hauptdruck beim Sitzen von den richtigen Sitzknochen an Ende der Hüften getragen wird. Manchmal kann ein kleiner Hocker oder ein Telefonbuch helfen, die Füße in eine bequeme Stellung zu bringen. Die übliche Schreibtischhöhe beträgt 73-81 cm und sollte durchschnittlich ungefähr 20 cm über der Sesselsitzfläche sein.

Der Abstand der Augen zum Lesematerial sollte ungefähr 50 cm betragen, ein selbstverständlicher Abstand, wenn man so sitzt wie oben beschrieben. Es ist so für die Augen viel leichter, sich auf Wortgruppen zu konzentrieren. Auch werden Sie so seltener Kopfschmerzen vom Lesen bekommen. Um dies selbst zu testen, versuchen Sie auf Ihren Zeigefinger zu sehen, wenn dieser beinahe die Nase berührt, und dann sehen Sie Ihre ganze Hand an, wenn sie ungefähr 46 cm von Ihnen entfernt ist. Sie werden im ersten Fall eine wirkliche körperliche Anstrengung und im zweiten Fall eine beträchtliche Lockerung der Anspannung verspüren, obwohl sie „mehr aufnehmen".

Ihre Füße sollten im Idealfall flach auf dem Boden stehen. Sie sollten den Rücken gerade halten und versuchen, Ihre Muskulatur leicht zu dehnen. Die leichte Rundung in Ihrem Rücken vermittelt Ihnen die notwendige Stütze. Wenn Sie auf einem Sessel oder Hocker sitzen und eher lesen als schreiben, finden Sie es vielleicht bequemer, das Buch in der Hand zu halten. Wenn Sie sich andererseits lieber ein wenig nach vorn über einen Schreibtisch oder einen Tisch beugen, versuchen Sie, das Buch auf etwas zu legen, so daß ein leichter Winkel entsteht. Stellen Sie auf alle Fälle sicher, daß Sie auf einer festen Unterlage sitzen.

## In der richtigen Lesehaltung sitzen bedeutet

- Ihr Gehirn erhält die größtmögliche Menge an Luft und Blut. Wenn die obere Wirbelsäule und besonders der Nacken gebeugt sind, sind sowohl Ihre Luftröhre als auch die Hauptarterien und Venen in Ihrem Nacken eingeengt. Wenn Sie aufrecht sitzen, öffnet sich der Stau und Ihr Gehirn kann höchst wirksam arbeiten.
- Der Fluß elektrischer Energie entlang Ihrer Wirbelsäule optimiert die Kraft Ihres Gehirns. Eine aufrechte Haltung gibt der Wirbelsäule mehr Kraft und Federung, die leichte, natürliche Krümmung der Wirbelsäule verringert Schmerzen im unteren Rücken und Schulterbereich.
- Wenn Ihr Körper aufrecht ist, ist Ihr Gehirn wach und weiß, daß etwas Wichtiges passiert. Wenn Ihr Körper nach vorne gebeugt oder zusammengesackt ist, sagt er Ihrem Gehirn – mit Hilfe des inneren Ohres und der Gleichgewichtsmechanismen – daß es Zeit zum Schlafen

ist, ganz besonders dann, wenn Ihr Kopf sich zu weit aus der Vertikalen neigt.

- Ihre Augen können sowohl die zentrale als auch die periphere Sicht optimal nutzen.

Die Höhe Ihres Sessels und Schreibtischs, der Abstand Ihrer Augen vom Lesestoff, Ihre physische Bequemlichkeit und Ihre Haltung sind die Faktoren, die eng voneinander abhängig sind (vgl. Abb. 5).

## Auch die innere Umgebung muß stimmen!

### Zeit

Die richtige Zeit kann oft den Unterschied ausmachen, ob Sie das, was Sie lesen, wirklich verstehen oder gar nicht verstehen. Durch Angewohnheiten, die in der Schule geprägt wurden, haben viele Menschen noch nie versucht, die Tageszeit herauszufinden, zu der sie am besten lesen oder studieren können. Es ist jedoch entscheidend, mit dem Lesen zu verschiedenen Uhrzeiten zu experimentieren, denn wir alle haben in dieser Beziehung verschiedene Höhen und Tiefen. Einige können am besten morgens zwischen 5 und 9 Uhr studieren. Andere glauben, nur in der Nacht wirklich lernen zu können, und wieder andere halten die Zeit am späten Morgen oder frühen Nachmittag für die beste.

Wenn Sie vermuten, daß ein schlechter Zeitpunkt der Grund für Ihre Konzentrations- und Verständnisschwäche sein könnte, experimentieren Sie so bald wie möglich mit unterschiedlichen Uhrzeiten.

### Ruhe

Genauso wie unbekannte Wörter und schwierige Begriffe den Konzentrations- und Verständnisfluß unterbrechen, geschieht dies auch durch Telefonanrufe, nicht notwendige Pausen, laute Geräusche und geringere Ablenkungen. Ähnlich kann Sie Ihr eigener innerer Zustand stören. Wenn Sie sich über persönliche Probleme Gedanken machen, sich irgendwie körperlich oder geistig unbehaglich fühlen oder sich allgemein nicht im Gleichgewicht befinden, können Konzentration und Verständnis auffällig beeinträchtigt werden. Denken Sie auch daran, daß Ihr Atem bei richtiger Haltung tief und entspannt sein wird, was Sie wiederum innerlich entspannter werden läßt.

### Wohlbefinden

Wenn Sie ein intensives Lese- oder Lernprogramm aufnehmen wollen, sollten Sie sicherstellen, daß Sie der Aufgabe gewachsen sind. Sogar kleine Unpäßlichkeiten wie eine Erkältung oder Kopfschmerzen werden einen großen Unterschied bei Ihrer geistigen Leistung ausmachen. Wenn Sie beinahe chronisch an solchen Symptomen leiden, bitten Sie Ihren Arzt um Rat. Es ist besonders nützlich – u.U. unter ärztlicher Anleitung –, ein leichtes und beständiges Bewegungsprogramm zu beginnen.

## Das Zusammenspiel von Außen und Innen

Ihre Umgebung spielt eine Hauptrolle bei der Verbesserung oder Verschlechterung Ihrer Lesegeschwindigkeit und Ihres Verständnisses. Es ist notwendig, sicherzustellen, daß jeder Aspekt Ihrer Umgebung, sowohl extern wie intern, so angelegt ist, daß Ihre geistige Leistung optimiert wird.

Machen Sie Ihren Studierbereich also zu Ihrem ruhigen Refugium, und gestalten Sie ihn so, daß er sie unterstützt. Kleine Dinge – das Telefon auf Anrufbeantworter schalten, ein lustiges Schild an der Tür, das Unterbrechungen verhindert, vielleicht das Auswählen geeigneter Musik und das Verhindern nicht notwendiger Ablenkungen – können helfen. Versuchen Sie auch sicherzustellen, daß ihr übliches Leben geordneter ist: Ihr Lesen, Lernen, Verstehen und Erinnerungsvermögen werden sich verbessern.

## So sollten Sie vorgehen

1. Achten Sie also ab sofort auf Ihre externen Bedingungen, besonders auf das Licht, die Position Ihres Schreibtisches und Lesestoffes und Ihre Haltung.
2. Eperimentieren Sie damit, Ihre beste Tageszeit zum Lesen und Lernen herauszufinden.
3. Stellen Sie sicher, daß Ihre interne Einstellung ruhig, friedlich, wachsam und dem Lesen förderlich ist.

Sie haben gelernt, wie Ihre Augen arbeiten und wie Sie die Umgebung verbessern können, in der Sie arbeiten, jetzt sind Sie zum nächsten großen Schritt vorwärts bereit: Verdoppeln Sie das, was Sie bereits erreicht haben, durch eine revolutionäre neue Lesetechnik.

# 6. Schnelles und selektives Lesen

Auf geistigem Gebiet ist oft der erste Schritt der schwierigste. Nachfolgende Schritte werden entsprechend leichter. Jeder Fortschritt ist ein größerer als der voherige. Je mehr Sie lernen, um so leichter ist es für Sie, mehr zu lernen.

## Der erste Schritt: Erkenntnis

Beginnen wir mit dem ersten physischen Schritt des Lesenlernens: Das Kind legt seinen Finger auf die Seite. Wir ermahnen es sofort, den Finger von der Seite zu nehmen, weil wir „wissen", daß es diese Technik langsamer werden läßt.

Warum aber handelt das Kind so? Um die Aufmerksamkeit zu erhalten und die Konzentration zu verbessern. Ist es aber logisch, dem Kind zu sagen, es soll den Finger wegnehmen? Wenn der Finger die Aufmerksamkeit und Konzentration verbessert, ist doch eigentlich die logische Folge, den Finger zu gebrauchen, um aufmerksamer und konzentrierter zu werden!

Beantworten Sie bitte die folgenden Fragen: Benützen Sie je Ihren Finger, Ihren Daumen, einen Bleistift, einen Füller oder irgend eine andere Art visueller Lesehilfe, wenn Sie:

- eine Nummer im Telefonbuch heraussuchen;
- ein Wort im Wörterbuch suchen;
- eine Information in einer Enzyklopädie oder in einem Nachschlagewerk suchen;
- eine Kolonne Zahlen addieren;
- sich auf eine Sache konzentrieren, die Sie notieren wollen;

- jemandem einen Punkt auf einer Seite zeigen, auf den er achten soll;
- normal lesen?

Die meisten Leute werden auf wenigstens die Hälfte der Fragen mit „Ja“ antworten – bis auf die letzte. Es ist also üblich, daß wir alle beim Lesen in beinahe jeder Situation Lesehilfen benutzen, *außer* beim normalen Lesen, wo man uns speziell unterrichtet hat, zu unterlassen, wozu wir eigentlich spontan neigen würden.

Tatsächlich ist das Vorurteil so tief verwurzelt, daß Sie, würden Sie in ein Büro eines höheren Angestellten gehen, ihn ein Buch lesen und dabei seinen Finger benutzen sehen, sofort eine schlechtere Meinung über seine Intelligenz hätten! Was ist also in diesem Fall die Wahrheit? Ist es besser, mit Lesehilfe oder ohne Lesehilfe zu lesen? Lassen Sie es uns mittels eines Experimentes herausfinden.

## Das Experiment

Dieses zweiteilige Experiment macht man am besten mit einem Partner. Im ersten Teil des Experimentes sitzen sich beide ungefähr im Abstand von 60 cm mit verschränkten Armen und ohne den Kopf zu bewegen gegenüber.

Jetzt stellt sich ein Partner einen richtigen Kreis von ungefähr 50 cm Durchmesser vor. Der visionäre Kreis sollte ungefähr 30 cm vor Ihren Augen liegen. Die Person, die sich den Kreis vorstellt, folgt mit den Augen genau den Umrissen des Kreises, und der zweite Partner sieht den ersten Partner sehr genau an, um exakt zu verfolgen, *was die Augen des ersten Partners machen.*

Der Partner, der sich den Kreis vorstellt, sollte fühlen, was es heißt, die Augen genau auf diesem Kreisumfang zu bewegen. Tauschen Sie keine Information darüber aus, was Sie an dieser Stelle gesehen oder erfahren haben.

Nun vertauschen Sie einfach die Rollen, wobei der zweite Partner sich den Kreis vorstellt und ihm mit den Augen folgt, während der erste Partner die Bewegung beobachtet. Wenn Sie die Übung beendet haben, tauschen Sie die

Information darüber aus, was Sie in den Augen des Partners sahen und was Sie fühlten, während Sie dem Phantasiekreis folgten.

Beinahe ohne Ausnahme produziert die erste Übung eine Figur, die weit von einem Kreis abweicht! Sie entspricht eher einer abgehackten Linie (vgl. Abb. 6a), und die meisten Menschen finden die Übung schwierig.

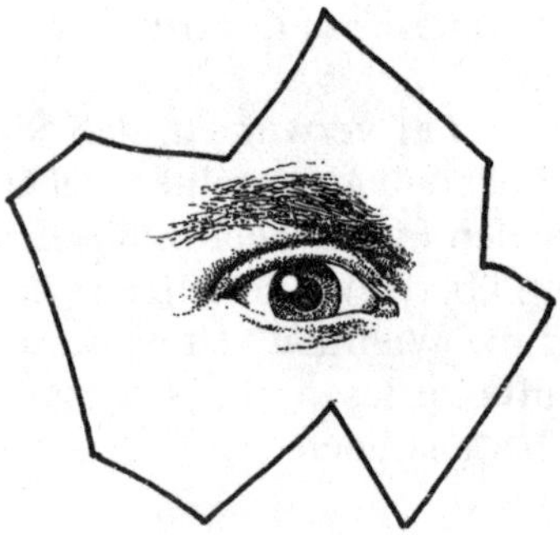

Abb. 6a:
Die Linie zeigt die Augenbewegung, wenn man versucht, den Umrissen eines Kreises ohne Hilfsmittel zu folgen.

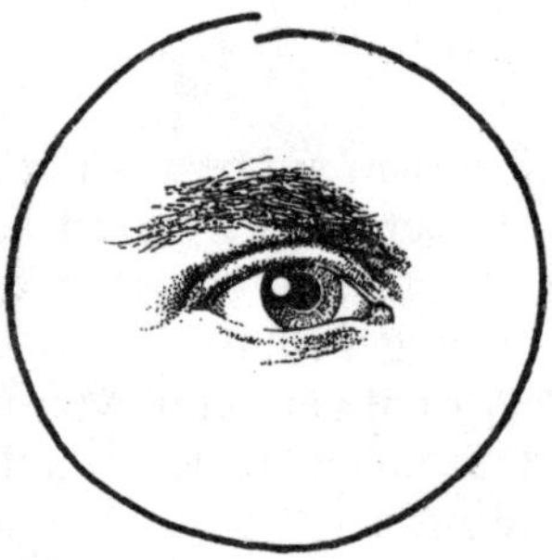

Abb. 6b:
Der Kreis zeigt die Augenbewegung, wenn man versucht, den Umrissen eines Kreises mit einem Hilfsmittel zu folgen.

Im zweiten Teil des Experiments sitzen Sie und Ihr Partner sich genau wie zuvor gegenüber. Dieses Mal hilft ein Partner dem anderen, indem er mit dem Finger den Phantasiekreis sichtbar macht. Der andere Partner folgt der Fingerspitze der imaginären Kreislinie entlang und stellt fest, was die Augen dabei fühlen. Bewegen Sie während dieser Übung Ihren Finger nicht zu schnell, und hypnotisieren Sie Ihren Partner nicht! Der Partner, der führt, folgt wie zuvor genau den Augenbewegungen seines Partners. Danach vertauschen Sie wieder die Rollen und besprechen dann, was Ihnen bei den Augen des Partners und Ihren eigenen aufgefallen ist!

Die meisten Partner stellen fest, daß bei dieser Übung die Augen der Hilfe leicht folgen und die Übung bequemer ist (s. Abb. 6b). Warum ist das so? Das menschliche Auge ist dafür *bestimmt*, einer Bewegung zu folgen, denn es ist die Bewegung in der Umgebung, die die Überlebensinformation liefert. Offensichtlich handelt das lernende Kind also richtig, und auch Sie sollten eine Lesehilfe bei jeder Art der Informationssammlung nutzen. Wie diese Übung zeigte, sind Augen, die einer Lesehilfe folgen, weit entspannter und leistungsfähiger.

### Die Erkenntnis

Beschäftigen wir uns also mit einer „Sofort-Technik", die Ihre Augen entspannt und es gleichzeitig ermöglicht, das Zurückspringen und die Regression zu reduzieren, Geschwindigkeit und Verständnis zu verbessern und die Anzahl der pro Fixierung aufgenommenen Wörter zu vergrößern.

## Der zweite Schritt: Die Anwendung

Da Ihr Auge dafür vorgesehen ist, einer Lesehilfe zu folgen, Sie vielleicht als Kind beim normalen Lesen einer Lesehilfe folgten und da Sie vielleicht eine Hilfe bei verschiedenen Aspekten Ihres Lesens in Ihrem Leben benutzen, ist es sehr einfach, diese Fähigkeit wieder zu lernen. Am besten geeignet ist ein langer, dünner Gegenstand wie z.B. eine dünne Feder oder ein Bleistift, ein Eßstäbchen oder eine Stricknadel. Diese Dinge blockieren nicht die Sicht auf das Blatt, da Sie leicht „darum herum" sehen können. Aus diesem Grund sollten Sie nicht Ihre Hand oder Ihren Finger nehmen, außer Sie haben keine andere Lesehilfe zur Verfügung.

Um die Lesehilfe am effektivsten zu nutzen, setzen Sie sie einfach unter die Zeile, die Sie lesen, und bewegen sie beim Lesen leicht mit. Versuchen Sie nicht, sie ruckartig in idealen Fixierungsgruppen zu bewegen, Ihre Lesefähigkeit wird Ihre Augen anweisen, wo sie stoppen sollen, wenn Sie den Lesestift leicht der Zeile entlang führen.

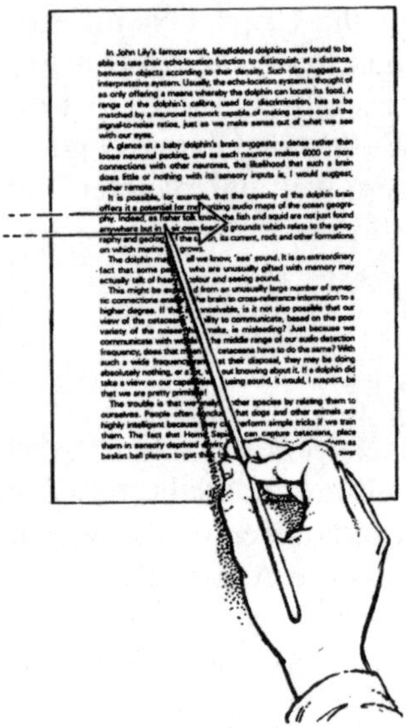

Abb. 7: Die optimale Positionierung einer visuellen Lesehilfe

Eine wichtige Frage an dieser Stelle ist: Sollten Sie Ihren Lesestift die ganze Zeile entlangbewegen? Die allgemein bekannte Tatsache, daß Schnelleser „in der Mitte der Seite" hinunterlesen, wird oft insofern falsch interpretiert, als man glaubt, daß sich deren Augen in einer geraden Linie in der Mitte hinunterbewegen. Das ist nicht der Fall. Sie bewegen sich vielmehr im *Mittelbereich* der Seite abwärts, da die Augen bis zu fünf oder sechs Wörter auf einmal sehen können. Sie suchen sich einfach nach dem Beginn und vor dem Ende der Zeile einen Haltepunkt und nehmen so die „seitlichen" Informationen auf (vgl. Abb. 7).

Der Lesestift reduziert daher den Arbeitsaufwand der Augen auf ein Minimum und läßt Sie ständig schneller bei gleich gutem Verständnis lesen, da das Gehirn aufmerksam und aufnahmefähig bleibt. Es braucht weniger als eine Stunde, um diese mentale Gewohnheit wieder aufzunehmen.

# Der dritte Schritt: Üben Sie das Gelernte!

Im folgenden Selbsttest können Sie das, was Sie über Augenbewegungen jetzt wissen, mit dem, was Sie gerade über Lesehilfen gelernt haben, kombinieren. Es ist ratsam, mit der Lesehilfe etwa zwei Minuten lang z.B. an einem anderen Text zu üben und dann erst mit dem Selbsttest zu beginnen.

# Selbsttest 3
# Die Intelligenz der Tiere

## Teil 1: Ein Wal als Übermittler von Nachrichten
**von Mowgli**

Ein kanadischer Wissenschaftler hat herausgefunden, daß Killerwale eine Anzahl verschiedener Sprachen in verschiedenen Dialekten sprechen. Die Unterschiede zwischen den Dialekten können so gering sein wie die zwischen regionalen Dialekten jeder nationalen Sprache und so groß wie die zwischen den europäischen und asiatischen Sprachen.

## Der superintelligente Linguistik-Club

Diese Entdeckung reiht die Wale in den superintelligenten Linguistik-Club der Säugetiere ein – einen Club, der aus Menschen, Primaten und Hafenrobben besteht. (Die aktuelle Forschung geht davon aus, daß Töne, die von anderen Säugetieren produziert werden, genetisch bestimmt sind, obwohl es eine wachsende Anzahl von Forschern gibt, die annehmen, daß die meisten Tiere linguistisch weit intelligenter als bisher gedacht und innerhalb der Spezies und individuell kreativ in ihrer Ausdrucksweise sind.)

John Ford, der Kurator für Marinesäugetiere im öffentlichen Aquarium in Vancouver, British Columbia, hat zehn Jahre lang die Nachrichtenübermittlung zwischen den Orcas studiert. Er beobachtete, daß Killerwal-Dialekte aus den Pfiffen und Rufen bestehen, die die Tiere benutzen, wenn sie sich unter Wasser verständigen. Diese Rufe unterscheiden sich sehr von den sonarähnlichen Tönen, die die Wale beim Navigieren durch Echolotung ausstoßen.

Orcas sind die größten Vertreter der Familie der Delphine. Der Name Killerwal ist aber nicht nur deshalb eigentlich falsch: Es gibt keine Aufzeichnung darüber, daß jemals einer von ihnen ein menschliches Wesen angegriffen hat – im Gegenteil, es gibt Berichte, daß sie wie die Delphine oft den Menschen helfen.

## Pfeifende Wale

Vielleicht sollten sie umbenannt werden in „Pfeifwale“ oder „Pfeifende Wale“. Es gibt sie in allen größeren Weltmeeren, von den wärmsten in den Tropen zu den kältesten in der Arktis und Antarktis. Die meisten Tiere finden sich vor der Küste der kalten Länder inklusive Island und Kanada. Die Population, die Ford studierte, zählte beinahe 350 Mitglieder, die das ganze Jahr über vor der Küste von British Columbia und dem nördlichen Teil des Staates Washington in Amerika leben.

Die Wale bildeten zwei separate Gemeinden, die die angrenzenden Gebiete durchwandern. Die „nördliche Gemeinde“, die aus 16 Familiengruppen oder „Herden“ besteht, wandert von der Mitte der Insel Vancouver bis zur südöstlichen Spitze Alaskas. Die Mitglieder der kleineren „südlichen Gemeinde“ haben sich in drei Herden aufgeteilt und wandern von der Grenze der nördlichen Gemeinde den ganzen Weg nach Süden, nach Puget Sount und Garys Harbour.

Glücklicherweise liegen die meisten Töne, die Pfeifende Wale produzieren, innerhalb der menschlichen Hörweite. Fords Forschung ist deshalb leicht durchzuführen – er läßt einfach ein Hydrophon über die Bootseite hängen und verstärkt die Töne elektronisch. Durch seine Forschung konnte Ford den Dialekt jeder Herde identifizieren: Eine Herde produziert im Durchschnitt zwölf einzelne Rufe. Das Sortiment von Pfiffen und Rufen unterscheidet sich sowohl quantitativ als auch qualitativ von denen anderer Delphine und Wale. Die meisten Rufe werden nur innerhalb einer Gruppe, manche aber von mehreren Herden verwendet.

## Gemeinsame Vorfahren

Ford hat interessanterweise herausgefunden, daß diese Dialekte innerhalb einer Herde von Generation zu Generation weitergegeben werden, was ihn zur Annahme veranlaßte, daß Gruppen mit denselben Rufen vielleicht von gemeinsamen Vorfahren abstammen. Je mehr Rufe zwei Herden gemeinsam haben, desto enger sind die Familienbande. Die phylogenetische Verbindung zwischen Dialekt und Herde ermöglichte es Ford, die Zeit, die es braucht, bis ein einzelner Dialekt auftaucht, abzuschätzen. „Die Änderungsrate scheint sehr langsam zu sein", sagt er. „Er (ein Dialekt) braucht sicher Jahrhunderte, um sich zu entwickeln", was zur Folge hat, daß einige Dialekte tausende Jahre alt sein könnten.

Ein neuer Mittelpunkt in Fords Forschung ist die Wechselbeziehung zwischen dem Verhalten der Pfeifenden Wale und den Rufen, die sie ausstoßen. Bis jetzt hat er lediglich herausgefunden, daß die Rufe schneller, höher im Ton und häufiger sind, wenn ein Tier aufgeregt ist. Ford glaubt zur Zeit, daß die Rufe insgesamt einen „wohldurchdachten Schlüssel zur Herdenidentifikation" ergeben, der es den Pfeifenden Walen ermöglicht, Mitglieder ihrer Herde zu erkennen. Dies ist besonders wichtig, um „die Familie" zusammenzuhalten, wenn Ansammlungen von Herden, die man als „Superherden" kennt, gemeinsam schwimmen.

Bisher konnte Ford noch keine Grammatikstruktur in der Kommunikation der Pfeifenden Wale identifizieren. Aber er ist von ihrer akustischen Ausgereiftheit beeindruckt: „Sie scheinen eine sehr hoch entwickelte, wirksame Art der Kommunikation zu haben, die wir zu diesem Zeitpunkt nur teilweise verstehen können", sagt er. „Ich denke, mit der Zeit werden wir immer mehr bewundern, wie bemerkenswert angepaßt Wale an ihre einzigartige Umgebung sind."

## Teil 2: Die Intelligenz der Tiere – Delphine
### von Professor Michael Crawford und Mowgli

Im Zoo von Whipsnade hatten Forscher Gelegenheit, Rudyard Kiplings Definition von Lernen als „was, warum, wann, wo und wer“ neu zu verstehen, als von den Delphinen eine außerplanmäßige Leistung geboten wurde. Einer der drei Großtümmler (*Tursiops truncatus*) schien krank zu sein, und man unternahm einen Versuch, ihn zu fangen. Seine beiden Kollegen schwammen daraufhin mit ihrem Freund in der Mitte und verhinderten so das Auslegen des Netzes.

Man jagte sie also in ein kleines Seitenbecken und ließ die Schleusentore herunter, um die Arbeit zu erleichtern. Die Antwort der Delphine war mit viel Aufregung verbunden, wieder schwammen sie in Formation und tauchten zum Boden des Pools. Gemeinsam zwängten sie ihre Nasen unter den Boden des Schleusentores, ließen es aufschnappen und schwammen davon. Dies läßt vermuten, daß sie mit „wie“ und „wann“ umgehen konnten und am Beginn sicherlich über das „Warum“ übereinkamen.

Die Gehirnleistung des *Homo sapiens* mit der der *Tursiops truncatus* zu vergleichen, ohne die Grundregeln genau zu definieren, dürfte wohl kaum zu brauchbaren Ergebnissen führen. Eine Vergleich der „Funktion“ anstelle der „Intelligenz“ wäre ein angemessener Versuch:

Verschiedene Spezies haben verschiedene Problematiken, daher entwickelten sich verschiedene Lösungsmodelle. Computer z.B. wie die LISP-Maschine sind sehr klug im Umgang mit Ideen, andere wiederum sind besser im Umgang mit Zahlen. Tatsächlich wäre es ziemlich erfolglos, ein LISP mit einem BASIC-Programm zu vergleichen.

So erklärt sich der hohe Entwicklungsgrad des Kleinhirns bei der Delphinfamilie wahrscheinlich aus ihrer dreidimensionalen Lebensweise. Wie die Vögel erfüllen auch Delphine die Voraussetzungen für eine dreidimensionale Koordination, die das Kleinhirn ermöglicht.

In John Lilys berühmter Arbeit wurde festgestellt, daß Delphine mit verbundenen Augen fähig waren, ihre Echolotung zu nutzen, um aus der Ferne Objekte aufgrund ihrer Dichte zu unterscheiden. Dies läßt auf ein Interpretationssystem schließen. Normalerweise wird das System der Echolotung nur als Mittel zur Nahrungslokalisierung angesehen. Ein Teil des Delphingehirns wird also von einem Netz aus Nervenzellen bestimmt, das aus dem Verhältnis Signal bis Geräusch einen Sinn erkennen kann.

Ein Blick auf das Gehirn eines Delphinbabys läßt viele Nervenzellen vermuten, und da jede Nervenzelle 6.000 oder mehr Verbindungen mit anderen Nerveneinheiten eingeht, ist davon auszugehen, daß dieses Gehirn seine Sinneseindrücke auf unterschiedliche Weisen verarbeiten kann und zur Interpretation fähig ist. Es ist etwa denkbar, daß das Delphingehirn „hörbare Karten“ der Topografie des Meeresbodens im Gedächtnis behalten kann. Tatsächlich haben Fische und Tintenfische ihre eigenen Futterplätze, die mit der Geographie und der Geologie des Ozeans zusammenhängen, seinen Strömungen, Fels- und anderen Formationen, auf denen das maritime Leben wächst und gedeiht.

Der Delphin kann, soweit wir wissen, Klänge „sehen“. Es ist eine außergewöhnliche Tatsache, daß einige Menschen, die die Gabe eines ungewöhnlichen Erinnerungsvermögens besitzen, davon sprechen, Farben zu hören und Klänge zu sehen. Dies könnte von einer ungewöhnlich großen Anzahl von Kontaktstellen zwischen den Nervenfortsätzen herrühren, die es dem Gehirn ermöglichen, in höherem Maß Querverweise zwischen den Informationen herzustellen. Wenn das vorstellbar ist, ist es dann nicht auch möglich, daß Wale sich „wortreich“ verständigen können, obwohl sie nur wenige Geräusche machen? Wir würden unsere eigene Intelligenz und Menschlichkeit angemessener zum Ausdruck bringen, indem wir den großen Bereich an Fähigkeiten unserer Mitkreaturen menschlicher und intelligenter untersuchen würden. Die große Intelligenz dieser wunderbaren Tiere auf simple Partytricks zu reduzieren, ist ein kläglicher, erniedrigender und absolut unlohnender Versuch.

Stoppen Sie jetzt Ihre Uhr, berechnen Sie die benötigte Zeitspanne: ......... Minuten.

Indem Sie die Anzahl der Wörter im Absatz (in diesem Fall 1.255) durch Ihre gestoppte Zeit (in Minuten) dividieren, erhalten Sie Ihre derzeitige Lesegeschwindigkeit in Wörtern pro Minute (WpM):

$$\text{Wörter pro Minute (WpM)} = \frac{\text{Anzahl der Wörter}}{\text{Zeit}}$$

Wenn Sie Ihre Berechnung beendet haben, tragen Sie das Resultat in das Feld WpM in Ihre Fortschrittstabelle und Ihr Fortschrittsdiagramm auf Seite 235 f. ein.

Weiter im Selbsttest: Jetzt geht es darum, wieviel des Testtextes Sie verstanden haben. Überprüfen Sie die Statements auf Richtigkeit, und beantworten Sie die Fragen:

**1.** Killerwale:
a) sprechen mehrere verschiedene Sprachen in mehreren verschiedenen Dialekten
b) eine Sprache in vielen verschiedenen Dialekten
c) zwei verschiedene Sprachen in je einem einzigen Dialekt
d) dieselbe Sprache in mehreren verschiedenen Dialekten

**2.** Wale gehören einem anderen „Linguistik Club" als Menschen, Primaten und Hafenrobben an.

**3.** Killerwaldialekte bestehen aus den Pfiffen und Rufen der Tiere, die diese benutzen:
a) beim Navigieren mittels Echolotung
b) beim Kommunizieren unter Wasser
c) beim Liebesspiel;
d) bei der Warnung vor Gefahr

**4.** Aufzeichnungen zeigen, daß Killerwale:
a) manchmal Menschen angreifen
b) regelmäßig Menschen angreifen
c) niemals Menschen angreifen
d) Menschen angreifen, aber nicht töten

**5.** Pfeifende Wale gibt es:
a) nur in warmen Meeren
b) nur in kalten Meeren
c) nur im Atlantischen und Arktischen Ozean
d) in allen großen Weltmeeren

**6.** Eine Gruppe von Walen einer Familie nennt man eine .........

**7.** Die meisten Töne, die von Pfeifenden Walen produziert werden, sind:
a) über der menschlichen Tonfrequenz
b) unter der menschlichen Tonfrequenz

c) innerhalb der menschlichen Hörweite
d) nicht feststellbar

**8.** Eine durchschnittliche Walfamilie kennt wieviele einzelne Rufe?
a) 8 b) 10
c) 12 d) 20

**9.** Waldialekte:
a) werden fälschlich so genannt
b) werden von Generation zu Generation weitergegeben
c) unterscheiden sich von Generation zu Generation
d) sind grundsätzlich alle gleich

**10.** Ford schätzt, daß ein Dialekt wieviele Jahre zur Entwicklung braucht?
a) ein Jahr b) 10 Jahre
c) eine Generation d) Jahrhunderte

**11.** John Ford hat durch das Studium des „akustischen Intellektualismus" der Pfeifenden Wale schließlich die grundlegende grammatikalische Struktur in ihrer Kommunikation identifiziert.

**12.** Der hohe Grad in der Entwicklung des Kleinhirns in der Delphinfamilie hängt wahrscheinlich mit der Tatsache zusammen, daß:
a) man ein großes Gehirn für die Kommunikation benötigt
b) es auf dreidimensionale Art arbeitet
c) seine maritime Umgebung ein größeres Gehirn bedingt
d) es sehr viel mehr Jahrhunderte als das der menschlichen Rasse hatte, sich zu entfalten

**13.** In John Lilys berühmtem Buch liest man, daß Delphine mit verbundenen Augen fähig waren, ihre Echolotung zu benutzen, um aus der Ferne zwischen Objekten aufgrund ihrer:
a) Form b) Zusammensetzung
c) Dichte d) Farbe zu unterscheiden

**14.** Ein Blick auf das Gehirn eines Babydelphins läßt eine geringe Nervenzellenansammlung vermuten.

**15.** Das Gehirn des Delphins kann:
a) Farben hören b) Töne schmecken
c) Töne sehen d) Farbe schmecken

Überprüfen Sie nun Ihre Antworten. Dann teilen Sie Ihre Anzahl richtiger Antworten durch 15 und multiplizieren sie mit 100, um Ihren Prozentwert an Verständnisfähigkeit zu errechnen.

**Auflösung**

| | | |
|---|---|---|
| 1: a) | 2: Falsch | 3: b) |
| 4: c) | 5: d) | 6: Herde |
| 7: c) | 8: c) | 9: b) |
| 10: d) | 11: Falsch | 12: b) |
| 13: c) | 14: Falsch | 15: c) |

Verständnisleistung: $\frac{\text{Anzahl richtiger Antworten x 100 \%}}{15}$

Tragen Sie jetzt Ihr Ergebnis in Ihre Fortschrittstabelle und in Ihrem Fortschrittsdiagramm auf Seite 235 f. ein.

## So sollten Sie vorgehen

1. Sie wissen nun: Der natürliche Instinkt des Kindes, beim Lesen eine Lesehilfe zu benutzen, ist richtig. Die besten Lesehilfen sind dünne Stifte oder Bleistifte, Stricknadeln oder sogar Holzstäbchen, sie sollten gleichmäßig unterhalb der Zeile bewegt werden. Verwenden Sie die beste Lesehilfe, die Sie im Augenblick zur Verfügung haben, und suchen Sie nach anderen, bis Sie Ihre individuelle optimale Lesehilfe gefunden haben.
2. Die Lesehilfe erhöht die Geschwindigkeit, verbessert die Konzentration und das Verständnis und entspannt die Augen. Üben Sie, Ihre Augen nur den Mittelteil des Blattes abwärts zu führen.
3. Lesen Sie dieses Kapitel sofort noch einmal schnell durch und benutzen Sie dabei eine Lesehilfe. Auch bei der nächsten Zeitung oder Zeitschrift, die Sie lesen, verwenden Sie sie.

4. „Zwingen Sie sich" gelegentlich, mit der Lesehilfe etwas schneller zu lesen, als es Ihnen angenehm ist. Dies wird Ihren Geschwindigkeits- und Verständnis-„Muskel" langsam stärken, auf dieselbe Art wie ständige Gewichtssteigerung beim Hanteltraining Ihre Muskelkraft stärkt.

Sie haben sich nun von den unteren Rängen der normalen Schnelleser zu den ersten Stufen der Leiter für Schnelleser emporgearbeitet. Im nächsten Kapitel brechen wir mehr Rekorde, indem wir Ihnen den fortgeschrittenen Gebrauch von Lesehilfen zeigen und Sie in das Reich der Super-Speed-Reader mitnehmen.

# 7. Die Speed-Reading-Hitliste

Große Künstler, Denker, Wissenschaftler und sogar Präsidenten lesen mit Geschwindigkeiten von über 1.000 Wörtern pro Minute. Sie können das auch.

## Die Großen im Speed Reading

Die Speed-Reading-Hitliste liest sich wie ein „Who is Who" der großen politischen, wissenschaftlichen und philosophischen Denker aller Zeiten – ein Hinweis darauf, daß Speed Reading eine Hauptrolle beim Erzielen von Erfolgen in Verbindung mit der Fähigkeit spielt, das gelesene Material zu verstehen, zu erinnern und zu benutzen.

### John Stuart Mill

Von dem britischen Philosophen des Utilitarismus, John Stuart Mill, der auf der Liste der größten Genies aller Zeiten als Nummer 90 eingestuft ist, wird behauptet, er habe Bücher gelesen, indem er ganze Seiten „auf einen Blick" aufnahm. Mills Geschichte zeigt die Bedeutung von Ermutigung und Motivation. Sein Vater, ein College-Professor, gab dem Jungen schon früh ein Buch, sagte ihm, er solle für kurze Zeit in ein anderes Zimmer gehen, das Buch lesen und dann zurückkommen und darüber sprechen.

Dieser positive und hohe Druck auf den Jungen, sich auf das zugeteilte Material zu konzentrieren und es schnell durchzugehen, ermutigte ihn, sich zu einem äußerst kompetenten Schnelleser zu entwickeln. Auch Sie können auf diese Weise Ihre Motivation und Ihr Können erhöhen: Besprechen

Sie das, was Sie gelesen haben, mit einem Freund oder Partner.

## Präsident Franklin D. Roosevelt

Franklin D. Roosevelt war einer der schnellsten und unersättlichsten Leser unter den Staatsoberhäuptern. Es wird behauptet, er hätte einen ganzen Absatz auf einen Blick lesen können, wobei er regelmäßig ein Buch in einer Sitzung beendete. Seine anfänglich ebenfalls durchschnittliche Lesegeschwindigkeit verbesserte er, indem er seine ursprüngliche Fixierungsspanne zunächst auf vier, dann auf sechs und acht Wörter in einer einzigen Fixierung erhöhte.

Roosevelt übte daraufhin das Lesen von zwei Zeilen auf einmal und begann dann, die Zeilen im Zick-Zack hinunterzugehen, wobei er kleine Absätze mit einer einzigen Augenbewegung las. Seine ersten Schritte waren identisch mit denen der heutigen führenden Schnelleser.

## Professor C. Lowell Lees

Professor Lees war Vorsitzender der Abteilung Sprachwissenschaft an der Universität Utah in den 50er Jahren. Ohne daß er es wußte, verursachte seine Lesegeschwindigkeit einen der großen Fortschritte auf diesem Gebiet: Eine junge Studentin, Evelyn Wood, reichte ihre 80seitige Semesterarbeit bei ihm ein und erwartete, daß er sie in seiner Freizeit lesen und ihr später zurückgeben würde.

Zu ihrer Überraschung nahm er die Arbeit an sich, las sie in weniger als zehn Minuten vollständig durch, benotete sie und gab sie ihr zurück, während sie wie gelähmt vor Erstaunen dasaß. Evelyn, die später eine der führenden Figuren in der Dynamischen Lesebewegung wurde, berichtete, daß Professor Lees die Arbeit wirklich gelesen hatte. In der darauffolgenden Besprechung stellte sie fest, daß er nicht nur über alles, was sie geschrieben hatte sehr gut Bescheid wußte, sondern auch über alle Formfehler in ihrer Arbeit!

Wenn man annimmt, daß pro Seite zwischen 200 und 250 Wörter standen, hatte Professor Lees ihre Arbeit mit einer Geschwindigkeit von beinahe 2.500 Wörtern pro Minute gelesen und vollkommen verstanden. Durch diesen Vorfall inspiriert, untersuchte Evelyn Wood das Gebiet genau, unterrichtete später Lesen an der Universität Utah und gründete ihre eigene Dynamische Leseschule.

## Präsident John F. Kennedy

Präsident John F. Kennedy ist wahrscheinlich der bisher bekannteste Schnelleser. Der Grund dafür liegt darin, daß er seine Intelligenz und seine geistigen Fähigkeiten in seinen Wahlkämpfen betonte und öffentlich bekannt machte. Er, der ein normaler Leser gewesen war und dessen Lesegeschwindigkeit 284 Wörter pro Minute betrug, hatte Speed Reading studiert, bis er Geschwindigkeiten von über 1.000 Wörtern pro Minute erreichte. Er entwickelte auch die Fähigkeit, mit sehr vielen verschiedenen Lesegeschwindigkeiten zu lesen. Das ermöglichte ihm die außergewöhnliche Flexibilität, sein Tempo entsprechend den verschiedenen Unterlagen, die er jeden Tag lesen mußte, anzupassen.

## Sean Adam

Sean Adam, der aktuelle Weltrekordhalter im Speed Reading, begann wie viele andere als durchschnittlicher Leser. Seans Geschichte ist deshalb so bemerkenswert, da er als Kind gravierende Sehprobleme hatte und Jahre damit verbrachte, sein Sehvermögen und seine generelle Sehkraft zu verbessern, was ihm mit bemerkenswerter Beharrlichkeit und Engagement gelang. Sobald seine Augen flexibler arbeiteten, begann Sean 1982 seine Lesegeschwindigkeit zu beschleunigen und hält gegenwärtig den Weltrekord mit hervorragenden 3.850 Wörtern pro Minute. Berichten aus seinem Alpha-Lern-Institut in Europa zufolge bereitet er sich darauf vor, es mit allen Herausforderern aufzunehmen, und hat seine eigenen Grenzen bereits auf phantastische 4.550 Wörter pro Minute erweitert.

## Vanda North

Vanda North, die gegenwärtig Dritte der Welt, begann sich für Speed Reading zu interessieren, als sie Präsidentin der internationalen Gesellschaft für schnelleres Lernen wurde. Welch besseres Unterfangen gäbe es für die Präsidentin einer derartigen Organisation, als ihre eigene Lesegeschwindigkeit zu erhöhen?

Vanda gelang es, indem sie alle in diesem Buch beschriebenen Techniken übte. In sehr kurzer Zeit konnte sie bequem 3.000 Wörter pro Minute erreichen. Für Vanda war die Erkennnis ausschlaggebend, daß sie jahrelang mit einer Geschwindigkeit gelesen hatte, die sie – weil „normal" – für natürlich und unveränderlich hielt. Als sie die Möglichkeit erkannte, ihre Geschwindigkeit zu erhöhen, machte sie sich energisch daran, das Zurückspringen und die Regression im Text zu reduzieren, die Geschwindigkeit ihrer Augenbewegungen zu erhöhen und die Länge ihrer Fixierungen zu erweitern. Nach sieben Minuten hatte sie ihre Geschwindigkeit von 200 Wörtern pro Minute auf 400 erhöht!

Ihre eigene Reaktion auf diese schnelle Verbesserung erstaunt sie noch heute, denn in ihre Hochstimmung mischte sich große Wut. Vanda erkannte plötzlich, daß sie in den letzten 21 Jahren doppelt so viel mit besserem Verständnis hätte lesen können. Oder sie hätte genausoviel lesen können und beinahe ein ganzes Jahr Zeit zusätzlich für Freunde, Lesen, Reisen, Erkundigungen und mehr Spaß gehabt! Vanda fand sogar heraus, daß sie entgegen aller Erwartungen fähig war, Material fünf bis zehnmal so schnell Korrektur zu lesen wie der durchschnittliche Korrekturleser und dabei noch weniger Fehler zu machen. Nehmen Sie sich Vanda North als Beispiel, und üben Sie Ihre eigenen Speed-Reading-Techniken!

# Zwei phantastische Speed-Reading-Geschichten

## Antonio di Marco Magliabechi

Er war ein Zeitgenosse von Spinoza, Sir Christopher Wren, Sir Isaac Newton und Leibniz und wurde am 29. Oktober 1633 in Leonardo da Vincis Geburtsort Florenz geboren. Seine Eltern waren so arm, daß sie ihm keine schulmäßige Bildung ermöglichen konnten, und so wurde er zu einem Obsthändler in die Lehre gegeben. Magliabechi verbrachte seine freie Zeit im Geschäft und versuchte zu entziffern, was auf den Flugblättern und Zeitungen geschrieben stand, die zum Einpacken der Lebensmittel verwendet wurden.

Einer der regelmäßigen Kunden des Geschäftes war der örtliche Buchhändler, der die Versuche des jungen Mannes, die fremden Hieroglyphen vor ihm zu entziffern, bemerkte. Der Buchhändler nahm ihn mit in sein Geschäft, und Magliabechi konnte beinahe sofort alle Bücher erkennen, erinnern und identifizieren. Mit Hilfe des Buchhändlers lernte Magliabechi schließlich richtig zu lesen und begann, seine neuerlernte Lesefähigkeit mit phänomenalen Gedächtnistechniken zu verbinden, die es ihm ermöglichten, beinahe alles, was er gelesen hatte (inklusive Zeichensetzung), vollständig zu erinnern.

Ein skeptischer Autor beschloß, Magliabechis Bekanntheitsgrad wegen seines Schnellesens und Gedächtnisses auf die Probe zu stellen und gab ihm ein neues Manuskript, das er vorher nie gesehen haben konnte. Magliabechi las das Manuskript ordnungsgemäß in bemerkenswerter Geschwindigkeit, gab es beinahe sofort zurück und bestätigte, daß er es vollständig gelesen hatte. Kurze Zeit nach diesem Ereignis gab der Autor vor, er hätte das Manuskript verloren, und bat Magliabechi, ob er ihm helfen könnte, sich an einiges davon zu erinnern. Zu seiner Verwunderung schrieb der junge Mann das gesamte Buch für ihn nieder, indem er jedes einzelne Wort und jede Zeichensetzung exakt übernahm, als ob er eine Kopie vom Original angefertigt hätte.

Mit der Zeit las Magliabechi mit immer größeren Geschwindigkeiten und behielt eine immer größere Anzahl Bücher im Gedächtnis. Er wurde schließlich wegen der Geschwindigkeit, mit der er Wissen verschlang und aufnahm, so berühmt, daß Experten aller Fachgebiete zur Belehrung und wegen Informationsmaterial aus ihren eigenen Interessensgebieten zu ihm kamen. Wann immer man ihm Fragen stellte, antwortete er, indem er wörtlich aus den Büchern, die er gelesen und automatisch im Gedächtnis behalten hatte, zitierte.

Schließlich wurde er vom Großherzog der Toskana als dessen persönlicher Bibliothekar angeworben. Um mit der Menge an Material in der gesamten Bibliothek fertig zu werden, entwickelte Magliabechi seine Speed-Reading-Fähigkeiten auf ein beinahe übermenschliches Maß. Zeitgenossen berichteten, daß er einfach in eine Seite „eintauchen" konnte, wobei er offensichtlich den Inhalt in seiner Ganzheit mit nur ein oder zwei visuellen Fixierungen zur großen Verwunderung derer aufnahm, denen er es erlaubt hatte, ihn zu beobachten. Er besaß schließlich den Ruf, die ganze Bibliothek gelesen und im Gedächtnis behalten zu haben.

Wie viele Genies entwickelte Magliabechi mit fortschreitendem Alter seine Fähigkeiten weiter. Je mehr er las und im Gedächtnis behielt, um so schneller konnte er lesen und sich das Gelesene merken. Man erzählt sich, daß er in seinen späteren Jahren im Bett gelegen hätte, umgeben von Büchern, die er in weniger als einer Stunde verschlungen und sich der Reihe nach eingeprägt hätte. Das machte er bis zu seinem Tod im Alter von 81 im Jahre 1714.

Wenn Magliabechis Auge-Gehirn-System zu solch unglaublichem Lese- und Erinnerungsvermögen fähig war, warum bewegt sich der Rest von uns im Schneckentempo, das uns im Vergleich dazu praktisch als Analphabeten erscheinen läßt? Die Antwort scheint nicht in einem grundsätzlichen Mangel an Fähigkeit zu liegen, sondern in der Tatsache, daß wir uns emsig und unwissentlich darum bemüht haben, langsam zu werden. Wir haben Glaubenssysteme, Lesepraktiken und Gewohnheiten angenommen, die unsere Fähigkeit, in jeder beliebigen Geschwindigkeit und jedem angemessenen Verständnis zu lesen, unterdrücken.

**Eugenia Alexeyenko**

In seinem Buch *How to Pass Exams* erzählt der Weltmeister und große Lehrherr des Erinnerungsvermögens Dominic O'Brien die unglaubliche Geschichte Eugenias, deren Fähigkeiten heute mit denen von Magliabechi vor 350 Jahren verglichen werden können. Einem führenden Forscher der Moskauer Akademie der Wissenschaften zufolge „kann dieses erstaunliche Mädchen schneller lesen als ihre Finger die Seiten umblättern können – und wenn sie ihr Lesetempo nicht aus diesem Grund reduzieren müßte, würde sie mit einer Geschwindigkeit von 416.250 Wörtern pro Minute lesen".

Im Gehirnforschungszentrum in Kiew wurde in Anwesenheit eines Wissenschaftsgremiums ein spezieller Test für die 18jährige Eugenia erstellt. Die Wissenschaftler waren überzeugt, daß das junge Mädchen das Testmaterial nie zuvor gelesen hatte, denn sie besorgten politische und literarische Zeitschriften, die an dem Tag erschienen waren, an dem Eugenia in einem Zimmer des Forschungsinstituts allein war. Um die Aufgabe noch schwieriger zu machen, erwarben sie sowohl schwer verständliche als auch kurz zuvor in Deutschland veröffentlichte Bücher, die ins Russische übersetzt worden waren – die einzige Sprache, die Eugenia spricht.

Während Eugenia isoliert gehalten und abgelenkt wurde, lasen die Prüfer das Testmaterial mehrmals und machten sich umfangreiche Notizen über den Inhalt. Dann legten sie ihr zwei Seiten des Materials vor, um zu sehen, wie schnell sie lesen konnte. Das Ergebnis war für sie so erstaunlich wie Dr. Lees für Evelyn Wood und wie Antonio Magliabechi für seine Zeitgenossen. Eugenia las offensichtlich 1.390 Wörter in einer fünftel Sekunde – der Zeit, die man für ein Augenzwinkern benötigt. Man gab Eugenia auch einige Zeitschriften, Romane und Kritiken, die sie ebenfalls mühelos las.

Einer der Prüfer berichtete: „Wir befragten sie im Detail, und oft waren es hochtechnische Informationen, die ein normaler Teenager niemals hätte verstehen können. Sie aber gab Antworten, die bewiesen, daß sie genau verstanden hatte." Ungewöhnlicherweise hatte niemand die einzigartige

Fähigkeit des Mädchens bemerkt, bis sie 15 Jahre alt war. Zu diesem Zeitpunkt gab ihr ihr Vater eine Kopie eines langen Zeitungsartikels. Als sie ihn zwei Sekunden später zurückgab und sagte, daß sie ihn interessant fände, nahm er an, sie würde scherzen. Als er sie jedoch über den Inhalt befragte, waren alle ihre Antworten richtig.

Eugenia selbst sagt: „Ich weiß nicht, was mein Geheimnis ausmacht. Die Seiten fließen in meinen Kopf und ich erinnere mich eher an den „Sinn“ als an den exakten Text. In meinem Gehirn erfolgt eine Art Analyse, die ich wirklich nicht erklären kann. Aber ich fühle mich, als hätte ich eine ganze Bibliothek im Kopf!“

## Erweitern Sie Ihre visuelle Macht

In Kapitel 6 entdeckten Sie, daß Ihr Auge fähig ist, durch horizontale Fixierung mehr Wörter aufzunehmen. Sie werden jetzt eine Reihe von Übungen machen, die beweisen, daß Ihre Aufnahmekapazität sogar weit über ihre aktuelle, verbesserte Fähigkeit hinausgeht.

### Messen Sie Ihr horizontales und vertikales Blickfeld

Blicken Sie zunächst geradeaus, konzentrieren Sie sich auf einen möglichst weit entfernten Punkt und legen Sie die Spitzen Ihrer beiden Zeigefinger horizontal 75 cm von Ihrem Nasenrücken entfernt aneinander. Beginnen Sie, mit den Fingerspitzen entlang einer horizontalen Linie eine auseinanderführende Schlangenbewegung zu zeichnen und gleichzeitig mit den Augen weiterhin den imaginären Punkt in der Ferne zu betrachten. Erst wenn Sie die Bewegung Ihrer Fingerspitzen aus „Ihren Augenwinkeln“ nicht mehr sehen können, halten Sie inne und messen die Strecke ihres *horizontalen Blickfeldes.*

Im zweiten Teil der Übung machen Sie genau dasselbe, dieses Mal richten Sie aber Ihre Fingerspitzen vertikal aus, bis Sie die Bewegung am oberen und unteren Ende Ihres Blickfeldes nicht mehr sehen können. Erst dann halten Sie inne und messen die Entfernung Ihres vertikalen Blickfeldes. Machen Sie diese Übungen jetzt.

## Die Ergebnisse

Erstaunlich, nicht wahr? Die Leute finden oft heraus, daß ihr horizontales Blickfeld so weit ist, wie sie ihre Arme ausbreiten können. Ihr vertikales Blickfeld ist etwas kürzer, aber nur wegen des Jochbeins.

Wie ist das möglich? Die Antwort liegt im Aufbau des menschlichen Auges. Jedes Auge hat 130 Millionen Lichtempfänger in seiner Netzhaut, was bedeutet, daß Sie insgesamt 260 Millionen Lichtempfänger besitzen. Schätzen Sie den Prozentsatz Ihrer Augen für die „direkte" oder zentrale Sehkraft und den Prozentsatz für die „Rand-" oder periphere Sehkraft und schreiben Sie die Antworten auf!

**Prozentsatz**
Zentrale Sehkraft: .........
Periphere Sehkraft: .........

Ihrer zentralen Sehkraft sind in Wirklichkeit nur 20 % des Auge-Gehirn-Systems zugeordnet, während Ihre periphere Sehkraft verblüffende 80 % besitzt. Das bedeutet, daß von 260 Millionen Lichtempfängern, die für Sie arbeiten, 208 Millionen Ihrer Randsehkraft dienen. Warum so ein großer Prozentsatz? Die meisten Ereignisse im Universum passieren *um* Ihren zentralen Blickpunkt *herum,* und es ist für Ihr Überleben wichtig, daß Ihr Gehirn jede Änderung in Ihrer Umgebung registriert. So kann es Sie *hin* zu dem, was Sie benötigen, und *weg* von der Gefahr lenken.

Bei den traditionellen Methoden, lesen zu lernen, haben wir uns nur auf die direkte Sehkraft konzentriert und somit weniger als 20 % der Sehfähigkeit, die uns zur Verfügung steht, genutzt, und selbst das auf vollkommen ungeeignete

Weise. Leser wie Antonio Magliabechi, John Stuart Mill und Präsident Kennedy übten sich alle darin, das riesige, unangezapfte Potential ihrer peripheren Sehkraft zu nutzen. Sie können dasselbe tun.

## Sehen Sie mit Ihrem geistigen Auge

Führen Sie ein Wahrnehmungsexperiment durch, das Sie erstaunen und für Ihr restliches Leben verändern wird. In diesem Experiment werden Sie Ihr Gehirn von Ihrer zentralen Sehkraft trennen und aktiv mit Ihrem *geistigen Auge* sehen. Wenn Sie diesen Absatz gelesen haben, blättern Sie zurück auf Seite 90, und legen Sie Ihren Finger direkt unter das Wort „Ereignisse" in der Mitte der Seite des vorletzten Absatzes. Halten Sie Ihr Auge ganz auf dieses zentrale Wort konzentriert.

1. Stellen Sie fest, wieviele Wörter Sie auf jeder Seite des zentralen Wortes sehen können, ohne Ihre Augen zu bewegen.
2. Stellen Sie fest, wieviele Wörter Sie überhalb und unterhalb des Wortes, auf das Sie zeigen, gut erkennen können.
3. Stellen Sie fest, ob Sie oben oder unten auf der Seite eine Ziffer erkennen können und wenn ja, welche.
4. Stellen Sie fest, ob Sie die Anzahl Absätze auf der Seite zählen können.
5. Stellen Sie fest, ob Sie die Anzahl Absätze auf der gegenüberliegenden Seite sehen können.
6. Können Sie feststellen, ob sich auf einer der Seiten eine Abbildung befindet?
7. Wenn Sie eine Abbildung sehen, können Sie genau oder ungefähr definieren, worum es sich handelt?

Machen Sie die Übung *jetzt*.

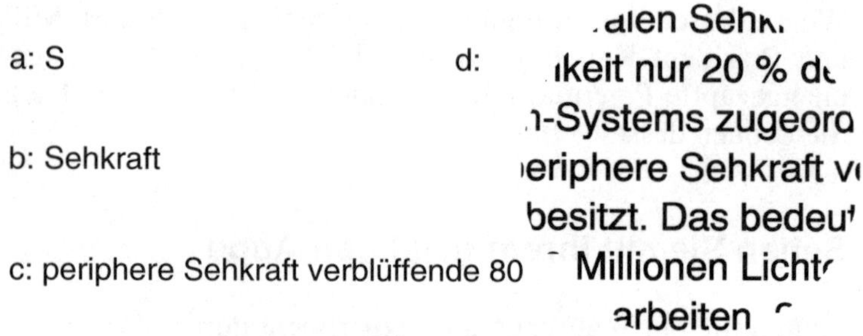


Abb. 8: Entwicklung eines erweiterten Blickfeldes beim fortgeschrittenen Leser.

**a:** Konzentration auf einen einzigen Buchstaben wie bei einem Kind, das mit der phonetischen Methode lesen lernt.
**b:** Konzentration auf ein einziges Wort (schlechte bis durchschnittliche Leser).
**c:** Konzentration auf 45 Wörter auf einmal (gute Leser).
**d:** Konzentration auf Wortgruppen oder Wortbündel (fortgeschrittene Leser).

## Die Ergebnisse

Die meisten Menschen antworten auf den Großteil der Fragen mit „Ja". Diese einfache Übung zeigt, daß Ihr Gehirn wie ein riesiges, zentrales Auge arbeitet, das das gesamte Wort hinter die Linsen Ihrer physischen Augen einscannt. Während die meisten Menschen lebenslang Ihr Gehirn an die „Tunnelversion" der zentralen Sichtweise fesseln, nutzen die besseren Leser und Denker die ganze Bandbreite der visuellen Fähigkeiten ihres Gehirns.

## Zyklopisches Wahrnehmungsvermögen

Die Fähigkeit des Gehirns, mit seinem geistigen Auge zu sehen, wurde durch die „Verborgenen Bilder" oder „Magischen Bilder" in der Öffentlichkeit bekannt. Diese Bilder basieren auf der bahnbrechenden Arbeit Professor Bela Julesz' von der Abteilung für Sinnes- und Wahrnehmungsentwicklung der Bell Telephone Laboratories. Julesz' Bilder bestehen aus zwei Serien fein verwobener Punkte. Jede Serie ist Teil eines Bildes. Jedes Auge nimmt einen Teil auf – nur eine flache Darstellung. Ihr verblüffend hochentwickeltes Gehirn vollbringt eine erstaunlich komplexe, mathematische und geometrische Höchstleistung, indem es beide Bilder zu aufregenden dreidimensionalen Bildern verbindet, die nicht real existieren, sondern nur durch das Gehirn gesehen werden. (vgl. Tafel III im Mittelteil des Buches).

## Lesen mit dem Gehirn

Die revolutionär neue Methode, die Ihnen in *Speed Reading* angeboten wird, besteht darin, daß Sie von jetzt an mit Ihrem Gehirn als dem Brennpunkt Ihres Interesses und nicht mit Ihren Augen lesen werden. Ihre Augen sind die Marionetten, Ihr Gehirn ist der Meister-Puppenspieler. Der schnellste Leser der Zukunft wird derjenige sein, der die periphere Sehkraft mit der größten Wahrnehmung kombiniert (vgl. Abb. 8), um, wie Magliabechi, ganze Absätze und Seiten auf einmal aufzunehmen – eine Fähigkeit, die im Lichte unseres neuen Wissens jetzt leichter erreichbar scheint. Ein einfacher Weg dahin liegt in der Weiterentwicklung Ihrer Lesehilfe zu fortgeschrittenen Meta-Lesehilfe-Techniken (siehe Kapitel 8).

Zusätzlich zum Gebrauch von Meta-Lesehilfen können Sie auch den Gebrauch Ihres peripheren Sehvermögens und zyklopischen Wahrnehmungsvermögens steigern, indem Sie das Buch in größerem Abstand als üblich vor die Augen halten. Dadurch ermöglichen Sie Ihrer Randsehkraft, die Seite beim Lesen weit klarer zu sehen. Der Vorteil liegt darin, daß Ihr direktes Sehvermögen die ein, zwei oder drei Zeilen, auf die Sie sich konzentrieren, liest, während Ihr „Lese-Gehirn" seine periphere Sicht nutzt, um nochmals auf das bereits Gelesene zurückzublicken und auf den kommenden Text vorauszusehen. Ihr Erinnerungsvermögen an das bereits behandelte Material verbessert sich so wesentlich.

Ein zusätzlicher Vorteil dieser „sanften Konzentrations-Methode“ liegt darin, daß Ihre Augen mit einer weit geringeren Muskelfixierung auskommen. Da Sie deshalb wesentlich weniger müde werden, können Sie länger lesen. Auch ein steifer Nacken und Kopfschmerz (ein vielen Lesern bekanntes Problem) werden so vermindert.

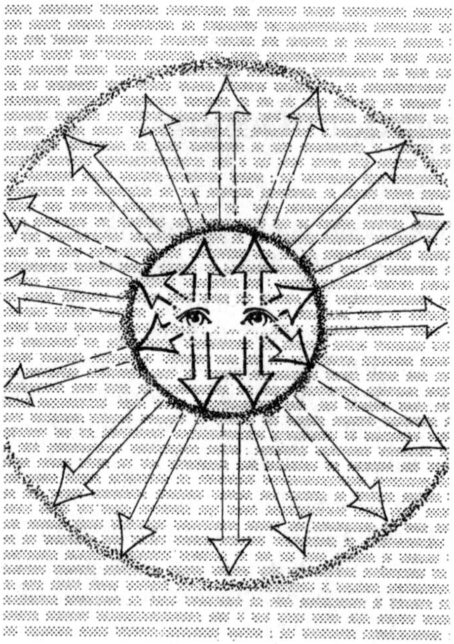

Abb. 9: Sehfelder. Das Gebiet im Inneren des Kreises zeigt den Bereich des direkten Sehvermögens, das dem schnellen Leser zur Verfügung steht, wenn das Auge-Gehirn-System richtig eingesetzt wird. Der äußere Kreis zeigt das ebenfalls verfügbare periphere Sehvermögen.

# So sollten Sie vorgehen

1. Setzen Sie sich in Ihrem täglichen Leben Wahrnehmungsziele für Ihr Gehirn. Beginnen Sie damit, Ihr geistiges Auge auf die Jagd nach speziellen Ansammlungen von Objekten oder Farben oder Formen in Ihrer Umgebung zu schicken.
2. Üben Sie Ihr peripheres Sehen! Schließlich wissen Sie, daß Ihre Augen aus 260 Millionen Lichtempfängern bestehen, von denen mehr als 80 % dem peripheren Sehvermögen dienen.
3. Sie lesen mit Ihrem Gehirn – Ihre Augen stellen nur die sehr hochentwickelten Linsen dar, die es benutzt. Versuchen Sie nun, Ihr geistiges Auge beim Lesen zu nutzen.
4. Üben Sie weiterhin mit Ihrer Lesehilfe und experimentieren Sie gelegentlich damit, zwei Zeilen auf einmal zu lesen.
5. Halten Sie Ihr Lesematerial immer in einem so großen Abstand zu den Augen, wie es Ihnen bequem möglich ist, so trainieren Sie Ihr zyklopisches Sehvermögen.
6. Die Höchstgeschwindigkeits-Leser der Zukunft werden „Gehirn-Leser" sein, die sowohl die ganze Bandbreite ihres peripheren Sehvermögens als auch ihr zyklopisches Wahrnehmungsvermögen nutzen. Üben Sie also beides!

Sie haben nun den Sprung vom normalen Schnelleser (der sich hauptsächlich auf seine Augen konzentriert) zum Höchstgeschwindigkeitsleser (der sich vor allem auf sein Gehirn konzentriert) gemacht. Im nächsten Kapitel werden Ihnen einige Meta-Lesehilfe-Techniken vorgestellt, die Ihr peripheres Sehvermögen und Ihre zyklopische Wahrnehmung gemeinsam einspannen.

# 8. Mit Meta-Lesehilfen zum „fotografischen Gedächtnis“

Das fotografische Gedächtnis des menschlichen Auges ist tausende Male besser entwickelt als die fortschrittlichsten Kameras. Die ganze Breite seiner Möglichkeiten muß erst erforscht werden.

## Ihr fotografisches Gedächtnis

Schlagen Sie dieses Buch auf jeder beliebigen Seite auf und sehen Sie die Seite eine Sekunde lang an – können Sie sich an irgendein Wort, irgendeine Grafik oder irgendeinen Satz erinnern? Würden Sie die Seite wiedererkennen? Wie wir jetzt wissen, nehmen wir die Information wirklich auf. Wenn Sie die Wahrheit dieser Aussage anzweifeln, denken Sie daran, was Ihre Augen sofort erkennen, wenn Sie plötzlich auf einer Gebirgsstraße um eine Kurve biegen: viele Autos und Lkw, die auf Sie zukommen, viele, die in dieselbe Richtung fahren wie Sie; Tausende Häuser und Bäume und vielleicht sogar noch Vögel und Tiere. All dies ereignet sich im Bruchteil einer Sekunde! Denken Sie, wie geringfügig im Verhältnis dazu einige wenige Wörter auf einer Seite sind – Sie *können* es schaffen!

Mit dem fortgeschrittenen Gebrauch einer visuellen Lesehilfe wird es Ihnen ermöglicht, mit beschleunigten Lesebewegungen zu experimentieren, die sowohl Ihr vertikales als auch Ihr horizontales peripheres Sehvermögen mit einbeziehen.

## Meta-Lesehilfen – die Techniken

Die folgenden Meta-Lesehilfe-Techniken nutzen Ihr peripheres Sehvermögen, Ihr zyklopisches Auge und die erstaunlich schnelle fotografische Fähigkeit Ihres Auge-Gehirn-Systems. Alle sollten zunächst bei sehr hohen Geschwindigkeiten geübt werden, ohne dabei ein Verständnis des Gelesenen anzustreben. Danach gehen Sie sofort auf Ihr normales Tempo zurück. Auf diese Weise wird sich Ihr Gehirn an hohe Geschwindigkeiten gewöhnen. Am besten verwenden Sie am Anfang diese Techniken bei Unterlagen, die Sie bereits gelesen haben – so können Sie Ihr Auge-Gehirn-System für die bevorstehende Aufgabe „aufwärmen". Versuchen Sie dabei, mit Geschwindigkeiten zu üben, die Sie an Ihre persönliche Grenze führen.

## Der Zwei-Zeilen-Schwung

Der doppelte Zeilenschwung (s. Abb. 10a) ist identisch mit der ursprünglichen Technik, die Sie als Lesehilfe für Ihre Augen angewendet haben, der einzige Unterschied besteht darin, daß Sie immer zwei Zeilen auf einmal aufnehmen. Um diese Übung korrekt durchzuführen, bewegen Sie Ihre Lesehilfe gleichmäßig und leicht unterhalb von zwei Zeilen, heben Sie die Lesehilfe bei der Rückwärtsbewegung ungefähr einen Zentimenter vom Blatt ab und bewegen Sie sie dann wieder gleichmäßig entlang der nächsten zwei Zeilen.

Der Zwei-Zeilen-Schwung stellt eine ausgezeichnete Methode dar, Ihr Gehirn daran zu gewöhnen, sowohl sein vertikales Sehvermögen als auch sein horizontales Sehvermögen zu benutzen. Das ist viel leichter, als Sie vielleicht glauben, und viele Kulturen nutzen *in erster Linie* die vertikale Sehkraft. Die Japaner und Chinesen haben über Tausende von Jahren die vertikale der horizontalen vorgezogen. Ähnlich verbinden Musiker beim Notenlesen aus der Notwendigkeit heraus die vertikale mit der horizontalen Sehkraft. Wenn Sie Notenlesen können, sollte es Ihnen möglich sein, diese Fähigkeit auf den Zwei-Zeilen-Schwung zu übertragen.

## Der variable Zeilenschwung

Der variable Zeilenschwung (siehe Abb. 10b) ist mit dem Zwei-Zeilen-Schwung identisch, außer daß Sie so viele Zeilen, wie es Ihnen möglich ist, auf einmal aufnehmen. Fortgeschrittene Leser nehmen normalerweise zwischen zwei und acht Zeilen mit einer Lesebewegung auf.

## „Rückwärts"-Lesen – der Rückwärtsschwung

„Rückwärts"-Lesen (siehe Abb. 10c) hat den Vorteil, daß Sie Ihre Lesegeschwindigkeit sofort verdoppeln können, indem Sie die Rückwärtsbewegung Ihrer Augen *eher* dafür nützen, Information *aufzunehmen,* als nur zum Beginn der nächsten Zeile zurückzukehren. – „Was?" sagen Sie. „Machen Sie sich nicht lächerlich – das Rückwärtslesen würde nur ein Wirrwarr an sinnlosen Wörtern in meinem Kopf zurücklassen!" – Rückwärtslesen ist leichter als Sie glauben. Schließlich gibt es viele Kulturen, die von rechts nach links lesen, vor allem die arabische und jüdische Kultur.

Das ist aber nicht alles. Das Geheimnis des Rückwärtslesens beruht auf der Tatsache, daß Sie in Wirklichkeit *nicht* rückwärts lesen! Wenn Sie fünf oder sechs Wörter pro Fixierung aufnehmen, wozu Sie jetzt bequem in der Lage sein sollten, sehen Sie innerhalb jeder Fixierung die richtige Ordnung. Deshalb ist Rückwärtslesen im Grunde genommen dasselbe wie normales Lesen. Die einzige zusätzliche Arbeit, die Ihr Gehirn leisten muß, ist, lange Sinngruppen in die richtige Reihenfolge zu bringen, sehr ähnlich einem Puzzle. Ihr Gehirn macht dies beim Lesen sowieso, wie beispielsweise im folgenden Satz: „Menschen, die glauben, daß normale Lesegeschwindigkeiten von mehr als 1.000 Wörter pro Minute möglich sind, haben recht." Bei diesem Beispiel mußte Ihr Gehirn alles in „Warteposition" lassen, bis es den letzten Informationsteil erhielt, der bewirkte, daß der Rest einen Sinn ergab. Beim Rückwärtslesen ist der Vorgang identisch. Sie werden es erstaunlich leicht und lohnend finden.

Der Rückwärtsschwung benutzt genau dieselbe Handbewegung wie die zweizeilige Lesebewegung und die variable Lesebewegung, wobei er die Technik einfach umdreht (s. Abb. 10).

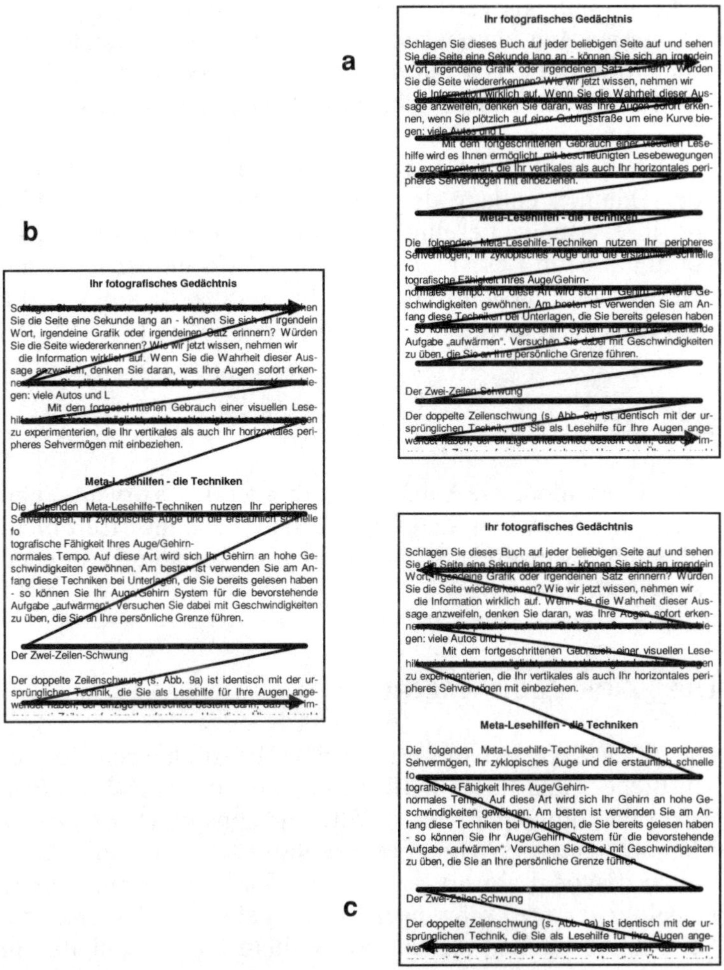


Abb. 10: Fortgeschrittene visuelle Lesebewegungen:

**a:** Der Zwei-Zeilenschwung
**b:** Der variable Zeilenschwung
**c:** Der Rückwärtsschwung

# Fortgeschrittene Lesehilfe-Techniken

Diese Methoden können alle bei verschiedenen Geschwindigkeiten und aus verschiedenen Gesichtspunkten angewendet werden. Für ein genaues Lesen können 30 Sekunden pro Seite notwendig sein. Für das Üben, den Überblick, die Vor- und Rückschau sollten zehn Sekunden pro Seite das Maximum sein.

Die Zweiränder-Technik, wobei entweder ein Finger oder Daumen entlang dem linken Seitenrand bewegt wird und Ihre visuelle Lesehilfe entlang des rechten Randes, ist vor allem beim Lesestudium nützlich und kann so abgewandelt werden, daß entweder die linke oder rechte visuelle Lesebewegung in einer vertikalen Kurve verläuft.

## Das „S“

Die „S“-Methode (s. Abb. 11a) verbindet den Vorwärts- und Rückwärts-Schwung miteinander und kann als Einzeilen-Schwung, Zweizeilen-Schwung oder als variable Bewegung angewendet werden.

## Die „Zick-Zack“-Methode

Die „Zick-Zack“-Methode (s. Abb. 11b) ist eine sehr fortgeschrittene Meta-Lesehilfe-Technik, die in erster Linie das ganze Feld Ihres peripheren Sehvermögens nutzt. Bei dieser Methode bewegen Sie Ihre Lesehilfe gleichmäßig einige Zeilen diagonal abwärts, ziehen am Rand ruhig eine kleine Nadelöhrschleife, schwingen dann rückwärts diagonal die Seite hinab zurück, ziehen eine weitere kleine Schleife am gegenüberliegenden Rand und so weiter, bis Sie das Ende der Seite erreichen.

Diese und die anderen Techniken können horizontal ausgedehnt oder verkürzt werden, wobei Sie die Lesehilfe, wenn Sie es für notwendig erachten, bis ganz zum Rand führen oder auf die mittleren zwei Drittel der Seite einschränken können und es so Ihrem horizontalen peripheren Sehvermögen erlauben, Information in Randnähe aufzunehmen.

## Die Schleife

Die Schleife (s. Abb. 11c) ist in der Ausführung ähnlich der Zick-Zack Methode, der einzige Unterschied liegt darin, daß die kleine Nadelöhr-Schleife zu einer großen Textschleife wird, die ihrerseits wiederum mit einer leichten, konzentrierten Fixierung aufgenommen wird. Die Schleifen-Technik ist eine äußerst rhythmische Technik und bei fortgeschrittenen Schnellesern sehr beliebt.

## Die vertikale Wellenbewegung

Die vertikale Wellenbewegung (s. Abb. 11d) ist jene Technik, die den Uninformierten oft glauben läßt, die Schnelleser würden in gerader Linie „in der Mitte der Seite hinab" lesen. In Wirklichkeit bewegen sich ihre Augen in rhyhthmischen Wellen gleichmäßig nach links und rechts den *Mittelteil* der Seite hinunter. Die vertikale Wellenbewegung ist aus diesem Gesichtspunkt eine ideale Technik, weil sie das „Vorwärts"- und „Rückwärts"-Lesen kombiniert und sowohl das horizontale wie auch das vertikale periphere Sehvermögen im größtmöglichen Ausmaß erlaubt.

## Die beidseitige Lesehilfe

Die beidseitige Führungs- oder beidseitige Randtechnik (s. Abb. 11e) bedeutet die Verwendung von zwei Lesehilfen, oft ein Finger oder Daumen auf einer Seite und Ihre übliche Lesehilfe auf der anderen, wobei sich beide gemeinsam gleichmäßig die Seitenränder hinunter bewegen, während Ihre Augen die dazwischenliegende Information verschlingen. Diese Technik ist ausgezeichnet dafür geeignet, Ihr Gehirn die Bewegungsrichtung Ihrer Augen bestimmen zu lassen.

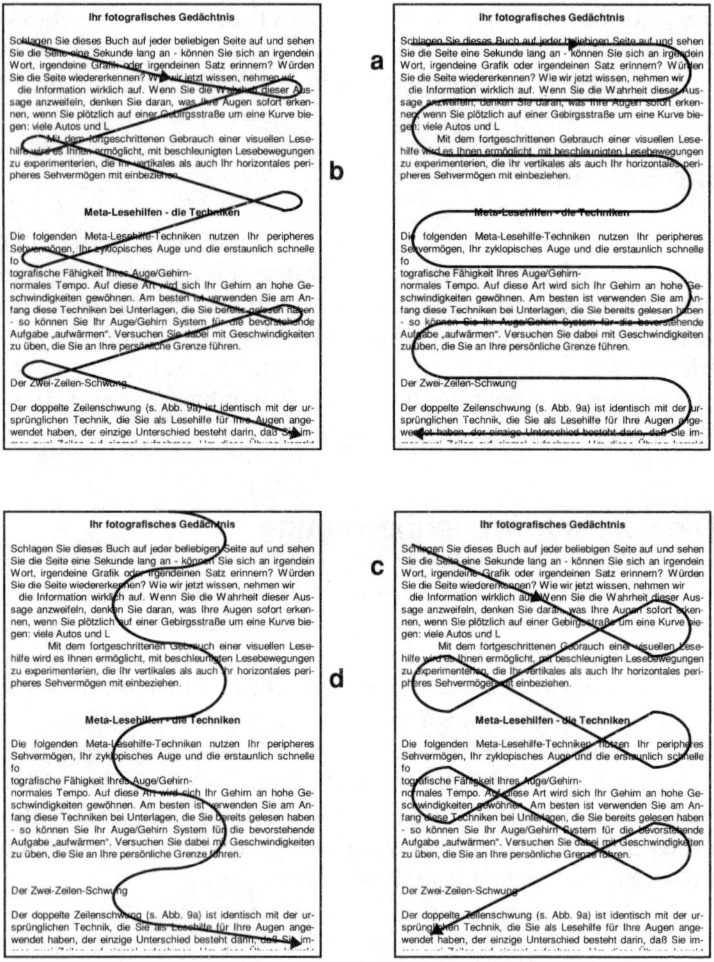


Abb. 11: Fortgeschrittene visuelle Lesebewegungen:

**a:** Die „S"-Methode
**b:** Die „Zick-Zack"-Methode
**c:** Die Schleife
**d:** Die vertikale Wellenbewegung

auf der nächsten Seite:

**e:** Die beidseitige Lesehilfe
**f:** Das langsame „S"

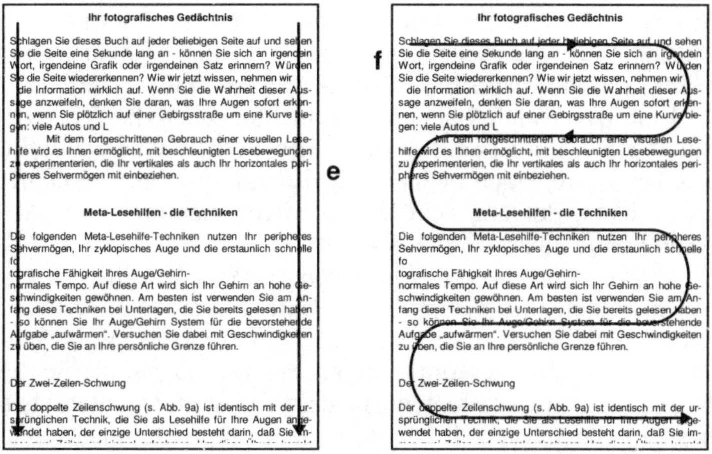


Wenn Sie bereits Ihre grundsätzlichen Leseziele bestimmt haben, wird Ihr zyklopisches Auge die Information ausfindig machen. Es besteht für Sie keine Notwendigkeit, Ihre Augen auf gewisse Flächen zu konzentrieren. Ihr Gehirn wird das Nötige veranlassen.

## Das langsame „S“

Das langsame „S“ (s. Abb. 11f) verbindet Elemente der grundlegenden „S“-, der „Zick-Zack“- und der vertikalen Wellen-Methode. Sie könnte auch als die erweiterte Version dieser Methoden angesehen werden. Bei dieser Technik bilden Sie einfach eine lange Reihe normale und umgedrehte „S“ die Seite hinunter, wobei Sie üblicherweise mit fünf horizontalen oder leicht vertikalen Bewegungen an das Ende der Seite gelangen.

# Die Umsetzung der Meta-Lesetechniken

Diese Techniken können als Vorschau, zum Überfliegen und Absuchen, zum Schaffen eines Überblicks, als Übungen zur Steigerung Ihrer Lesegeschwindigkeit oder zur Entwicklung

Ihres peripheren Sehvermögens, als allgemeines „Leistungstraining“ für Ihre Augen und, wie es die besten Schnelleser sehen, zum normales Lesen verwendet werden.

Eine der wunderbarsten Geschichten über die Verwendung von Meta-Lesehilfe-Techniken betrifft eine 35 Jahre alte Dame, die einen meiner Speed-Reading-Kurse besuchte, einen Kurs, der aus acht dreistündigen Lektionen im Abstand von je einer Woche bestand.

Während der Stunde zum Thema „Meta-Lesehilfe-Techniken“ mußte die Gruppe die Schleife oder die vertikale Welle oder das langsame „S“ als superschnelle Vorschau-Technik bei einem Roman benutzen. Das Zeitlimit für die Beendigung des gesamten Buches war fünf Minuten. Die besagte Dame verließ frustriert die Gruppe und sagte, daß sie trotz Lesehilfe gar nichts aufgenommen hätte und „keinen Sinn in der Sache sehe“. In der folgenden Stunde wurde derselbe Roman für eine Übung verwendet, bei der die Teilnehmer irgendeine Lesetechnik anwenden und auf gutes Verständnis lesen sollten. Die Dame wählte die grundsätzliche „S“ Methode und begann mit der übrigen Gruppe die 15minütige Übung. Nach fünf Minuten unterbrach ein Schrei die konzentrierte Stille! Die Dame rief: „Ich weiß! Ich weiß! Ich weiß!“

Sie berichtete, daß sich ihr nach der Gewöhnung an die Lesehilfe das Buch wie ein Film eröffnete, den sie schon einmal gesehen hatte und nun das zweite Mal sah. Folgendes war passiert: Ihr Gehirn hatte mit dem inneren Auge das ganze Buch fotografiert und irgendwo in der visuellen Gehirnrinde gespeichert. Als das Gehirn wieder stimuliert wurde, machte es die Information einfach wieder zugänglich.

Am Ende dieses Kapitels erhalten Sie einige praktische und aufregende Anleitungen zur Festigung dieser neuen Lesetechniken und zur Verbesserung Ihrer Geschwindigkeit.

# Übungen

## Wahrnehmungsübung 2

Die folgenden Zahlenübungen werden Ihnen helfen, Ihr Bewußtsein für Ihr vertikales und horizontales Sehvermögen zu entwickeln. Aus diesem Grund besteht jede Zahlengruppe aus zwei Zeilen. Legen Sie wieder Papier und Stift sowie eine Karte bereit. Decken Sie jeden aus zwei Nummern bestehenden Block auf und wieder zu, wobei Sie sich nur Zeit für einen kurzen Blick gönnen. Schreiben Sie auf, was Sie zu sehen glaubten, und überprüfen Sie es.

28
92 .............

94
07 .............

93
12 .............

86
74 .............

06
93 .............

57
72 .............

30
66 .............

73
16 .............

254
48 .............

71
95 .............

39
68 .............

84
21 .............

14
68 .............

35
56 .............

48
99 .............

18
10 .............

39
51 .............

74
33 .............

84
28 .............

395
32 .............

39
18 .............

47
13 .............

96
04 .............

53
18 .............

08
42 .............

41
40 .............

39
15 .............

83
40 .............

56
14 .............

94
016 .............

18
964 .............

68
922 .............

46
921 .............

04
962 .............

49
763 .............

91
217 .............

86
103 .............

93
184 .............

70
15 ..............

94
75 ..............

29
65 ..............

78
70 ..............

73
31 ..............

14
77 ..............

93
36 ..............

18
936 ..............

93
148 ..............

25
096 ..............

84
695 ..............

98
277 ..............

77
194 ..............

04
185 ..............

27
976 ..............

60
414 ..............

37
629 ..............

94
060 ..............

46
299 ..............

37
276 ..............

07
330 ..............

13
966 ..............

95
563 ..............

52
380 ..............

50
064 ..............

11
693 ..............

695
802 ..............

938
805 ..............

463
592 ..............

907
818 ..............

953
832 ..............

711
393 ..............

22
050 ...............

32
281 ...............

18
504 ...............

95
706 ...............

20
063 ...............

30
411 ...............

84
392 ...............

78
153 ...............

72
927 ...............

63
832 ...............

592
033 ...............

153
408 ...............

916
863 ...............

106
763 ...............

909
753 ...............

063
494 ...............

512
937 .............

830
148 .............

602
935 .............

291
175 .............

784
421 .............

594
208 .............

440
618 .............

128
483 .............

058
983 .............

163
975 .............

805
194 .............

254
110 .............

508
342 ..............

174
673 ..............

725
163 ..............

408
853 ..............

591
744 ..............

422
906 ..............

807
945 ..............

705
912 ..............

614
937 ..............

731
147 ..............

853
902 ..............

395
707 ..............

Wenn Sie einige dieser Übungen gemacht haben, gehen Sie weiter zu Selbsttest 4. Bevor Sie zu lesen beginnen, wählen Sie Ihre bevorzugte Meta-Lesehilfe-Technik, steigern Sie ihre Motivation, und legen Sie Ihren persönlichen Schnellese-Rekord fest! Konzentrieren Sie sich darauf, daß Sie beim Lesen dieses Selbsttests bei jedem „visuellen Zug" eine große Wortgruppe aufzunehmen, benutzen Sie Ihre Lesehilfe, und halten Sie das Buch in entsprechender Entfernung, damit Sie Ihr peripheres Sehvermögen und Ihre „Gehirnlese"-Fähigkeiten nutzen können.

# Selbstest 4

## Sind wir allein im Universum? Außerirdische Intelligenzen
### von Tony Buzan

Seit 1960 wurden mehr als 80 Ermittlungen auf der Suche nach intelligentem Leben irgendwo im Universum durchgeführt. Alle waren sie von so geringem Umfang, daß sie beinahe zwangsläufig zum Scheitern verurteilt waren. Nun hat die NASA begonnen, die Suche mit neuer Ausrüstung fortzusetzen, die 10millionenmal effektiver zu sein verspricht als alles, was man zuvor versucht hat. Da man so sehr nach außerirdischer Intelligenz sucht, sagen mehrere Wissenschaftler voraus, daß man sie noch vor der Jahrtausendwende finden wird.

Minutengenau am Tag des 500. Geburtstags der Entdekkung Amerikas durch Columbus hat die Menschheit die wahrscheinlich größte Anstrengung der Geschichte begonnen, nicht nur neue Welten, sondern, was noch wichtiger ist, neue Intelligenzen zu entdecken. Am 12. Oktober 1992 um 3 Uhr nachmittags atlantischer Standard-Zeit haben Astronomen in Arecibo, Puerto Rico, das mächtigste je gebaute Radioteleskop eingeschaltet. Im selben Augenblick wurde ein zweites Teleskop an der Goldstone Tracking Station in der Nähe von Barstow, Kalifornien, in den Weltraum geschossen. Mehr als hundert Physiker, Astronomen, Programmierer und Techniker überwachen nun in gespannter Erwartung Kontrollfelder, während Super-Computer Millionen Radiosender auf der Suche nach Signalen abhören, die die Anzeichen intelligenten Lebens tragen und die bestätigen, was die Mehrheit der Astronomen seit Jahren glaubt – daß wir nicht alleine im Universum sind.

Das 100-Millionen-Dollar-Projekt mit Namen SETI (Search for Extra-Terrestrial Intelligence – Suche nach außerirdischer Intelligenz) erfolgt im Auftrag der NASA und wird wenigstens bis ins Jahr 2000 in der Hoffnung andauern, Radiowellen zu entdecken, die von intelligenten Wesen erzeugt worden sind: Radiowellen, die ihre Reise mit Lichtgeschwindigkeit in Richtung Erde erst gestern oder vielleicht vor 10 Milliarden Jahren angetreten haben.

Dieses Projekt läßt unsere bisher durch den Astronomen Frank Drake 1974 inspirierte größte Bemühung auf der Suche nach außerirdischer Intelligenz klein erscheinen. Drake benutzte das Arecibo Radioteleskop, das zu jener Zeit eine Sendestärke von 20 Trillionen Watt besaß, um eine verschlüsselte Botschaft in Richtung eines großen Sternenhaufens im Sternbild des Herkules, etwa 24.000 Lichtjahre entfernt, zu senden. Drake zeigte die Botschaft, eine Art kosmischer IQ-Test, dem Astronomen Carl Sagan, einem der Finalisten im letztjährigen Brain of the Year Award. Wie Drake berichtet, hatte ihn Sagan zum großen Teil sehr schnell gelöst. Die Botschaft zeigt von oben nach unten:

1. ein binäres Zählsystem;
2. die für das Leben auf der Erde notwendigen Moleküle;
3. die chemische Formel der DNA, unser genetisches Material;
4. eine grafische Darstellung der doppelten Spiralform des DANN-Moleküls, die am Kopf einer menschlichen Gestalt endet;
5. eine Darstellung unserer Sonne und neun Planeten (wobei die Erde als Planet, auf dem wir leben, vergrößert dargestellt wird) und eine Abbildung des Radioteleskopes, das die Botschaft aussendet.

Das gegenwärtige Projekt ist so riesig und technisch so ausgereift, daß wir in drei Tagen mehr hören können als in den 22 Jahren, seit Drake 1970 seine ersten Experimente startete. Bei diesem neuen Versuch sind weltweit mindestens sechs Radioteleskope in ständiger Alarmbereitschaft, die Schüssel in Arecibo ist aufgerüstet worden, um ihre Sensibilität um 300 % zu verbessern, und man hat eine außergewöhnliche Software zur Interpretation der Signale geschaffen. Drake, 62, Professor für Astronomie an der Universität von Kalifornien, Santa Cruz, ist auch Präsident des SETI-Instituts in Mountain View, Kalifornien. Er sagt: „Ich finde nichts quälender als die Vorstellung, daß Radiobotschaften außerirdischer Zivilisationen gerade in diesem Augenblick wie ein Flüstern durch unsere Büros und Wohnungen streichen, das wir nicht recht hören.“

## Die Augen

Ein Radioteleskop, das ähnlich aussieht wie eine Fernsehsatellitenschüssel, kann jede Radiowelle, die es auffängt, auf einen zentralen Sammelpunkt konzentrieren, wo das Signal dann an einen Empfänger weitergegeben und bearbeitet wird. Das Arecibo Teleskop ist eine 304 m große Schüssel aus perforiertem Aluminium, die in eine große Vertiefung in den Boden gesetzt ist. Über der Schüssel hängen Hunderte Tonnen steuerbarer Antennen aus Kabeln, die mit Türmen auf umliegenden Hügeln verbunden sind, um diese zu unterstützen.

Diese „Augen der Erde“ sind so empfindlich, daß 1987 ein neuer Supercomputer, gekoppelt mit dem Goldstone Radio Teleskop in der Mojave Wüste, leicht das schwache 1-Watt-Signal entdeckte, das die Sonde Pioneer 10 ausstrahlte, die im Winter 1972 von der Erde in den Weltraum geschossen worden war. Zu der Zeit, als es entdeckt wurde, befand sich Pioneer 64 Milliarden km weit im Weltraum!

Radioteleskope sind bei der Suche nach außerirdischer Intelligenz besonders nützlich, weil von Sternen abgegebene Radiowellen unregelmäßig und zufällig sind, während für intelligente Kommunikation genützte Radiowellen Muster bilden, die auf Sichtbildgeräten wie den Oszilloskop leicht entdeckt werden können. Die Idee, nach nicht zufälligen Wellen zu suchen, die das Vorhandensein von Intelligenz nahelegen würden, hatten ursprünglich in der Mitte der 50er Jahre dieses Jahrhunderts Drake, die Physiker Guiseppe Coccone und Philip Morrison in Cornell. 1959 schrieben Coccone und Morrison im Wissenschaftsmagazin *Nature*: „...die Möglichkeit eines Erfolges ist schwer einzuschätzen, aber wenn wir niemals suchen, ist die Chance auf Erfolg gleich Null.“

### Das größte Schnäppchen der Geschichte

Jene, die sich fragen, ob sich die Mühe lohnt, weist Drake darauf hin, daß die für SETI zweckgebundenen 135 Millionen Dollar weniger als ein Promille des jährlichen NASA Budgets von 15 Milliarden Dollar ausmachen. „Wenn Sie den Erfolgsfaktor berücksichtigen“, sagt Drake, „könnte es sich um das größte Schnäppchen der Geschichte handeln.“ Ein großer Prozentsatz des Budgets wird für neue Computerausrüstung ausgegeben, die sowohl die Empfangsqualität erhöht als auch bei der Interpretation der Signale hilft. Diese gigantischen elektronischen Gehirne nehmen riesige Mengen kosmischer Radioinformationen wahr, die über Millionen Kanäle ausgestrahlt werden, und werten die Daten aus, wobei sie nach Mustern und Möglichkeiten für die menschlichen Beobachter suchen.

Der Kopf hinter diesen Gehirnen ist auf seine Art außergewöhnlich: der Physiker Kent Cullers ist von Geburt an blind und hat nie ein Radiosignal auf einem Oszilloskop gesehen, geschweige denn einen Stern. Seine Leidenschaft für das Universum hat er von seinem Vater, der dem fünfjährigen Kent aus dem *Golden Book of Astronomy* vorlas. „Die Idee, daß es andere Welten zu entdecken gäbe, beflügelte meine Phantasie," erinnert er sich. Und seine massive Vorstellungskraft hilft mit, der Erde Sehkraft zu verleihen: Es ist ihm gelungen, sein automatisches Signalbearbeitungs-Programm mit einem System auszurüsten, das verdächtig erscheinende, intelligente Signale aus etwas herausfiltert, das sonst nur als ein Geräuschkessel pfeifender atmosphärischer Elektrizität erscheinen würde.

Die Leiterin des NASA-Projekts, Professor Jill Tarter, glaubt (wie ihre Kollegen auch), daß anderes intelligentes Leben existiert. Sie und ihre Kollegen stellen sich eine galaktische Gemeinschaft intelligenter Zivilisationen vor, die zu weit voneinander entfernt sind, um einander zu sozialisieren, zu kolonisieren oder abzuschlachten. Eine Botschaft von jeder von ihnen, die vielleicht vor vielen Millionen Jahren zur Erde gesandt wurde, als unsere Zivilisation noch gar nicht existierte, könnte uns jederzeit erreichen. Und was ist, wenn das Projekt die Signale, die es sucht, ans Tageslicht bringt? Tarter sagt: „Alle ankommenden Signale sind rechtlich gesehen Eigentum der Menschheit. Sie wurden zum Planeten Erde gesandt, nicht zur NASA. Nach Jahrtausenden des Staunens sollten alle Menschen wissen – wir sind nicht allein."

## Der Mensch als Wächter

Arthur C. Clarke, Rektor der internationalen Weltraumuniversität und Autor des Buches *2001 – A Space Odyssey* glaubt, daß die Forschung einen riesigen wissenschaftlichen und moralischen Wert hat. In *Life* schreibt er: „Es könnte jedoch sein, daß die Entdeckung intelligenten Lebens außerhalb der Erde unsere Einstellung zum Universum für immer ändern würde. Sie würde z.B. beweisen, daß die Intelligenz einen Überlebenswert hat.

SETI stellt die höchstmögliche Form der Forschung dar, und wenn wir zu forschen aufhören, werden wir aufhören, Menschen zu sein. Aber nehmen wir an, das ganze Argument für SETI sei ein Irrtum, und intelligentes Leben sei nur auf der Erde entstanden. Es wäre natürlich unmöglich, das zu beweisen – es könnten immer noch Intelligenzen einige Lichtjahre außerhalb unseres Forschungsradius existieren. Wenn wir jedoch, nach Jahrhunderten des Lauschens und Suchens, kein Zeichen außerirdischer Intelligenz gefunden haben, könnten wir zurecht annehmen, daß wir die einzigen sind. Und das ist die ehrfurchtgebietendste Möglichkeit von allen. Wir beginnen erst jetzt unsere Pflicht gegenüber dem Planeten Erde abzuschätzen: Wenn wir wirklich die einzigen Erben der Galaxie sind, müssen wir auch ihre zukünftigen Wächter sein."

Nach Millionen von Jahren eines Lebens in Isolation befindet sich die menschliche Intelligenz vielleicht nur mehr zehn Jahre von der Erkenntnis entfernt, daß sie Gefährten im Kosmos hat.

Stoppen Sie jetzt Ihre Uhr, berechnen Sie die benötigte Zeitspanne: ......... Minuten.

Indem Sie die Anzahl der Wörter im Absatz (in diesem Fall 1.341) durch Ihre gestoppte Zeit (in Minuten) dividieren, erhalten Sie Ihre derzeitige Lesegeschwindigkeit in Wörtern pro Minute (WpM):

$$\text{Wörter pro Minute (WpM)} = \frac{\text{Anzahl der Wörter}}{\text{Zeit}}$$

Wenn Sie Ihre Berechnung beendet haben, tragen Sie das Resultat in das Feld WpM in Ihre Fortschrittstabelle und Ihr Fortschrittsdiagramm auf Seite 235 f. ein.

Weiter im Selbsttest: Jetzt geht es darum, wieviel des Textes Sie verstanden haben. Überprüfen Sie die Statements auf Richtigkeit, und beantworten Sie die Fragen (ohne Nachblättern im Text!):

**1.** Seit 1960 wurden mindestens wieviele Ermittlungen auf der Suche nach intelligentem Leben irgendwo im Universum durchgeführt?
a) 60 b) 80
c) 55 d) 75

**2.** Wann startete die Menschheit den bisher größten Versuch der Geschichte, um neue Intelligenzen zu entdecken?
a) am hundersten Geburtstag der Entdeckung Amerikas durch Columbus
b) am fünfzigsten Geburtstag des ersten Satellitenabschusses
c) am fünfhundersten Geburtstag der Endeckung Amerikas durch Columbus
d) an keinem speziellen historischen Tag

**3.** SETI bedeutet Suche nach außerirdischen Intelligenzen.

**4.** Die NASA sucht nach Radiowellen, die ihre Reise in Richtung Erde mit Lichtgeschwindigkeit vielleicht begonnen haben vor:
a) 1 Million Jahre
b) 100 Millionen Jahren
c) 1 Milliarde Jahre
d) 10 Milliarden Jahre

**5.** Der bisher größte Versuch auf der Suche nach außerirdischen Wesen wurde 1974 inspiriert von:
a) Frank Drake b) Carl Sagan
c) Präsident Kennedy d) Mensa

**6.** Bei dem Versuch 1974 wurde eine verschlüsselte Botschaft geschickt in Richtung des großen Sternenhaufens im Sternbild des:
a) Jupiter b) Orion
c) Herkules d) Skorpion

**7.** Die verschlüsselte Botschaft enthielt eine Darstellung unserer Sonne und ihrer neun Planeten.

**8.** Wieviele Radioteleskope sind bei dem neuen Versuch weltweit mindestens in Alarmbereitschaft?
a) zwei b) vier
c) sechs d) acht

**9.** Das Teleskop in Arecibo ist eine große Schüssel aus perforiertem Aluminium, die in ein großes Loch in den Boden gesetzt ist. Wie breit ist die Schüssel?

a) 380 m b) 152 m
c) 228 m d) 304 m

**10.** Ein Radioteleskop kann auf einen zentralen Sammelpunkt konzentrieren:
a) 25 % der auftreffenden Radiowellen
b) 50 % der auftreffenden Radiowellen
c) 75 % der auftreffenden Radiowellen
d) alle auftreffenden Radiowellen

**11.** Radiowellen, die von Sternen abgegeben werden, sind
a) unregelmäßig und zufällig:
b) unregelmäßig und nicht zufällig
c) nicht zufällig und unregelmäßig
d) nicht unregelmäßig und nicht zufällig

**12.** Der Kopf hinter den Computer-Gehirnen der SETI Forschung ist außergewöhnlich, weil er:
a) den höchsten IQ der Welt hat
b) ursprünglich nicht an Astronomie interessiert war
c) von Geburt an blind war
d) ursprünglich Doktor der Medizin war

**13.** Von wem wurde gesagt, er gebe der Erde Sehkraft?
a) Frank Drake b) Kent Cullers
c) Jill Tarter d) Galileo

**14.** Professor Jill Tarter hofft, aber glaubt nicht, daß anderes intelligentes Leben existiert.

**15.** Arthur C. Clarke sagte: „SETI stellt die höchstmögliche Art der Forschung dar und wenn wir aufhören zu forschen, werden wir aufhören ...... zu sein.“

Überprüfen Sie nun Ihre Antworten. Dann teilen Sie Ihre Anzahl richtiger Antworten durch 15 und multiplizieren sie mit 100, um Ihren Prozentwert an Verständnisfähigkeit zu errechnen.

**Auflösung**

| | | |
|---|---|---|
| 1: b) | 2: c) | 3: Falsch |
| 4: d) | 5: a) | 6: c) |
| 7: Richtig | 8: c) | 9: d) |
| 10: d) | 11: a) | 12: c) |
| 13: b) | 14: Falsch | 15: Menschen |

$$\text{Verständnisleistung: } \frac{\text{Anzahl richtiger Antworten x 100 \%}}{15}$$

Tragen Sie jetzt Ihr Ergebnis in Ihre Fortschrittstabelle und in Ihr Fortschrittsdiagramm auf Seite 235 f. ein.

## Zusammenfassung

Das Benutzen von Meta-Lesehilfe-Techniken vergrößert den Wert der visuellen Lesehilfe wesentlich. Die hauptsächlichen Meta-Lesehilfe-Techniken sind:

- der doppelte Zeilenschwung;
- der variable Schwung;
- „Rückwärts Lesen" – der Umkehrschwung;
- das „S";
- die Zick-Zack-Technik;
- die Schleife;
- die vertikale Wellenbewegung;
- die beidseitige Führung;
- das langsame „S"

## So sollten Sie vorgehen

1. Üben Sie jede der Meta-Lesehilfe-Techniken mindestens fünf Minuten lang, wobei Sie Geschwindigkeit und Verständnisgenauigkeit ständig variieren. Die fünf Minuten sind für Ihr Gehirn notwendig, sich an die Technik zu gewöhnen.
2. Wenn Sie dies erledigt haben, wählen Sie drei Meta-Lesehilfe-Techniken, die Sie bevorzugen, aus und üben Sie sie. Bei allen Übungen ist es nützlich, Material zu verwenden, das Sie bereits kennen; das macht es viel

leichter, sich an die neue Methode zu gewöhnen. Eine ständige Durchsicht dieses Buches wird Ihnen helfen, sowohl Ihre neuen Techniken einzuüben als auch wichtige Informationen zu überprüfen.

**3.** Lesen Sie mehrmals fünf Minuten lang, wobei Sie auf Verständnis lesen, Ihre bevorzugte Meta-Leshilfe-Technik benutzen und Ihre Lesegeschwindigkeit stufenweise steigern, so daß Sie am Ende der fünf Minuten ein Verstehen von 5 bis 10 % erreichen. Diese Übung wird Ihnen helfen, sich aus eigener Kraft hochzuarbeiten, da Ihre Augen sich immer mehr an die höheren Geschwindigkeiten gewöhnen.

**4.** Üben Sie Meta-Lesehilfe-Techniken mit ganz verschiedenen Lesegeschwindigkeiten. Viele Leute stellen zu ihrem Erstaunen fest, daß ihr Verständnis bei niedrigen Geschwindigkeiten beinahe nicht vorhanden, aber bei einem schnelleren Rhythmus plötzlich erstaunlich klar ist.

Die Meta-Lesehilfe-Techniken, die Sie in diesem Kapitel gelernt haben, werden Ihnen beim Aufbau jener Fähigkeiten von großem Nutzen sein, die Sie im nächsten Kapitel lernen – das Entwickeln der fortgeschrittenen Überfliege- und Durchsehfähigkeiten. Durch das Anwenden von Meta-Lesehilfe-Techniken werden Sie Ihre Geschwindigkeit beim Überfliegen und Durchsehen von Texten zumindest verdoppeln.

# 9. Fortgeschrittenes Durchsehen und Überfliegen

Die menschliche Sehkraft kann eine ganze, gedruckte Seite in einem Zwanzigstel einer Sekunde fotografieren. Mit der fortschreitenden Fähigkeit, Texte durchzusehen und zu überfliegen, unternehmen Sie den ersten Schritt auf dieser unglaublichen Reise.

## Das Durchsehen

Das Durchsehen eines Textes unterscheidet sich sehr wohl vom Überfliegen. Vom Durchsehen spricht man, wenn Ihre Augen einen flüchtigen Blick auf Lesematerial werfen, um eine spezielle Information zu finden, nach der Ihr Gehirn sucht. Das Durchsehen ist ein einfacherer Vorgang als das Überfliegen und wird normalerweise verwendet, wenn Sie ein Wort in einem Wörterbuch, einen Namen oder eine Telefonnummer in einem Verzeichnis, eine spezielle Information in einem Lehrbuch oder Bericht suchen. Die Anwendung dieser Technik ist einfach, solange Sie vorher sicherstellen, daß Sie den grundsätzlichen Aufbau des Materials, das Sie durchsehen, kennen. Das ermöglicht es Ihnen, jene Zeit zu sparen, die viele Leute beim Herumsuchen nach der gewünschten Information an falschen Stellen vergeuden.

Präsident Theodore Roosevelt war ein berühmter Schnelleser, der für seine Fähigkeit bekannt war, weit mehr Lesematerial als seine Zeitgenossen durchzuarbeiten. Einer seiner Lieblingsautoren war Dickens, aber sogar beim Lesen seiner Romane wandte Roosevelt Durchsehtechniken an. In einem seiner Briefe an seinen Sohn Kermit sagte Roosevelt: „Was mich bei Dickens immer interessiert, ist, wie alles mit unwichtigen, nebensächlichen Dingen verwoben ist … das

Gescheiteste, was man machen kann, ist, einfach den Quatsch, das Gequassel und das Gewöhnliche auszulassen und aus dem Rest Nutzen zu ziehen!“

Das Durchsehen ist eine natürliche Eigenschaft. Sie nutzen sie an jedem Tag Ihres Lebens, wenn Sie von „a“ nach „b“ reisen und die Landschaft nach Richtlinien, Nahrung, Menschen, gefährlichen oder faszinierenden Dingen absuchen. Das Durchsehen beim Lesen ist eine Fähigkeit, die durch Übung schnell wächst. Die Wahrnehmungsübungen am Ende dieses Kapitels werden Ihnen in dieser Hinsicht genauso helfen, wie die im Kapitel 19 enthaltenen Informationen über die organische Studientechnik des Mind Mapping.

## Das Überfliegen

Das Überfliegen ist komplexer als das Duchsehen und ähnlich den Vorschau-Techniken, die in späteren Kapiteln erörtert werden. Es kann als der Prozeß beschrieben werden, bei dem Ihr Auge gewisse, vorsortierte Bereiche des Materials erfaßt, um einen allgemeinen Überblick über das Material zu bekommen. Das Hauptziel des Überfliegens liegt darin, ein Fundament zu bilden, auf dem „die Ziegel und der Mörtel“ untergebracht werden können. Dr. Nila Banton Smith vom Leseinstitut der Universität New York hat eine ausgezeichnete Metapher für das Überfliegen entwickelt. Unter dem Titel „Schwalben überfliegen etwas – Sie können das auch!“ erklärt sie:

„Die Schwalbe gleitet schnell durch die Luft, fängt und verschlingt Insekten, während sie gleichzeitig ihre Flügel schlägt, um ihren Körper anzutreiben. Sie trinkt sogar, wenn sie über Bäche, Teiche und Flüsse gleitet und Wassertropfen in ihrem Schnabel sammelt, ohne den Flug zu unterbrechen. Diese vielseitige Kreatur macht keine Pause und müht sich nicht mit jedem Insekt oder über jedem Teich ab. So wie die Schwalbe nach Nahrung und Wasser sucht, kann eine Verbindung zur der von Schnellesern angewandten Methode hergestellt werden, die seitenweise Gedrucktes überfliegen und das aufnehmen, was sie wollen, während sie 'dahinfliegen'. Mit etwas Anleitung kann ein Leser ein Meister darin werden, das, was er möchte, beim Lesen 'im Fluge zu fangen'. Mit dieser Art zu lesen erreichen manche Leute 1.000 Wörter pro Minute und können das Wichtigste dessen, was sie gelesen haben, wiederholen."

# Übung

## Wahrnehmungsübung 3

Machen Sie die untenstehenden Durchlese-Übungen. Jede Gruppe besteht aus Zahlenreihen. Die erste Zahl jeder Ziele wird irgendwo in dieser Zeile wiederholt, und Ihre Aufgabe besteht darin, sie so schnell wie möglich zu entdecken. Beginnen Sie, Ihre Zeit zu stoppen. Wenn Sie alle Zeilen einer Gruppe durch sind, schreiben Sie am Ende Ihre Zeit auf. Die Übungen werden fortwährend schwieriger, da die Zahlen immer größer und ähnlicher werden.

Wenn Sie auf diese Art üben, werden Sie den visuellen Bereich Ihres „geistigen Auges" erweitern, was Ihnen bei der Entwicklung sowohl Ihrer Überfliege- als auch Ihrer Durchlesefähigkeiten helfen wird. Sie können diese Übungen in kleinen „Happen" machen oder, wenn Sie es wünschen, alle auf einmal. Wenn Sie sie machen, ist es wichtig, daß Sie geistig so frisch wie möglich sind; überzeugen Sie sich, daß Ihre Augen „ausgeruht" und Sie hoch motiviert sind.

| | | | | | | | |
|---|---|---|---|---|---|---|---|
| 28 | 93 | 74 | 28 | 57 | 29 | 39 | 77 |
| 46 | 77 | 88 | 46 | 33 | 86 | 41 | 84 |
| 37 | 87 | 84 | 60 | 38 | 64 | 28 | 42 |
| 52 | 85 | 33 | 68 | 86 | 94 | 52 | 44 |
| 59 | 66 | 33 | 75 | 39 | 59 | 92 | 58 |
| 63 | 55 | 28 | 70 | 63 | 34 | 22 | 96 |
| 77 | 64 | 77 | 54 | 28 | 32 | 63 | 55 |
| 96 | 68 | 44 | 37 | 96 | 62 | 51 | 54 |

| | | | | | | | |
|---|---|---|---|---|---|---|---|
| 67 | 79 | 67 | 44 | 27 | 29 | 88 | 65 |
| 11 | 96 | 02 | 55 | 11 | 66 | 33 | 72 |
| 95 | 88 | 95 | 44 | 42 | 66 | 44 | 27 |
| 34 | 88 | 66 | 35 | 29 | 39 | 47 | 34 |
| 42 | 24 | 42 | 77 | 55 | 39 | 92 | 44 |
| 28 | 55 | 84 | 28 | 66 | 89 | 38 | 65 |
| 18 | 12 | 20 | 77 | 49 | 19 | 46 | 18 |
| 85 | 55 | 32 | 77 | 36 | 85 | 33 | 59 |
| 37 | 77 | 24 | 55 | 69 | 21 | 37 | 15 |
| 25 | 54 | 25 | 57 | 79 | 95 | 24 | 13 |
| 13 | 68 | 55 | 22 | 90 | 44 | 48 | 13 |
| 57 | 88 | 57 | 44 | 25 | 77 | 52 | 44 |
| 78 | 87 | 35 | 26 | 62 | 78 | 44 | 28 |
| 20 | 88 | 66 | 20 | 24 | 48 | 58 | 33 |
| 29 | 29 | 52 | 68 | 35 | 29 | 49 | 43 |

**Zeit ...........**

| | | | | | | |
|---|---|---|---|---|---|---|
| 675 | 568 | 675 | 875 | 639 | 891 | 569 |
| 625 | 874 | 271 | 018 | 625 | 735 | 906 |
| 672 | 672 | 875 | 236 | 438 | 282 | 239 |
| 911 | 743 | 343 | 554 | 277 | 911 | 902 |
| 764 | 543 | 674 | 764 | 246 | 665 | 326 |
| 879 | 772 | 544 | 754 | 272 | 879 | 647 |
| 753 | 258 | 266 | 372 | 753 | 348 | 233 |
| 844 | 766 | 343 | 568 | 844 | 236 | 543 |
| 877 | 565 | 235 | 877 | 655 | 235 | 568 |
| 822 | 544 | 822 | 654 | 266 | 388 | 419 |
| 103 | 202 | 547 | 103 | 654 | 813 | 113 |
| 457 | 790 | 235 | 252 | 457 | 746 | 322 |
| 238 | 198 | 674 | 368 | 238 | 636 | 638 |
| 848 | 765 | 638 | 848 | 636 | 426 | 853 |
| 847 | 784 | 737 | 636 | 782 | 844 | 847 |
| 336 | 772 | 327 | 874 | 336 | 764 | 873 |
| 379 | 673 | 838 | 379 | 737 | 892 | 811 |
| 282 | 537 | 282 | 987 | 254 | 654 | 272 |
| 444 | 765 | 238 | 444 | 266 | 782 | 754 |
| 658 | 690 | 343 | 562 | 676 | 658 | 824 |

**Zeit ...........**

| | | | | | | |
|---|---|---|---|---|---|---|
| 573 | 257 | 763 | 573 | 528 | 654 | 863 |
| 783 | 279 | 873 | 783 | 434 | 575 | 277 |
| 331 | 304 | 431 | 331 | 031 | 765 | 333 |
| 320 | 194 | 392 | 194 | 320 | 492 | 340 |
| 446 | 546 | 555 | 446 | 676 | 466 | 235 |
| 355 | 544 | 335 | 355 | 346 | 555 | 436 |
| 214 | 232 | 124 | 214 | 332 | 113 | 239 |
| 436 | 544 | 335 | 555 | 435 | 436 | 535 |
| 222 | 113 | 222 | 322 | 122 | 213 | 125 |
| 737 | 674 | 377 | 377 | 674 | 764 | 737 |
| 242 | 242 | 413 | 215 | 413 | 241 | 113 |
| 568 | 766 | 568 | 676 | 658 | 578 | 652 |
| 022 | 211 | 022 | 103 | 111 | 202 | 122 |
| 228 | 728 | 773 | 273 | 723 | 278 | 228 |
| 647 | 665 | 647 | 662 | 465 | 447 | 467 |
| 190 | 190 | 919 | 892 | 982 | 199 | 820 |
| 772 | 118 | 772 | 718 | 712 | 172 | 178 |
| 927 | 630 | 963 | 627 | 967 | 370 | 927 |
| 203 | 023 | 021 | 203 | 221 | 211 | 202 |
| 357 | 366 | 564 | 357 | 766 | 537 | 636 |

**Zeit ...........**

| | | | | | | |
|---|---|---|---|---|---|---|
| 120 | 992 | 192 | 117 | 911 | 200 | 120 |
| 554 | 336 | 354 | 554 | 332 | 552 | 355 |
| 013 | 121 | 103 | 022 | 013 | 105 | 212 |
| 483 | 485 | 483 | 249 | 429 | 825 | 843 |
| 217 | 613 | 622 | 262 | 217 | 127 | 617 |
| 528 | 726 | 276 | 528 | 753 | 258 | 573 |
| 2435 | 4427 | 6579 | 6755 | 2346 | 2435 | 2344 |
| 7877 | 7876 | 7868 | 7877 | 4568 | 3426 | 1988 |
| 3457 | 3457 | 7820 | 5433 | 7690 | 4564 | 2346 |
| 5683 | 3247 | 5622 | 5683 | 7622 | 8733 | 1957 |
| 1895 | 1949 | 1895 | 4527 | 7633 | 7683 | 1673 |
| 2215 | 2242 | 5623 | 6783 | 2212 | 2215 | 4125 |
| 5463 | 5463 | 8727 | 5673 | 7890 | 6533 | 0014 |
| 6782 | 1986 | 6722 | 6782 | 7629 | 9653 | 1935 |
| 5673 | 6582 | 8727 | 6739 | 6258 | 5268 | 5673 |
| 1873 | 1837 | 1873 | 8727 | 7628 | 1827 | 7828 |
| 2002 | 1003 | 0012 | 2002 | 1774 | 1021 | 1030 |
| 2680 | 8767 | 8687 | 6547 | 6438 | 2680 | 7444 |
| 7555 | 8665 | 5379 | 8677 | 7555 | 7677 | 5435 |
| 0865 | 0865 | 8766 | 7555 | 8776 | 5442 | 1645 |

**Zeit ...........**

Tafel 1: Mind Map von Teil I

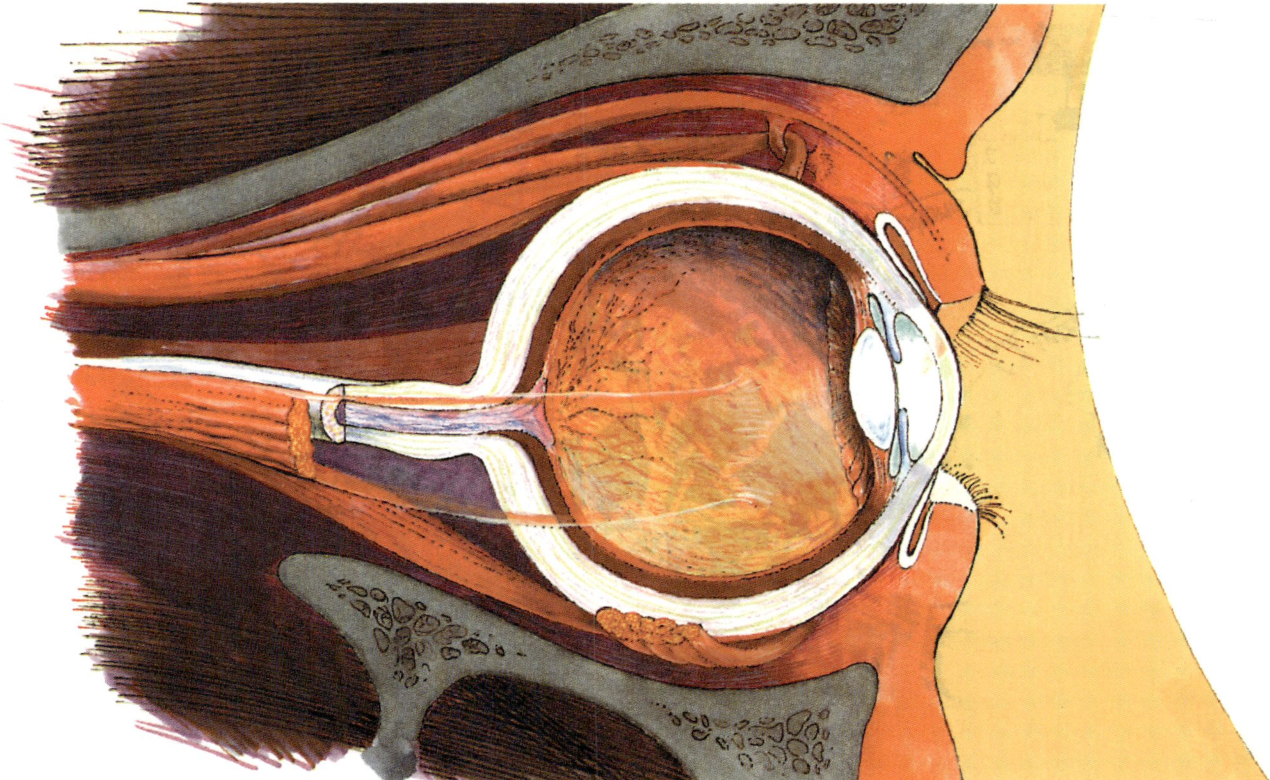

Tafel 2: Querschnitt eines menschlichen Auges

Tafel 3: Diese Illustration besteht aus zwei Bildern, die aus tausenden von Punkten zusammengesetzt sind. Nicht Ihr Gehirn, sondern Ihre Augen kombinieren sie in ein klares Gesamtbild. Genau diesen Prozeß macht sich Speed Reading zunutze. Ein Tip, der Ihnen helfen kann, das Bild zu sehen: Es bezieht sich direkt auf das Buch.

Tafel 4: Mind Map von Teil II

Tafel 5: Mind Map von Teil III

Tafel 6: Mind Map eines Firmenchefs

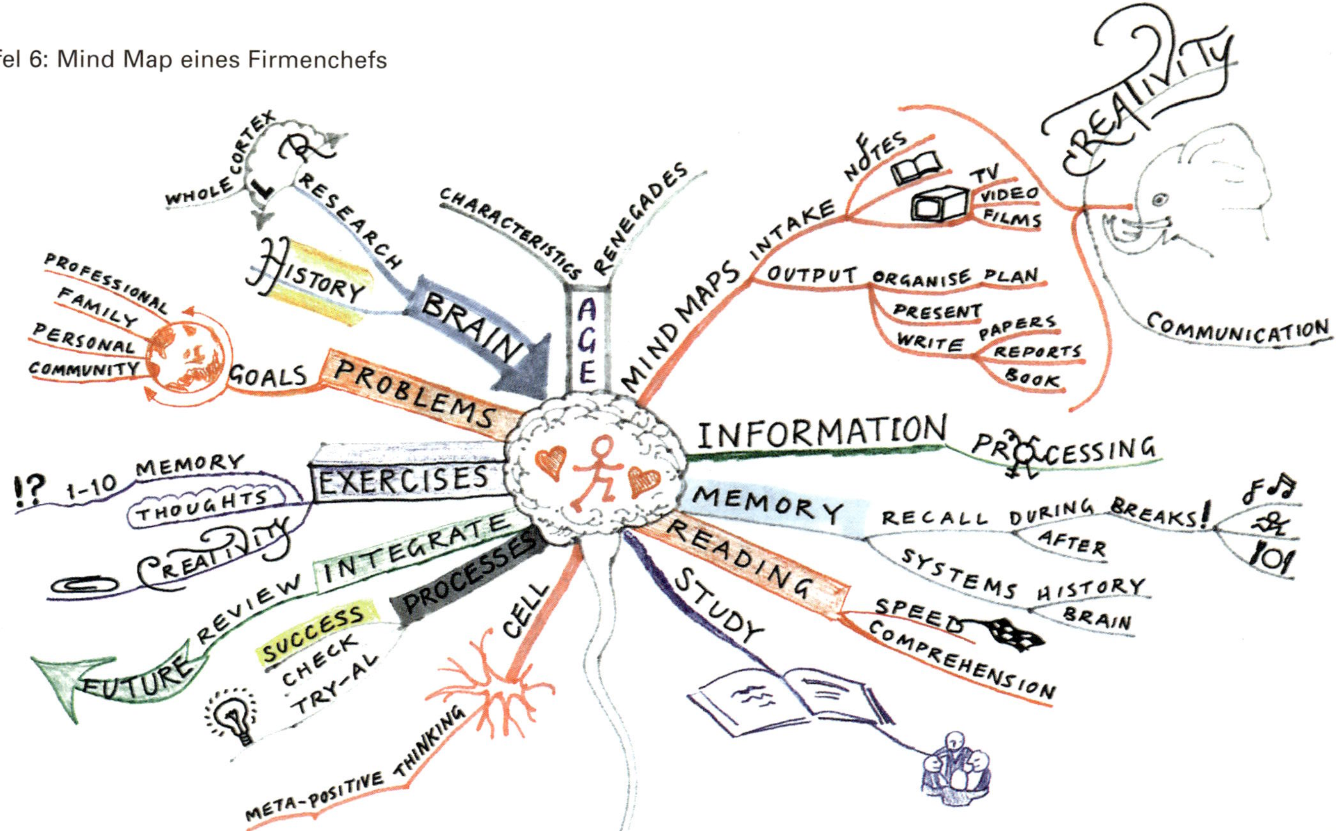

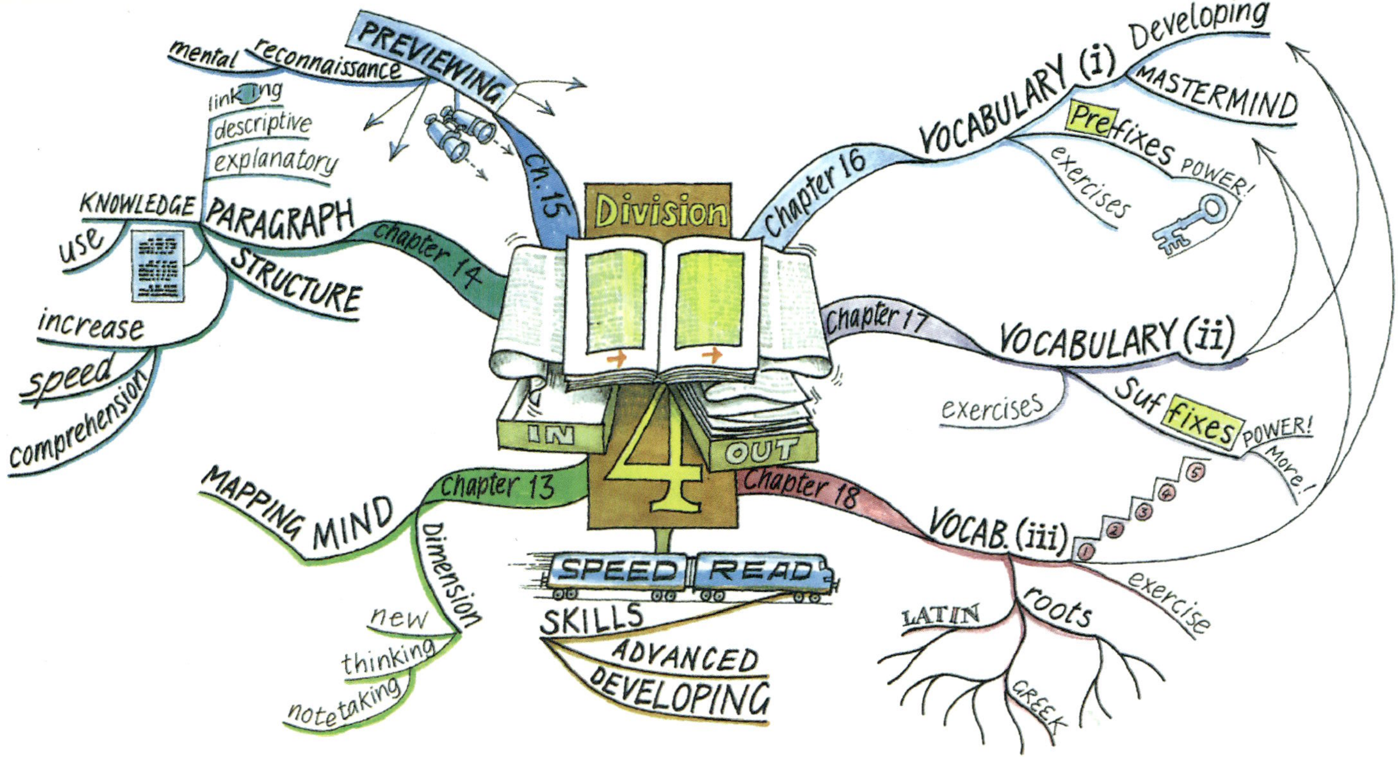


Tafel 7: Mind Map von Teil IV

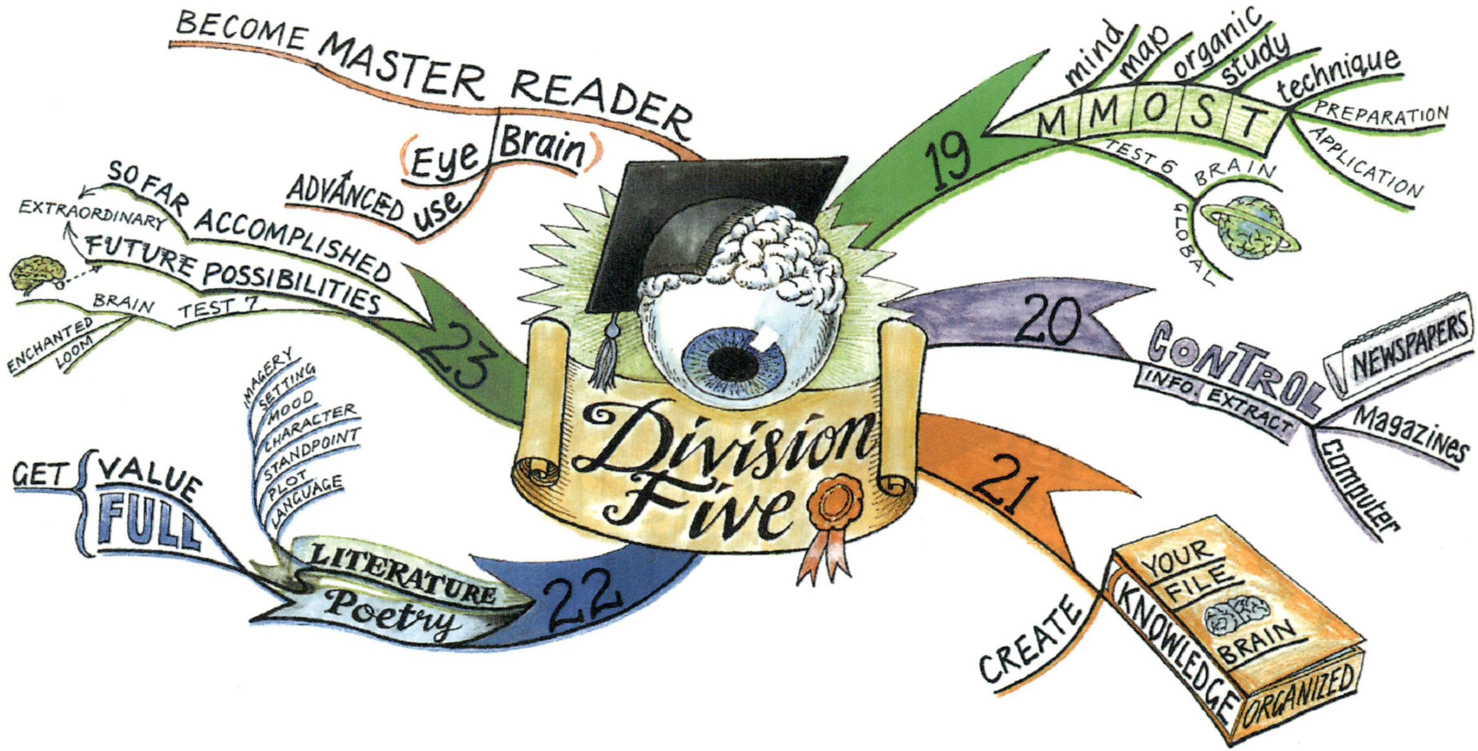


Tafel 8: Mind Map von Teil V

| | | | | | | |
|---|---|---|---|---|---|---|
| 7524 | 6887 | 3568 | 4679 | 3479 | 5428 | 7524 |
| 8643 | 3569 | 8765 | 4589 | 8643 | 7544 | 3469 |
| 8532 | 6689 | 4489 | 8532 | 0166 | 1088 | 4672 |
| 8641 | 8651 | 6752 | 5572 | 7645 | 1754 | 8641 |
| 7302 | 1852 | 7411 | 7633 | 7302 | 0176 | 3467 |
| 3469 | 8533 | 4682 | 8752 | 3469 | 7632 | 8643 |
| 2458 | 7642 | 8644 | 4677 | 2458 | 8764 | 2476 |
| 7532 | 8642 | 3569 | 7644 | 1036 | 7532 | 8634 |
| 1876 | 1734 | 0568 | 8754 | 1876 | 8642 | 7433 |
| 8744 | 7533 | 7634 | 5689 | 8744 | 8754 | 3468 |
| 8756 | 8756 | 8876 | 5690 | 9756 | 4582 | 9752 |
| 8737 | 8762 | 8737 | 7755 | 7448 | 3569 | 7352 |
| 3469 | 7644 | 8876 | 3469 | 8754 | 1766 | 8442 |
| 1752 | 1751 | 1752 | 1742 | 8727 | 8764 | 8742 |
| 1978 | 1192 | 1978 | 7920 | 9772 | 8762 | 7792 |
| 8755 | 6755 | 8755 | 8548 | 8458 | 8745 | 8756 |
| 7654 | 7654 | 3368 | 3568 | 3568 | 5764 | 5369 |
| 1975 | 1975 | 1965 | 9148 | 7492 | 1948 | 1750 |
| 7865 | 7879 | 1756 | 7847 | 7865 | 4688 | 8747 |
| 8644 | 8649 | 8764 | 3487 | 8348 | 8644 | 3478 |

**Zeit ...........**

| | | | | | | |
|---|---|---|---|---|---|---|
| 8455 | 8456 | 8677 | 8455 | 4588 | 4585 | 8766 |
| 1176 | 1185 | 1766 | 1752 | 1158 | 1176 | 7642 |
| 8644 | 8638 | 8644 | 8642 | 4387 | 4369 | 8766 |
| 6433 | 2347 | 6434 | 6543 | 6433 | 3426 | 5433 |
| 8754 | 5785 | 8754 | 8763 | 4754 | 8736 | 3569 |
| 5242 | 8362 | 5413 | 7652 | 5242 | 8655 | 5243 |
| 7646 | 7655 | 7646 | 4766 | 5477 | 4578 | 5648 |
| 8412 | 8115 | 8412 | 1842 | 8712 | 4562 | 4812 |
| 8747 | 8765 | 4678 | 6489 | 7655 | 6875 | 8747 |
| 2575 | 2676 | 2676 | 2746 | 7453 | 4528 | 4453 |
| 7171 | 7702 | 7111 | 7172 | 7102 | 7171 | 0702 |
| 8742 | 7842 | 1875 | 8742 | 7815 | 1479 | 1785 |
| 7485 | 7489 | 4785 | 8748 | 8755 | 4785 | 4789 |
| 7633 | 7633 | 7624 | 2377 | 6738 | 2347 | 3729 |
| 3452 | 3435 | 3452 | 3542 | 1436 | 1544 | 5135 |
| 7634 | 7664 | 7337 | 7764 | 6734 | 7634 | 7637 |
| 8736 | 7854 | 6538 | 8736 | 8754 | 3579 | 9358 |

**Zeit ...........**

## Zusammenfassung

1. Das Durchsehen ist ein Prozeß, bei dem Sie eine *spezielle Information* suchen.
2. Das Überfliegen stellt einen Vorgang dar, bei dem Sie einen *allgemeinen Überblick* suchen.
3. Beide Fähigkeiten werden von der großen Mehrheit der Schnelleser angewandt.
4. Jede dieser Fähigkeiten kann durch den Einsatz fortgeschrittener Meta-Lesehilfe-Techniken gesteigert werden.

## So sollten Sie vorgehen

1. Verwenden Sie zehn Minuten darauf, in einem Wörterbuch Wörter nachzuschlagen, die Sie kennen und benutzen, die Sie aber nicht genau erklären können.
2. Üben Sie Durchlese- und Überfliegetechniken bei allem, was Sie von nun an lesen.

Die Überfliege- und Durchlesetechniken, die Sie gerade gelernt haben, sind ideal dafür, Ihr Gehirn in einen Bereich zu bringen, den die olympischen Athlethen als „Zone" beschreiben. Machen Sie sich darauf gefaßt, daß Sie im nächsten Kapitel Ihre bereits erreichten, vorzüglichen Leistungen noch steigern, in dem Sie die neue Taktmesser-Trainings-Methode anwenden.

# 10. Die Taktmesser-Trainingsmethode

Ihr Gehirn ist ein relativistisches Organ.

## Ihr relativistisches Gehirn

Einer unserer Lehrer startete einen ungewöhnlichen Versuch: Er verbot einem bestimmten Schüler unter Androhung eines „blauen Briefes“, während des Unterrichts zu niesen. Kaum setzte der Schüler zum Niesen an, warf ihm der Lehrer wutentbrannte Blicke zu, so daß er das Niesen unterdrückte. Mehr noch: Auch die anderen Schüler, einige von ihnen waren sogar erkältet, vermieden es, zu niesen, um den Lehrer nicht zu reizen. – Am Ende der Stunde erklärte der Lehrer das Experiment: Durch die Veränderung der gewohnten Norm (Niesen war ja sonst nicht verboten) hatten sich unsere Gehirne umgestellt und sogar einen natürlichen Reflex unterdrückt.

Die außergewöhnliche Fähigkeit Ihres Gehirns, sich an jede neue Vorgabe anzupassen, wird auf vielen Gebieten einschließlich dem olympischen Training genutzt. Bei einem Fall wurden Läufer mit einem Sicherheitsgurt an ein Laufband angeschlossen. Das Laufband wurde dann stufenweise über ihre aktuelle schnellste Geschwindigkeit hinaus beschleunigt, während man die Läufer ermutigte, ihre Beine mit der entsprechenden Geschwindigkeit zu bewegen. Der Haltegurt gab ihnen ein Gefühl der Sicherheit. Nach einer Reihe derartiger Trainingseinheiten gelang es vielen von ihnen, ihre vorherigen Rekorde zu brechen, denn ihr Gehirn-Körper-System hatte sich an diese neue, schnellere Norm gewöhnt.

Die relativistische Natur Ihres Gehirns kann auch dafür verwendet werden, Ihre Lesegeschwindigkeit mittels eines Taktmessers zu verbessern, der auf viele Arten eingesetzt werden kann. Sie können damit beginnen, daß jeder Takt eine einzige Bewegung entlang der Zeile für Ihre visuelle Lesehilfe darstellt. So können ein gleichmäßiger, stabiler, ruhiger Leserhythmus eingeführt und aufrecht erhalten sowie die übliche Tempominderung beim Schnellesen über eine gewisse Zeit vermieden werden. Sobald Sie eine „mögliche" Lesegeschwindigkeit eingeführt haben, erhöhen Sie den Schlag des Taktmessers um einen Takt pro Minute und erreichen somit eine kontinuierliche Verbesserung Ihrer Lesegeschwindigkeit.

Ein zweiter wichtiger Verwendungszweck des Taktmessers liegt im relativistischen Schnellese-Training. Bei dieser Trainingsmethode setzen Sie den Taktmesser mit ungewöhnlich hoher Geschwindigkeit ein und zwingen so Ihr Auge-Gehirn-System, sich an eine sehr hohe, neue Durchschnittsleistung zu gewöhnen. Diese Art des Trainings ermöglicht es Ihnen, sich selbst hohe, neue Normen zu setzen. Sie können dann unter dieser Leistung bleiben und in bequeme „langsame" Lesegeschwindigkeiten fallen, die immer noch doppelt so hoch sind wie Ihr vorheriger Durchschnitt. Die Übungen dieses Kapitels sind darauf ausgerichtet, Sie auf den Pfad hoher Geschwindigkeit und erstklassigen Verständnisses zu führen!

## Übungen

Nutzen Sie bei den folgenden Übungen die Meta-Lesehilfe-Technik, die Sie für die geeignetste halten.

Lesen Sie fünf Minuten normal in einem Buch, das Sie auch weiterhin verwenden können. Tragen Sie Ihre Wörter pro Minute in Ihre Fortschrittstabelle auf Seite 235 f. ein.

## Steigern Sie Ihre Geschwindigkeit!

Verwenden Sie irgendein Buch (leichter Lesestoff) Ihrer Wahl, vorzugsweise eines, das Sie interessiert. Versuchen Sie, so gut wie möglich zu verstehen, aber denken Sie daran, daß es in dieser Übung hauptsächlich um Geschwindigkeit geht. Bei dieser Übung sollten Sie von dem Tempo ausgehen, das Sie zuletzt erreicht haben.

a) Üben Sie eine Minute, 100 WpM schneller zu lesen als Ihre normale Geschwindigkeit.
b) Steigern Sie sich um weitere 100 WpM.
c) Steigern Sie sich noch weitere dreimal um 100 WpM.
d) Üben Sie, eine Minute lang auf Verständnis mit der Geschwindigkeit zu lesen, die Sie nun erreicht haben. Berechnen Sie Ihre WpM, und tragen Sie sie in Ihre Fortschrittstabelle auf S. 235 f. ein.

## Tempoübung 1

1. Benutzen Sie irgendein leicht lesbares Buch. Beginnen Sie am Anfang eines Kapitels.
2. Üben Sie, mit visueller Hilfe drei Zeilen auf einmal fünf Minuten lang mit *mindestens* 2.000 WpM zu lesen. Merken Sie sich an, wo Sie stehenbleiben.
3. Lesen Sie bis zur Markierung alles noch einmal in vier Minuten.
4. Lesen Sie bis zur Markierung alles noch einmal in drei Minuten.
5. Lesen Sie bis zur Markierung alles noch einmal in zwei Minuten.
6. Lesen Sie von der Markierung mit demselben Verständnis wie unter 2. fünf Minuten lang weiter.
7. Lesen Sie eine Minute lang auf normales Verstehen. Tragen Sie Ihre WpM in Ihre Fortschrittstabelle ein.

## Tempoübung 2

1. Benutzen Sie ein leicht lesbares Buch, beginnen Sie am Anfang eines Kapitels.
2. Sehen Sie eine Minute lang mit einer visuellen Hilfe die Seiten durch, und nehmen Sie sich pro Seite vier Sekunden Zeit.
3. Üben Sie, von Anfang an fünf Minuten lang mit einer Mindestgeschwindigkeit von 2.000 WpM zu lesen.
4. Wiederholen Sie, wenn möglich, diese Übung.
5. Lesen Sie eine Minute lang auf normales Verstehen. Tragen Sie Ihre WpM in Ihre Fortschrittstabelle ein.

## Weitere Übungen

1. Trainieren Sie Ihre Augen, indem Sie sie über horizontale und vertikale Flächen diagonal von oben links bis unten rechts und dann von oben rechts bis unten links bewegen. Werden Sie jeden Tag schneller. Der Zweck dieser Übung liegt darin, Ihre Augen so zu trainieren, daß sie genauer und selbständiger funktionieren.
2. Üben Sie, 100 Seiten mit einer Geschwindigkeit von ungefähr zwei Sekunden pro Seite umzublättern und bewegen Sie Ihre Augen sehr schnell die Seite hinunter. (Machen Sie dies in zwei zweiminütigen Sitzungen.)
3. a) Lesen Sie zwei Minuten lang so schnell Sie können, ohne sich dabei um Ihr Verständnis zu kümmern.
   b) Lesen Sie bewußt eine Minute lang auf Verständnis.
   c) Berechnen Sie Ihre WpM und tragen Sie sie in Ihre Fortschrittstabelle ein.

Wiederholen Sie die Übungen, sooft Sie Zeit haben.

Nachdem Sie einige dieser Übungen mit dem Taktmesser abgeschlossen haben, machen Sie sofort mit Selbsttest 5 weiter. Bevor Sie mit dem wirklichen Lesen beginnen, wäre es eine ausgezeichnete Idee, den ganzen Selbsttest in einem „Taktmesser-Sprint“ von zwei Sekunden pro Seite zu überfliegen und durchzulesen. Wenn Sie mit dem eigentlichen Lesen beginnen, überzeugen Sie sich, daß Ihr Gehirn gut darauf vorbereitet ist, mehr Information über das zu erhalten, was Sie in Ihrem „Taktmesser-Sprint" verstanden haben.

# Selbsttest 5

## Das Gehirn des Kleinkindes
**von Dr. Sue Whiting**

Die frühzeitige Entwicklung des Gehirns eines Kleinkindes ist eine Zeit intensiver Nerventätigkeit, da die Schaltungen zwischen den Gehirnzellen mit unheimlicher Geschwindigkeit vorangetrieben werden. Es ist nie zu früh für das Gehirn, mit dem Lernen zu beginnen.

## Gehirnsprints

Das Gehirn benötigt mehr Zeit als jedes andere Organ, bis es sich voll entwickelt hat. Sein Entwicklungsmuster ist sehr verschieden. Bei den meisten anderen Organen ist die Grundentwicklung im Mutterleib abgeschlossen. Das weitere Wachstum findet durch die Zellteilung, wenn der Körper wächst, statt. Das Gehirn besitzt andererseits noch vor der Geburt seine volle Zellanzahl – deshalb scheinen die Köpfe der Kleinkinder zum übrigen Körper in keinem Verhältnis zu stehen. Die während der letzen zehn Jahre durchgeführte Forschung beruht auf früheren Belegen, daß das Gehirn die Verbindungen zwischen den Zellen noch im Mutterleib aufzubauen beginnt, wobei es selbsttätig geschaffene Signale benutzt.

Ungefähr acht Wochen nach der Empfängnis beginnt der erste „Gehirnsprint" (der Ausdruck „Gehirnsprint" bezieht sich auf die plötzliche Entwicklung des Gehirns). Innerhalb der nächsten fünf Wochen wird die Mehrheit der Nervenzellen gebildet. Der zweite „Gehirnsprint" beginnt ungefähr zehn Wochen vor der Geburt und dauert bis ungefähr zwei Jahre nach der Geburt. Der zweite Sprint ist eine Zeit intensiver Aktivität für die Gehirnzellen: Die Verbindungen werden verfeinert, abgestimmt und erweitert. Das Ansteigen der Verbindungstätigkeit führt zu einem schnellen Wachstum des Gehirns. Das Gehirn eines neugeborenen Babys wiegt erst 25 % des späteren Gewichts im Erwachsenen, mit sechs Monaten 50 %, mit zweieinhalb Jahren 75 % und mit fünf Jahren 90 %.

## Einführung in die Welt

Studien haben gezeigt, daß ein Kind bei der Geburt auf Laute der menschlichen Stimme positiv und konkret reagiert. Ein schnell gedrehter Film über ein neugeborenes Kind zeigt bei Reduzierung der Geschwindigkeit und schrittweiser Untersuchung, daß winzige Gesten des Kindes mit spezifischen Lauten und Silben der Eltern zeitlich zusammenfallen. Laute, die nicht von einer menschlichen Stimme stammen, erzeugen nicht dieselbe Wirkung. Daraus läßt sich schließen, daß einige linguistische Fähigkeiten im Mutterleib erworben werden. Im Mutterleib hört das Baby die Herzschläge der Mutter, dieser Ton wird vom Baby erkannt und hat eine beruhigende Wirkung.

Tom Bowers Forschung über die kindliche Wahrnehmung an der Universität Edinburgh zeigt, daß ein Kind von Geburt an eine dreidimensionale Welt erfährt. Durch das Verwenden von polarisierten Schutzbrillen, so daß das linke und rechte Auge verschiedene Bilder sehen, schuf er die visuelle Illusion, daß sich vor dem Kind ein fester Gegenstand befände. Bower fand heraus, daß sogar neugeborene Babies ihre Hände ausstreckten, um den vermeintlichen Gegenstand zu berühren, aber sobald sich seine Hände um leere Luft und nicht um den festen Gegenstand schlossen, begann das Baby zu schreien. Dies zeigt, daß ein Baby von Geburt an erwartet, daß sichtbare Objekte berührt werden können, und deutet auf eine einfache Einheit zwischen dem Seh- und Berührungssinn hin.

## Seh- und Hörvermögen

Andere Experimente in Edinburgh haben gezeigt, daß auch Seh- und Hörvermögen zusammenarbeiten, wenn das Neugeborene seinen Kopf in Richtung eines Geräusches dreht, speziell, wenn dieses von der Mutter kommt. Sie haben gezeigt, daß ein Baby auch mit der Fähigkeit geboren wird, Gerüche als angenehm oder unangenehm zu unterscheiden, indem es den Kopf entsprechend hin- oder wegdreht.

Das Neugeborene kann auch ein menschliches Gesicht erkennen. Robert Frantz, ein Forscher an der Western Reserve University in Cleveland, stellte einen Tag alte Kinder vor die Wahl, ein Bild mit einem Gesicht, einem Bullauge, Zeitungspapier oder bunten Kreisen anzusehen. Er fand eine Vorliebe für das menschliche Gesicht heraus, die meisten Babies sahen es weit öfter an als die anderen Gegenstände. Mark Johnson von Carnegie Mellion führte ähnliche Tests mit Neugeborenen durch, die erst zehn Minuten alt waren, und stellte eine merkbare Vorliebe für Bilder mit Gesichtern gegenüber Bildern mit leeren Ovalen oder Gesichtern mit durcheinandergebrachten Gesichtszügen fest. Daraus läßt sich laut Johnson schließen, daß Menschen mit einer „Vorstellung" von einem Gesicht geboren werden, die ihnen hilft, die Quelle für Nahrung, Wärme und Schutz zu erkennen.

Babies, die wie Menschen und nicht einfach nur in gurrenden Lauten angesprochen werden, haben eine viel bessere Möglichkeit, die Sprache zu erlernen. Eine anregende Umgebung, in der ein oder beide Elternteile bewußt bereits früh auf die Entwicklung der Gefühlserfahrung ihres Kindes abzielen, kann diese Entwicklung beschleunigen und steigern. Schon im Jahre 1952 beschloß Aaron Stern, daß seine Tochter Edith von einer bewußt stimulierenden Umgebung profitieren sollte. Von Geburt an sprach er so viel wie möglich mit ihr (nicht in der Babysprache), spielte klassische Musik und zeigte ihr Illustrationstafeln mit Zahlen und Tieren. Diese Technik ist von vielen anderen Eltern übernommen und mit sehr positiven Ergebnissen angewendet worden.

## Rampen, Leitern und Räder

Um die Auswirkung einer fruchtbaren Umgebung auf die Gehirnentwicklung zu beurteilen, ermöglichte es Mark Rosenweig an der California Universität in Berkeley einer Gruppe von Babyratten in einem Käfig voller Rampen, Leitern, Räder, Tunnels und anderer Stimuli aufzuwachsen. Eine zweite Gruppe wurde in leeren Käfigen belassen. Nach 105 Tagen wurden die Gehirne untersucht, wobei sich herausstellte, daß die Gehirne der Ratten, die in anregender Umgebung aufgewachsen waren, mehr Verbindungen entwickelt hatten als die der Kontrollgruppe. Sie besaßen auch 15 % mehr Gehirnzellen, die Nervenzellen waren um 15 % größer und, was wahrscheinlich am wichtigsten ist, es existierten mehr Verbindungen zu anderen Zellen.

Der Glaube an ein biologisch programmiertes Grundwissen liegt jeder Forschung über die Entwicklung von Kleinkindern zugrunde, nicht nur bezüglich mathematischer und physikalischer sondern auch kognitiver Fähigkeiten. Es ist jedoch noch ungewiß, wann ein solches Basiswissen festgelegt wird. Seit 1988, als am Technischen Institut California ein Multielektroden-Gerät erfunden wurde, ist es eher möglich, Gehirnzellen in Säugetierföten zu entdecken und zu messen, die untereinander Impulse abgeben, im Mutterleib Verbindungen aufbauen, einstellen und anpassen. Die Arbeit, die über eine derartige Nerventätigkeit durchgeführt wurde, läßt vermuten, daß die Querverbindungen eher während der „Gehirnsprints“ entwickelt werden, als daß jede Nervenverbindung in unseren Genen gespeichert ist. In Anbetracht der Millionen Verbindungen, die in unserem Gehirn gebildet werden müssen, würde erstere Theorie weit weniger an gespeicherter Gehirninformation benötigen. Sie ginge davon aus, daß genetische Entwürfe während der Schwangerschaft und in der Kindheit ausgearbeitet würden.

## Veranlagung versus Erziehung

Die oben angeführte Hypothese ist relativ neu. Es bedarf noch viel Arbeit, sie zu entwickeln und zu beweisen. Sie brächte in die Debatte um Veranlagung und Erziehung einen ganz neuen Aspekt ein. Ein Forschungsgebiet, das eine Vielzahl von Theorien, Studien und Erkenntnissen über das Potential von Babies mit den richtigen Stimuli liefert, wird weiterhin die Eltern ermutigen.

Ob der Grund dafür ein genetisches Programm oder Verbindungen sind, die zwischen den Nervenzellen im Mutterleib und während der wenigen kritischen ersten Monate hergestellt werden – unser Bewußtsein über die mentalen Fähigkeiten und Möglichkeiten der Kleinkinder wächst. Der wichtige Einfluß der Erziehung gibt allen Eltern die Chance, ihren Kindern soviel wie nur möglich zu helfen, auf eine Weise, die sie für angebracht und durchführbar halten. Welche Möglichkeiten Eltern auch finden, um die geistige Entwicklung ihrer Kinder zu ermutigen und voranzutreiben, zwei Schlüsselgedanken müssen berücksichtigt werden:

Erstens: Kontinuität. Ein Kind, dessen Fähigkeiten weiter entwickelt sind als die seiner Klassenkameraden, hält sich vielleicht freiwillig zurück, um nicht anders zu erscheinen oder um eifersüchtige Spöttelei zu vermeiden.

Zweitens: Die Wünsche und Interessen des sich entwikkelnden Kindes müssen wirklich respektiert werden. Obwohl sie viel Zeit, Gefühl und Hoffung investiert haben, müssen sich Eltern bewußt dafür einsetzen, nicht zu stark zu kontrollieren, wie die Früchte ihrer Arbeit genutzt werden. Das Hauptziel liegt im Glück und in der Erfüllung des Kindes; und die Freude der Eltern besteht darin, aktiv daran beteiligt zu sein.

Stoppen Sie jetzt Ihre Uhr, berechnen Sie die benötigte Zeitspanne: ......... Minuten.

Indem Sie die Anzahl der Wörter im Absatz (in diesem Fall 1.234) durch Ihre gestoppte Zeit (in Minuten) dividieren, erhalten Sie Ihre derzeitige Lesegeschwindigkeit in Wörtern pro Minute (WpM):

$$\text{Wörter pro Minute (WpM)} = \frac{\text{Anzahl der Wörter}}{\text{Zeit}}$$

Wenn Sie Ihre Berechnung beendet haben, tragen Sie das Resultat in das Feld WpM in Ihre Fortschrittstabelle und Ihr Fortschrittsdiagramm auf Seite 235 f. ein.

Weiter im Selbsttest: Jetzt geht es darum, wieviel des Textes Sie verstanden haben. Überprüfen Sie die Statements auf Richtigkeit, und beantworten Sie die Fragen

**1.** Das menschliche Gehirn besitzt:
a) sämtliche Gehirnzellen bei der Empfängnis
b) sämtliche Gehirnzellen vor der Geburt
c) sämtliche Gehirnzellen einen Monat nach der Geburt
d) sämtliche Gehirnzellen zwei Jahre nach der Geburt

**2.** Der erste „Gehirnsprint“ findet statt:
a) bei der Empfängnis
b) acht Wochen nach der Empfängnis

c) vier Monate nach der Empfängnis
d) einen Monat vor der Geburt

3. Der zweite „Gehirnsprint" beginnt ungefähr:
a) acht Wochen nach der Empfängnis
b) zehn Wochen nach der Empfängnis
c) zehn Wochen vor der Geburt
d) vier Wochen vor der Geburt

4. Bei der Geburt wiegt das menschliche Gehirn:
a) 10 % b) 15 %
c) 25 % d) 40 %
seines erwachsenen Gewichts

5. Mit sechs Monaten wiegt das Gehirn:
a) 25 % b) 40 %
c) 50 % d) 75 %
seines erwachsenen Gewichts

6. Mit zweieinhalb Jahren wiegt das Gehirn:
a) 50 % b) 75 %
c) 80 % d) 90 %
seines erwachsenen Gewichts

7. Mit fünf Jahren wiegt das menschliche Gehirn:
a) 85 % b) 90 %
c) 95 % c) 100 %
seines erwachsenen Gewichts

8. Ein Kleinkind reagiert bereits am Tag seiner Geburt positiv und konkret auf Töne der menschlichen Stimme.

9. Tom Browers Forschung über das kindliche Wahrnehmungsvermögen an der Universität Edinburgh zeigt, daß ein Kind bei der Geburt:
a) nur verschwommen Bilder erkennen kann
b) sich sofort auf die Mutter konzentriert
c) Geräusche gut wahrnehmen kann
d) sofort eine dreidimensionale Welt erfährt

10. Andere Experimente an der Universität Edinburgh haben gezeigt, daß das Seh- und Hörvermögen aufeinander abgestimmt ist, wobei ein Neugeborenes seinen Kopf in Richtung eines Geräusches dreht, speziell dann .........

11. Robert Frantz und Mark Johnson entdeckten, daß ein neugeborenes Kind eine deutliche Vorliebe für Bilder hat über:
a) seine Mutter b) bunte Kreise
c) Gesichter d) Tiere

**12.** Kinder, die nur mit „gurrenden Lauten" angesprochen werden, haben eine viel bessere Möglichkeit, die Sprache zu erlernen.

**13.** Mark Rosenweigs Experimente mit Ratten zeigen, daß diejenigen, die in einer anregenden Umgebung aufwuchsen:
a) ein kleineres Gehirn hatten
b) physisch größer wurden
c) keine Veränderung im Gehirn aufwiesen
d) mehr Verbindungen zwischen den Gehirnzellen besaßen

**14.** Zellverbindungen entstehen im Gehirn des Kleinkindes:
a) bei den „Gehirnsprints":
b) vor der Geburt
c) aus den Speicheranlagen in unseren Genen
d) während der ersten zwei Lebensjahre

**15.** Das Hauptziel der Elternschaft liegt darin:
a) ein Genie zu produzieren
b) eine gute akademische Ausbildung zu ermöglichen
c) Glück und Erfüllung für das Kind zu suchen
d) sich nicht in die natürliche Entwicklung des Kindes einzumischen

Überprüfen Sie Ihre Antworten. Teilen Sie Ihre Anzahl richtiger Antworten durch 15 und multiplizieren sie mit 100, um Ihren Prozentwert an Verständnisfähigkeit zu errechnen.

**Auflösung**

| | | |
|---|---|---|
| 1: b) | 2: b) | 3: c) |
| 4: c) | 5: c) | 6: b) |
| 7: b) | 8: Richtig | 9: d) |
| 10: Die Stimme der Mutter | | 11: c) |
| 12: Falsch | 13: d) | 14: a) |
| 15: c) | | |

Verständnisleistung: $\frac{\text{Anzahl richtiger Antworten x 100 \%}}{15}$

Tragen Sie jetzt Ihr Ergebnis in Ihre Fortschrittstabelle und in Ihrem Fortschrittsdiagramm auf Seite 235 f. ein.

## Zusammenfassung

1. Ihr Gehirn ist ein relativistisches Organ und kann sich an beschleunigte Normen gewöhnen.
2. Die Lese- und Trainingsmethode mit dem Taktmesser ermöglicht es Ihnen, Ihre Lesegeschwindigkeit aufrechtzuerhalten und zu steigern.

Sie haben Teil 2 – Ihre erstaunlichen Augen – abgeschlossen. Gerüstet mit aktuellsten Informationen über die erstaunliche Bandbreite und die Ausgereiftheit Ihrer Augen und mit Techniken zum größtmöglichen Nutzen Ihres Auge-Gehirn-Systems sind Sie jetzt bereit, die großen „Problembereiche" beim Lesen in Angriff zu nehmen: Konzentrationsmangel, mangelndes Verständnis und die verschiedenen, oft falsch benannten „Lernschwierigkeits"-Syndrome.

# Teil III
# Superkonzentration und Verständnis

## 11. Die üblichen Lese- und Lernprobleme

Sobald ein Problem erkannt, analysiert und verstanden wird, verwandelt es sich in ein positives Kraftfeld zur Lösung von Problemen.

### Leseprobleme

#### Subvokalisierung

Ein allgemeines Leseproblem ist die Subvokalisierung, die Tendenz, die Wörter, die man liest, (unhörbar) mit den Lippen zu formen. Sie wird durch die Art, wie Kinder lesen lernen, hervorgerufen: üblicherweise mit der phonetischen oder akustischen Methode oder der „Schau und Sprich"-Methode (wie in Kapitel 2 besprochen). Praktisch behaupten jedes Buch und jeder Kurs über Schnellesen, daß diese Angewohnheit eines der größten Hindernisse auf dem Weg zur Leseverbesserung darstelle und überwunden werden *müsse*.

In Wirklichkeit aber können wir aus der Subvokalisierung Nutzen ziehen. Sie hält unter gewissen Umständen den Leser zweifelsohne auf, besonders dann, wenn sein Verständnis davon abhängig ist. Subvokalisierung im eigentlichen Sinn des Wortes *kann* und *sollte* nicht vollständig eliminiert werden. Ist dies erst einmal verstanden, kann das „Problem" aus seiner richtigen Perspektive angegangen werden, was zu wesentlich befriedigenderen Lesegewohnheiten führt. Menschen, die angewiesen werden, die Subvokalisierung auszuschalten, werden oft entmutigt und verlieren gänzlich ihre Freude am Lesen, nachdem sie Wochen damit verbracht haben, das Unmögliche zu erreichen.

Zur richtigen Annäherung an das Problem muß man akzeptieren, daß die Subvokalisierung *immer* fortbestehen wird und trotzdem weiter und weiter „im Bewußtsein zurückgedrängt" werden kann. Sie werden die Gewohnheit zwar nicht ganz abschalten können, aber Sie können weniger abhängig von ihr werden. Sie brauchen sich keine Sorgen machen, wenn Sie gelegentlich feststellen, daß Sie subvokalisieren, denn es handelt sich um eine allgemein übliche Gewohnheit. Sie sollten aber versuchen, für ein vollkommenes Verständnis von dieser Gewohnheit weniger abhängig zu werden.

Ein positiver Aspekt liegt darin, daß Sie die Subvokalisierung sogar als Erinnerungshilfe für das, was Sie gelesen haben, nutzen können. Nehmen wir an, daß Sie durch Übung weniger abhängig von der Subvokalisierung geworden sind, so können Sie nun ganz bewußt den „Umfang" Ihrer Subvokalisierung steigern, wenn Sie wichtige Wörter oder Konzepte lesen (indem Sie sie innerlich „laut herausschreien"), so daß sich diese Teile der Information von den anderen abheben. Es ist notwendig, zu verstehen, daß die Subvokalisierung nicht unbedingt ein langsamer, schwerfälliger Prozeß ist. Es ist Ihrem Gehirn durchaus möglich, 2.000 Wörter pro Minute zu subvokalisieren. Es gibt tatsächlich heute eine ganze Anzahl Leute, die über 1.000 Wörter pro Minute *sprechen* können.

## Das Mitzeigen mit dem Finger

Das Mitzeigen mit dem Finger ist traditionell nur wegen unseres Mißverständnisses, daß es den Leser langsamer werden läßt, als Problem gesehen worden. Sie wissen jetzt aus den Kapiteln 6, 7, und 8, daß das Mitzeigen mit dem Finger eine ausgezeichnete Methode darstellt, Konzentration und Aufmerksamkeit aufrecht zu erhalten. Der einzige Nachteil liegt darin, daß die physikalische Größe des Fingers und der Hand die Sicht blockieren. So schlägt das Problem schon die Lösung vor: Der Gebrauch einer schmalen Lesehilfe macht die Gewohnheit für schnellere Lesegeschwindigkeiten bestens geeignet.

## Regression und Zurückspringen

Regression und Zurückspringen sind ähnliche Vorgänge, die sich aber voneinander unterscheiden. Die Regression ist ein ständiges Zurückkehren zu Wörtern, Sätzen oder Absätzen, von denen man glaubt, man hätte sie nicht oder mißverstanden. Viele Leser glauben, sie müssen sie nochmals lesen, um die Information zu verstehen. Das Zurückspringen ist eine Art visueller Tic, ein unbewußtes Zurückgehen zu Wörtern und Sätzen, die gerade erst gelesen wurden. Man ist sich meistens nicht bewußt, daß man zurückspringt.

Wie in Kapitel 4 über Augenbewegungen dargestellt, erhöhen Regression und Zurückspringen die Anzahl der Fixierungen pro Zeile und verlangsamen so den Leseprozeß. Beide Gewohnheiten sind normalerweise unnötig. Studien über das bewußte nochmalige Lesen von Material zeigen, daß Leser, die sich *sicher* waren, daß sie zu gewissen Wörtern oder Absätzen zurückkehren mußten, um sie zu verstehen, wenig Änderung in ihrem Veständnis zeigten, wenn ihnen dies nicht erlaubt wurde. Es ist weniger eine Sache des Verstehens als eine Sache des Vertrauens in das Können Ihres Gehirns.

Der Versuch, diese beiden Gewohnheiten auszuschalten oder zu reduzieren, geschieht in zwei Schritten. Erstens müssen Sie sich selbst *zwingen*, Bereiche, von denen Sie glauben, daß Sie sie nicht verstanden haben, nicht nochmals zu lesen. Zweitens müssen Sie langsam Ihre Geschwindigkeit erhöhen und dabei versuchen, einen gleichmäßigen Rhythmus bei Ihren Augenbewegungen beizubehalten. Sowohl die Geschwindigkeit als auch der Rhythmus werden das Zurückspringen und die Regression erschweren und gleichzeitig Ihr Verstehen verbessern.

Diese Problembereiche – Subvokalisierung, Mitzeigen mit dem Finger, Zurückspringen und Regression – dürfen nicht länger als die großen Hindernisse gesehen werden, zu denen sie gemacht wurden. Es sind ganz einfach Gewohnheiten, die berichtigt werden und oft positiv genutzt werden können.

# Lernprobleme

## Dyslexie

Dyslexie bezeichnet allgemein die Schwierigkeit mancher Menschen, die Buchstaben des Alphabets zu entschlüsseln und demnach Wörter zu lesen. Diese Menschen drehen oft Buchstaben um und neigen zu einer kritzelnden Handschrift. In manchen Schulen und Schulbezirken haben angeblich mehr als 20 % der Kinder diese „Lernschwierigkeit“.

80 % derjenigen, die ich getroffen habe und von denen man behauptete, sie hätten Dyslexie, hatten sie meiner eigenen Erfahrung nach nicht. Sie waren nur in irgendeinem der vielen frühen Stadien ihrer Lesekarriere gestrauchelt, und man hatte es ihnen nicht mehr erlaubt, sich aufzuraffen. Um zu erkennen, wie einfach man in einem frühen Stadium versagen kann, stellen Sie sich folgendes vor: Sie landen auf einem unbekannten Planeten und jemand erklärt Ihnen schnell, daß die Bewohner diese Planeten eine Anzahl von zufälligen Zeichen besitzen, die sie Buchstaben nennen und die sie zu Wörtern verbinden. Um die Sache noch schwieriger zu machen, sind viele der Zeichen optisch unheimlich ähnlich (s. Abb. 12).

Um zu verstehen, wie schwierig die Aufgabe ist, versuchen Sie folgende Übung. Zeigen Sie schnell auf jedes der verschiedenen Zeichen, bewegen Sie sich so schnell wie möglich von einem zum nächsten, und benennen Sie sie genau, bevor Sie weitermachen. Die meisten Menschen stellen früher oder später fest, daß sie stocken und eines von ihnen falsch benennen.

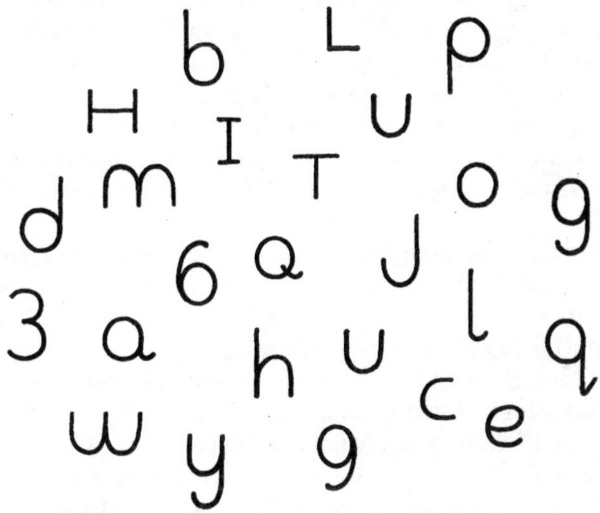


Abb. 12: Schwierigkeiten beim Lernen vom Zeichen kann zu der falschen Diagnose Dyslexie beim beginnenden Leser führen

Als Besucher des unbekannten Planeten werden Ihnen nun die Namen der verschiedenen Schnörkel genannt, und Sie sollen nun das Wort „Gott" schreiben. Sie erinnern sich vage, daß zwei der vier Buchstaben rund waren. Sie schreiben zwei „oo", dann fällt Ihnen ein, daß da noch zwei gerade Striche zu sein schienen, also setzen Sie einen Strich links vor die beiden Kreise und einen auf die rechte Seite der beiden Kreise. Zuversichtlich nehmen Sie an, daß Sie alles beinahe, wenn nicht gar ganz richtig gemacht haben. Sie reichen das Papier ein, nur um mit der Feststellung empfangen zu werden, daß Sie vielleicht eine Dyslexie haben, oder, um es brutaler auszudrücken, an einem leichten Gehirnschaden leiden.

Dieses Vorgehen würde Sie wahrscheinlich in nervöse Spannung versetzen und die Wahrscheinlichkeit erhöhen, daß Sie bei Ihrem nächsten Versuch wieder einen Fehler machen. Dieses Szenario beschreibt genau, wie es der Mehrzahl der Menschen ergangen ist, denen man den Stempel der Dyslexie aufgedrückt hat, und das nur, weil man ihnen zu Beginn nicht die notwendigen Gedächtnishilfen gab, nämlich Assoziation und Vorstellungsvermögen, die es ihnen ermöglicht hätten, sich leicht an die Namen der Buchstaben zu erinnern. Der erste Fehler paßte in das Bild der Dyslexie, und so gerieten sie in eine Abwärtsspirale, die sie mit fortschreitender Schullaufbahn immer schlechter werden ließ.

Der als leseschwach bezeichnete Mensch versucht oft, langsamer und genauer zu lesen, um ein besseres Verständnis zu erzielen, vergrößert dabei aber unwissentlich das Problem (s. Kap. 4). Wenn Sie jemals als leseschwach eingestuft worden sind, werden Ihnen die folgenden drei kurzen Geschichten Hoffnung machen.

Ein 16 Jahre altes Mädchen besuchte im skandinavischen Buzan-Zentrum einen Kurs über Mind Mapping und Lernen und war am ersten Tag besonders gut. Am Morgen des zweiten Tages ging sie zum Lehrer und bat ihn, sie von der Frühstunde zu befreien, da es dabei um das schnelle Lesen ging und sie überhaupt nicht gut lesen könne, weil sie eine Leseschwäche hätte. Der Lehrer ermutigte sie, es zu versuchen, was sie schließlich auch tat. Das Ergebnis? Von einer anfänglichen Lesegeschwindigkeit von 100 Wörtern pro Minute und schlechtem Verständnis entwickelte sie am Ende des Tages eine Geschwindigkeit von 600 Wörtern pro Minute und 70 % Verständnis.

Die zweite Geschichte betrifft ein Skriptgirl, das ihre Schulzeit einmal als die „reine Hölle" bezeichnet hat. Als es ihr in der Schule nicht gelang, richtig lesen zu lernen, war sie zutiefst erschüttert, denn sie liebte das Lesen und die Literatur. Da sie sehr beharrlich war, blieb sie bei ihrem Lesetraining und arbeitete zusätzliche Stunden mit einer ungefähr viermal so langsamen Geschwindigkeit wie ihre Altersgenossen. Ihr Traum war es immer gewesen, Skriptgirl zu werden, eine Arbeit, die sie schließlich erhielt. Nach sechs

Monaten war sie jedoch nahe daran, aufzugeben, da sie nicht nur den ganzen Arbeitstag, sondern einen Großteil der Nacht darauf verwendete, sich durch ihr Lesematerial zu arbeiten, um mit dem Tempo, das ihr Job verlangte, Schritt zu halten. Wie das skandinavische Mädchen begann sie mit einer Lesegeschwindigkeit von 100 Wörtern pro Minute und sehr schlechtem Verständnis. Während des ganzen Kurses behielt sie ihr „Geheimnis" für sich. Am Ende des abschließenden Lesetests hatte sie ihr Lesetempo bei gutem Verständnis auf 700 Wörter pro Minute gesteigert. In dem Augenblick, als sie ihre endgültige Geschwindigkeit berrechnet hatte, stand sie auf und erzählte ihre Geschichte: Ihr ganzes Leben lang hatte sie sich wegen ihrer Inkompetenz und ihrer Unfähigkeit geschämt, nun war plötzlich all das verschwunden, und das wollte sie feiern. Gleichzeitig empfand sie jedoch eine unkontrollierbare Wut über ihre verschwendeten Jahre, ihr Leben voller Demütigung und ihre plötzliche Erkenntnis, daß der Stempel der Leseschwäche sie in einem geistigen Gefängnis gehalten hatte! Das glückliche Ende der Geschichte ist, daß sie zu ihrer Arbeit zurückkehrte und ihre täglichen Aufgaben in *weniger* als der normalen Arbeitszeit erledigen konnte.

Die dritte und letzte Geschichte erzählt von Kim, einer leitenden Angestellten der Gesundheitsbehörde der Universität Texas. Beim Besuch eines Mind-Mapping- und Speed-Reading-Kurses, der von Vanda North geleitet wurde, erklärte Kim zu Beginn, daß sie an starker Dyslexie leide und wahrscheinlich viele der Kurseinheiten nicht abschließen könne. Ihre Anfangsgeschwindigkeit beim Lesen betrug bei sehr schlechtem Verständnis 120 Wörter pro Minute. Kim hielt jedoch durch und war erfolgreich, wobei sie am Ende der zwei Tage sehr zuverlässige 750 Wörter pro Minute bei ausgezeichnetem Verständnis erreichte.

Ein Teil des Kurses hatte das Thema Darstellungsvermögen, und jeder der Teilnehmer wurden bei der Abschlußfeier gebeten, eine kurze Vorstellung zu geben. Kim bereitete sich kurz vor und trat mit Etiketten wie „dumm", „langsam", „stumm", „wertlos", „zurückgeblieben", Leseschwäche", „Versagen", „Idiot" bedeckt auf. Ganz langsam zerriß sie eines nach dem anderen, schnitt dabei Grimassen und triumphierte bei jedem Etikett, das sie entfernte. Ihre ganze Darstellung verlief in völliger Stille. Alle Anwesenden waren tief gerührt.

Die meisten Menschen, die als leseschwach gelten, sind es nicht, und sogar, wenn sie darunter leiden, ist die grundsätzliche Lösung für ihre Leseprobleme dieselbe: Sie benutzen eine Lesehilfe, steigern langsam die Geschwindigkeit und entkommen dem semantischen Satz-Gefängnis durch das Verwenden von Mind Maps als Notiz- und Denkhilfe. Als dieses Buch entstand, kannten weder ich noch meine Lehrer jemanden, der fälschlicher- oder korrekterweise als leseschwach galt und nicht in der Lage gewesen wäre, seine Lesegeschwindigkeit und sein Verständnis wesentlich zu verbessern.

## Lesestörung und Hyperaktivität

Eine große Kontroverse umgibt das Thema „Lesestörung infolge von inadäquatem Aufmerksamkeitsverhalten". Eine erschreckende Statistik bestätigt, daß alleine in Amerika bei über drei Millionen Kindern die Diagnose gestellt wurde, so stark an dieser Störung zu leiden, daß sie das Medikament Ritalin nehmen. Jetzt wird diskutiert, ob diese Störung als medizinisch definierbare Krankheit exisitiert, ob es sich um eine gefährliche, verallgemeinerte Diagnose unwissender Mediziner handelt, ob die Lehrer die Kinder mit Etiketten wie Lesestörung und Hyperaktivität zur Verschleierung ihrer eigenen Unfähigkeit, das Interesse des Kindes aufrechtzuerhalten, versehen und ob Ritalin eine Wundermedizin ist oder etwas, das grundsätzlich aktive und kreative Kinder in eine angepaßte Stumpfheit normalisiert, betäubt und medikamentiert.

Um Ihnen zu helfen, Ihre eigenen Schlußfolgerungen zu ziehen, kann folgende Information nützlich sein. Der amerikanische Psychiaterverband und andere definieren Lesestörung aufgrund von inadäquatem Aufmerksamkeitsverhalten als eine klassifizierbare Krankheit, wenn auf ein Kind acht oder mehr der folgenden Kriterien zutreffen:

1. Kann nicht still sitzen, wenn man es dazu auffordert.
2. Wird leicht von äußerlichen Stimuli abgelenkt.
3. Empfindet es als schwierig, sich auf eine einzige Aufgabe oder spielerische Tätigkeit zu konzentrieren.
4. Beginnt oft eine andere Tätigkeit, ohne die erste abzuschließen (es ist interessant festzustellen, daß man diese Eigenschaft immer Leonardo da Vinci vorwarf, der normalerweise als das größte Genie aller Zeiten gilt und der in Buzans *Book of Genius* als Nummer eins angeführt wird!).
5. Ist unruhig und zappelig (bzw. fühlt sich geistig rastlos).
6. Kann (oder will) nicht warten, bis es bei Gruppenaktivitäten an der Reihe ist.
7. Unterbricht oft mit einer Antwort, bevor noch die Frage ganz gestellt ist.
8. Hat Probleme bei einer oder mehreren Aufgaben, durchzuhalten.
9. Lärmt gerne beim Spielen.
10. Unterbricht andere in unangemessener Weise.
11. Spricht impulsiv und viel.
12. Scheint nicht zuzuhören, wenn es von einem Lehrer angesprochen wird.
13. Läßt sich impulsiv auf physisch gefährliche Aktivitäten ein.
14. Verliert regelmäßig Dinge (Bleistifte, Werkzeug, Papier), die notwendig sind, um Arbeitsprojekte in der Schule zu erledigen.

Diese Verhaltensarten müssen vor dem siebten Lebensjahr begonnen haben und häufiger vorkommen als bei dem Durchschnittskind desselben Alters. Das bedeutet, daß zweifellos *wenigstens die Hälfte der Bevölkerung* diese Verhaltensformen öfter zeigt als der sogenannte Durchschnitt. Sind sie alle deshalb krank?

Zwei klassische Fälle sollte man in Erinnerung behalten. Als kleines Mädchen im Kindergarten war Mary-Lou Retton so hyperaktiv, daß die Lehrer ihren Eltern rieten, sie medikamentös behandeln zu lassen, was ihre physische Aktivität wesentlich herabgesetzt hätte. Glücklicherweise dachten ihre Eltern anders darüber und verlangten von der Schule, daß sie ihre außergewöhnliche Aktivität angemessener nutzen sollte. Dreizehn Jahre später gewann Mary-Lou Retton, die für ihre grenzenlose Energie und ihren Enthusiasmus mittlerweile international bekannt war, mit Leichtigkeit bei den Olympischen Spielen in Los Angeles die Goldmedaille im Frauenturnen.

Einige Jahre bevor Mary-Lou Retton ihre Schwierigkeiten in ihren ersten Schuljahren durchmachte, hatte ein kleiner Junge namens Daley dieselben Probleme in England. Auch seinen Eltern schlug man vor, ihn medikamentös mit Beruhigungstabletten zu behandeln. Wie Mary-Lous Eltern bestanden auch Daleys Eltern darauf, daß man ihm Bewegung und Tätigkeiten verschrieb, die seine überschäumende Aktivität bremsen würden. Der kleine Daley erwies sich als praktisch unermüdlich und brachte jeden verfügbaren Sportlehrer zur Erschöpfung. Alles machte sich jedoch bestens bezahlt, als Daley Thompson Weltmeister und Olympiasieger im Zehnkampf wurde. Er brach zehn Jahre in Folge alle zuvor aufgestellten Weltrekorde.

Thom Hartmann vertritt in seinem ausgezeichneten Buch *Attention Deficit Disorder: A Different Perception* entschlossen die Meinung, daß diese Etiketten oftmals gänzlich unangemessen sind. Hartman behauptet, daß Schulen für Menschen errichtet werden, die er als „Farmer" bezeichnet – das sind diejenigen, die am Tisch sitzen, dem Lehrer aufmerksam zusehen und zuhören und immer das machen, was man von ihnen verlangt. Das ist die absolute Folter für diejenigen, die er „Jäger" nennt, die physisch aktiven, die ihre Umwelt kritisch betrachten, kreativ, impulsiv und wie Leonardo da Vinci immer auf der Suche nach dem nächsten aufregenden Ereignis sind.

Ob Sie glauben, an Dyslexie oder Hyperaktivität zu leiden oder nicht, es gibt einige allgemeine Tips, die es Ihnen ermöglichen werden, sich besser zu konzentrieren und leichter zu verstehen. Diese werden in Kapitel 12 behandelt.

## Zusammenfassung

Alle Leseprobleme und Lernschwierigkeiten können behandelt und die Situation verbessert werden. In den meisten Fällen können die Probleme vollkommen überwunden werden.

## So sollten Sie vorgehen

1. Verwenden Sie weiterhin Ihre Lesehilfe, die Ihnen helfen wird, Regression und Zurückspringen zu vermeiden.
2. Verwenden Sie die Subvokalisierung als Gedächtnishilfe.
3. Wenn man Sie mit dem Etikett leseschwach, hyperaktiv oder als an Lese- und Konzentrationsschwäche leidend bezeichnet hat, schütteln Sie diese Etiketten ab!
4. Wenn Sie ein Erwachsener sind, bezeichnen Sie kein Kind als in irgendeiner Weise „gestört“. Kinder reagieren sehr stark auf Etikettierungen, besonders auf negative, oft stärker als Erwachsene. Zu behaupten, ein Kind hätte einen „Mangel“ oder eine „Störung“ ist normalerweise eher destruktiv als hilfreich.
5. Wiederholen Sie die Taktmesser-Übungen von Seite 126 ff.

Konzentrationsmangel und geringes Verständnis zählen genauso wie geringes Lesetempo zu den Hauptleseproblemen, die Menschen auf der ganzen Welt haben. Das nächste Kapitel vermittelt Ihnen Kenntnisse darüber, wie Sie Ihre Leistung auf diesen Gebieten verbessern können.

# 12. Konzentrations- und Verständisverbesserung

Die Konzentration beizubehalten ist ein wesentlicher Faktor für den Erfolg. Ihr Auge-Gehirn-System wird wie ein Laser in seiner Fähigkeit sein, sich zu konzentrieren und etwas aufzunehmen. Ihre Leistungsfähigkeit wird unermeßlich.

## Die Bedeutung von Lesezielen

Ein interessantes Beispiel eines der größten historischen Genies, das seine riesige Konzentrationskraft auf die Aufgabe des Lesens anwandte, ist Präsident Thomas Jefferson, der weitverbreitet als der größte Allround-Intellekt angesehen wird, den die Vereinigten Staaten jemals hervorgebracht haben. Professor Robert Zorn berichtet, daß Jefferson daran festhielt, seinen Lesestoff in einen genauen Aktionsplan einzuteilen, um dabei für jedes Thema, das er behandelte, eigene Ziele zu definieren und von seinem Leseplan niemals abzuweichen, bis er seine Aufgabe beendet hatte. Keine Ablenkungen und keine Zeitvergeudung durch „zerstreute Unaufmerksamkeit" – das waren die Schlüssel zu Jeffersons Methode und zu seiner unvergleichlichen Konzentrationsfähigkeit. Jefferson glaubte weiter, daß ein guter Leser einen Leseablauf mit einem bestimmten Ziel wählen sollte, entweder um spezielle Kenntnisse zu erwerben, sich fortzubilden oder zur Unterhaltung.

Jefferson gab dem Leser folgenden Rat: „Sie sollten wissen, wo Sie sind und was Sie machen, welche Zeit es ist und ob Sie Ihren Plan einhalten können oder nicht, und wenn nicht, um wieviel Sie zurückliegen." Jefferson beschrieb seine Lesegeschwindigkeit auch als „immer ruhig, sogar würdevoll, wie das Ticken einer großen Mahagoniuhr". Jefferson hatte intuitiv die Entwicklung rhythmischen Lesens und die Taktmesser-Methode erkannt!

Dieses Kapitel wird Ihnen helfen, Jeffersons außergewöhnliche Konzentration zu erreichen.

## Was verursacht mangelnde Konzentration?

Zu den vielen Gründen für mangelnde Konzentration beim Lesen zählen Vokabelschwierigkeiten, Auffassungschwierigkeiten beim Lesestoff, unangemessene Lesegeschwindigkeit, die falsche geistige Einstellung, mangelnde Organisation, Interesselosigkeit und Motivationsmangel.

### Wortschatzprobleme

Sobald Sie Ihren Wortschatz mit der Information und den Übungen in Kapitel 16, 17 und 18 erweitert haben, werden Sie bereits dabei sein, diese Probleme zu lösen. Wenn das Material, das Sie lesen, sie ständig mit Wörtern konfrontiert, die Sie nicht oder nur ungenau verstehen, wird Ihre Konzentration langsam schlechter werden, weil die Ideen, die Sie aufzunehmen versuchen, von Verstehenslücken unterbrochen sind. Ein glatter Informationsfluß, der nicht durch die lauernde Angst, etwas nicht zu verstehen, gehindert wird, ist für wirksames Lesen eine Notwendigkeit. Die Vokabelanalysen und Übungen in diesem Buch sind dafür bestimmt, diese Schwierigkeit zu überwinden.

Wenn Sie auf ein Wort stoßen, daß Sie nicht verstehen, unterstreichen Sie es einfach und lesen weiter. Meist wird die Bedeutung aus dem Satzzusammenhang klar. Am Ende des Kapitels oder des Pensums, können Sie einen „Wörterbuchdurchlauf" starten und alle Worte heraussuchen.

## Verständnisschwierigkeit mit dem Lesestoff

Dieses Problem ist etwas schwieriger zu lösen und kommt häufig bei wissenschaftlichen Büchern vor. Die beste Methode besteht im „mehrfachen Lesen" des Materials. Wenden Sie die Lesehilfe in Kapitel 6 an. Das Überfliegen, Durchlesen, das absatzweise Lesen und die Vorausschau werden in Kapitel 9, 14 und 15 erörtert.

## Unangemessene Lesegeschwindigkeit

Sie ist oft ein Produkt des Schulsystems. Wenn man Kindern wichtiges oder schwieriges Lesematerial gibt, sagt man ihnen üblicherweise: „Lies es *langsam* und *sorgfältig*." Diese Einstellung bewirkt einen Teufelskreis, denn je langsamer man liest, desto weniger versteht man, was das Material sogar noch unverständlicher erscheinen läßt. Schließlich erreicht man einen Punkt totaler Frustration und läßt den Lesestoff verzweifelt liegen.

Wenn Sie an mangelnder Konzentration und geringem Verständnis leiden, kann das der Grund für das Problem sein, ändern Sie also Ihre Lesegeschwindigkeit bei schwierigem Lesestoff, versuchen Sie eher schneller als langsamer zu lesen, und Sie werden eine große Verbesserung feststellen. Indem Sie lernen, die Lesegeschwindigkeit zu erhöhen und zu variieren, werden Sie die Geschwindigkeit kontrollieren und dem Material, den Bedürfnissen, der Tageszeit, dem Energiestand und der inneren und äußeren Umgebung anpassen können.

## Die falsche geistige Einstellung

Sie bedeutet einfach, daß Ihr Verstand nicht wirklich bestmöglich auf das Material, das Sie lesen werden, eingestellt ist. Vielleicht konzentrieren Sie sich noch auf eine Behauptung, die im Büro gefallen ist, oder auf eine soziale Verpflichtung am nächsten Abend. Sie müssen versuchen, die unnötigen Gedanken, die Ihnen durch den Kopf gehen, „zu verbannen", und sich selbst darauf einstellen, aktiv über das zu lesende Thema nachzudenken. Sie können z.B. einen Augenblick innehalten und bewußt Ihre Gedanken sammeln. Eine sehr wirksame Möglichkeit besteht darin, eine schnelle, zweiminütige Mind Map (Gedankennotiz, siehe Kapitel 13) über das Thema zu machen, das Sie bearbeiten werden, um Ihre Gedanken zu sammeln und sich sogar noch effizienter mental darauf einzustellen. Wir werden die Frage der geistigen Einstellung genauer in Kapitel 19 behandeln.

## Schlechte Organisation

Dieses Problem ist alltäglicher, als viele Menschen annehmen. Sich hinzusetzen und ein Buch zu lesen ist tatsächlich ein Willensakt und verlangt beinahe einen Sturm auf den Schreibtisch, um genug Schwung zu bekommen. Wenn sie sich gesetzt und zu lesen begonnen haben, stellen viele Leute fest, daß sie keinen Bleistift haben, kein Schreibpapier, keine Brille und viele andere Dinge – sie unterbrechen folglich ihre Konzentration, um diese Sachen zu beschaffen.

Die Lösung ist einfach: Überzeugen Sie sich *vor* dem Lesen, daß alles, was Sie brauchen, verfügbar ist (s. Kap. 5).

## Mangelndes Interesse

Diesem Problem widmen wir in unseren Lesekursen spezielle Aufmerksamkeit. Der erste Schritt zu seiner Beseitigung liegt in der Durchsicht der in diesem Kapitel genannten Punkte, denn mangelndes Interesse ist oft mit anderen Schwierigkeiten verbunden. So ist z.B. das Interesse schwer aufrecht zu erhalten, wenn ein ungenügender Wortschatz ständig das Verständnis erschwert, wenn der Lesestoff verwirrend ist, wenn andere Gedanken aufkommen und wenn die notwendigen Dinge nicht zur Verfügung stehen.

Wenn diese Probleme überwunden sind und Ihr Interesse immer noch nicht so groß ist, wie es sein sollte, müssen Sie

Ihre persönliche Annäherung an den Lesestoff untersuchen. Überzeugen Sie sich zuerst, daß die verwendete Technik geeignet ist (vgl. Mind Mapping, Kap. 19). Wenn das nichts bringt, können Sie die „streng-kritische" Annäherung versuchen: Anstatt das Material so zu lesen, wie Sie es normalerweise tun würden, versuchen Sie, es genau zu analysieren, wobei Sie sich vor allem auf die negativen Aspekte konzentrieren. Sie werden feststellen, daß Sie sich tatsächlich für das Material zu interessieren beginnen, so wie Sie interessiert den Argumenten einer Person zuhören, die Sie nicht mögen, und der Sie energisch widersprechen wollen!

### Mangel an Motivation

Dieses Problem kommt oft daher, daß man keinen klar definierten Sinn für das Lesen sieht. Sobald Sie die Gründe für das Lesen des Buches oder des Artikels analysiert haben, wird Ihre Motivation automatisch zunehmen. Andererseits könnten Sie eventuell zu dem Schluß kommen, daß Sie es überhaupt nicht zu lesen brauchen. Wenn Ihre Gründe stichhaltig sind, macht es vielleicht wirklich keinen Sinn, das Buch zu lesen, aber überzeugen Sie sich, daß sie wirklich stichhaltig sind!

## Ihr „Konzentrationshengst"

Während der 25 Jahre, die ich damit verbrachte habe, auf der ganzen Welt Vorträge über das Speed Reading zu halten, habe ich festgestellt, daß buchstäblich 99 % aller Menschen zugeben, Konzentrationsprobleme zu haben. Dieses Problem macht sich regelmäßig in Zeiten bemerkbar, in denen man vor sich hinträumt, Phasen, die mindestens einmal alle 30 bis 40 Minuten auftreten. Wieder einmal läßt uns unsere unangemessene Ausbildung etwas, was grundsätzlich gut ist, in schlechtem Licht sehen. Wenn Ihr Gehirn nach 30 oder 40 Minuten auf Tagträume umschaltet, macht es genau das, was es machen soll – eine Pause zu genau dem richtigen Zeitpunkt.

In den meisten Fällen handelt es sich also nicht um Konzentrationsverlust, sondern um die positive Notwendigkeit, eine Pause einzuschalten. Untersuchen wir deshalb, was *wirklich* passiert, wenn Sie beim Lesen eines Buches die Konzentration verlieren.

Zuerst *konzentrieren* Sie sich auf einige Seiten des Buches, dann *konzentrieren* Sie sich auf jemanden, der vorbeigeht, dann *konzentrieren* Sie sich wieder auf einige Zeilen oder Seiten des Buches, dann *konzentrieren* Sie sich auf einen Vogel, der sich auf einen Baum hinter Ihrem Fenster setzt, dann *konzentrieren* Sie sich wieder auf das Buch, dann auf Ihren Fingernagel, dann *konzentrieren* Sie sich wieder auf das Buch, dann träumen Sie mit offenen Augen vor sich hin, dann *konzentrieren* Sie sich einmal mehr auf das Buch.

Während der ganzen Zeit haben Sie sich **konzentriert!**

Das Problem ist nicht Ihre Konzentration, denn Sie sind 100 % der Zeit *konzentriert*. Das Problem liegt darin, wie man diese perfekte Konzentration *lenkt* und *zentriert* einsetzt. Stellen Sie sich die Konzentration als einen wilden Hengst vor, den Sie reiten. In den meisten Fällen hat der Hengst seinen eigenen Willen, läuft im vollen Gallop in die Richtung, die ihm gefällt. Als gekonnter Reiter/Leser liegt es an Ihnen, dem Hengst Ihrer Konzentration die Zügel anzulegen und ihn in die für die vorliegende Leseaufgabe richtige Richtung zu lenken.

## Zusammenfassung

**1.** Konzentrationsprobleme werden nicht durch angeborene Unfähigkeit verursacht, sondern durch die Schwierigkeiten einer unangemessenen Leseausbildung.

**2.** Die Konzentration ist wie ein Hengst. Sie sind derjenige, der ihn zügelt. Es liegt an Ihnen, ein guter Reiter zu werden!

## So sollten Sie vorgehen

1. Machen Sie alle 30 bis 60 Minuten Pause, um Ihre Konzentration zu verbessern und Ihren Augen und Ihrem Gehirn die benötigte Erholung zu gewähren.
2. Verbessern Sie Ihren Wortschatz (siehe Kapitel 16, 17 und 18). Wenn Sie dies tun, werden Sie Ihre Lesegeschwindigkeit und Ihr Verständnis verbessern.
3. Überprüfen Sie, ob Ihre Lesegeschwindigkeit für das Material, das Sie lesen, geeignet ist.
4. Stellen Sie sicher, daß Sie geeignete Ziele festlegen, bevor Sie zu lesen beginnen.
5. Stellen Sie sicher, daß Ihre Umgebung für den Lesezweck richtig ausgerüstet ist.
6. Auf welche Art auch immer, steigern Sie Ihr Interesse und Ihre Motivation!
7. Verwenden Sie weiterhin beim Üben eine Lesehilfe zur Konzentrations- und Verständnissteigerung.

Jetzt, da sich Ihre visuellen Fähigkeiten schnell verbessern und Sie Ihren Konzentrationshengst in Ihrer Kontrolle haben, sind Sie so weit, mit Teil 4 – der Entwicklung von fortgeschrittenen Lesefähigkeiten – weiterzumachen. In diesem Teil werden Sie eine Lese- und Denktechnik kennenlernen, die als „das Schweizer Messer des Gehirns“ bekannt ist. Sie erfahren, wie Sie Mind Mapping und das Wissen um die Absatzstruktur nutzen, um Ihre Geschwindigkeit und Ihr Verständnis zu steigern. All dies wird durch die Technik der Vorschau ergänzt. Sie erhalten auch die wichtigsten Schlüssel zum Erschließen Ihres Wortschatzes – eine der Grundvoraussetzungen für den gesamten Leserfolg.

# Teil IV
# Entwickeln Sie Ihre fortgeschrittenen Lesefähigkeiten

## 13. Mind Mapping – eine neue Dimension des Denkens und Notierens

Ihre Notizen sind bisher nur auf die Fähigkeiten der linken Gehirnhälfte beschränkt. Nutzen Sie das Potential der rechten dazu, und Ihr Geist wird weiter und weiter wachsen!

### Ihre „normalen" Notizen

Jahrhunderte lang haben Menschen aus den folgenden Gründen Notizen und Aufzeichnungen gemacht: zur Erinnerung; zur Kommunikation; zur Problemlösung und Analyse; zum kreativen Denken und zur Zusammenfassung. Die dafür verwendeten Techniken, bestanden aus Sätzen, Listen, Zeilen, Wörtern, Analysen, Logik, Linien, Zahlen und der Verwendung von (einer) Farbe.

Obwohl einige dieser Systeme gut sein mögen, benutzen sie alle Denkmuster, die Sie mittlerweile als „der linken Gehirnrinde vorherrschend zugehörig" erkennen würden. Wenn Sie beginnen, diese notwendigen Elemente mit entsprechendem Rhythmus, Ausdehnung, Farbe, Raum und Phantasie zu verbinden, werden sich alle Ihre mentalen Fähigkeiten verbessern, und Ihr Geist wird sich in seiner wahren Größe zu zeigen beginnen.

## Die Nachteile der normalen Notizen

- Die Person, die darauf bedacht ist, alles niederzuschreiben, verhält sich wie der Leser, der nie vorausblickt – er sieht zwangsläufig den Wald (den eigentlichen Argumentationsfluß) vor lauter Bäumen nicht.
- Die ständige Beschäftigung damit, Dinge aufzuschreiben, verhindert eine objektive und weiterführende kritische Analyse und Einschätzung des Hauptthemas. Nur zu oft blockiert das Notizenmachen den Geist auf ähnliche Weise, wie eine Sekretärin einen ganzen Roman tippen kann ohne die leiseste Ahnung zu haben, wovon er handelt.
- Der Umfang der auf diese Weise durchgeführten Aufzeichnungen wird so groß (besonders, wenn sie noch durch Anmerkungen aus Büchern ergänzt werden), daß der Lernende beim Überarbeiten das Gefühl bekommt, er müsse beinahe die ganze Arbeit nochmals erledigen.

Das richtige Aufzeichnen bedeutet nicht ein sklavisches Kopieren dessen, was gesagt oder geschrieben worden ist, sondern einen *selektiven Vorgang*, der die Anzahl der notierten Wörter so gering wie möglich und den erinnerten Inhalt aus diesen Wörtern so groß wie möglich machen soll. Um das zu erreichen, benutzen wir Schlüsselwörter. Ein Schlüsselwort ist ein Wort, das eine Vielzahl von Assoziationen in einer möglichst kleinen Einheit umschließt. Wenn dieses Wort eingesetzt wird, werden die Informationen freigesetzt (s. Abb. 13).

Das Auswählen von Schlüsselwörtern ist leicht. Der erste Schritt besteht darin, alle umliegende, unnötige Sprache zu eliminieren. Ein Beispiel: Sie finden folgende Behauptung in einem wissenschaftlichen Text: „Die Lichtgeschwindigkeit ist nun mit 299.792 km/s festgelegt worden." Sie schreiben nicht den ganzen Satz auf, sondern fassen ihn zusammen: „Lichtgeschwindigkeit = 299.792 km/s."

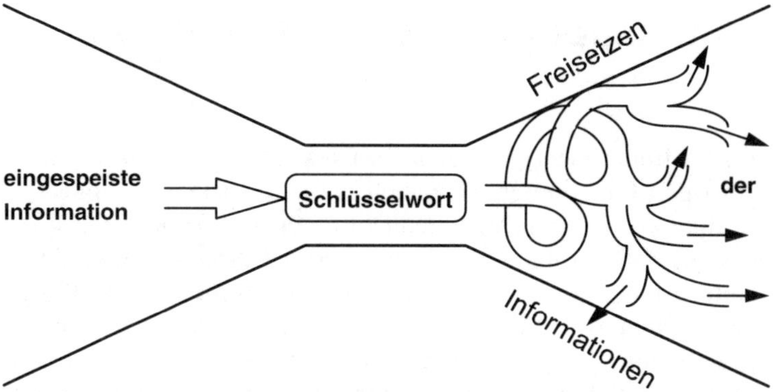


Abb. 13: Wie Schlüsselwörter als Unterstützung beim Notieren und Erinnern arbeiten

Macht man Notizen mit Hilfe von Schlüsselwörtern, so ist es wichtig, daß die Schlüssel-Abrufwörter die richtige Erinnerung auslösen. In diesem Sinn sind Wörter wie „schön" und „schrecklich", obwohl sie malerisch sind, zu allgemein. Sie haben viele andere Bedeutungen, die vielleicht nichts mit dem speziellen Beispiel zu tun haben, das Sie in Erinnerung behalten wollen. Ein Schlüsselwort sollte so gewählt sein, daß es für Sie persönlich aussagekräftig ist und nicht einfach ein Wort, von dem Sie annehmen, ein anderer fände es gut. In vielen Fällen brauchen Schlüsselwörter nicht direkt aus dem Inhalt des Vortrags oder dem Material, das gelesen wird, genommen werden. Ein Wort, das Sie selbst wählen und das die Aussage eines anderen wirksam zusammenfaßt, ist vielleicht besser.

Wenn Sie das Notieren mit Schlüsselwörtern wirksam einsetzen, werden Sie erstaunt sein, wieviel Information Sie auf vorgegebenem Raum unterbringen können.

# Mind Maping – die neue Dimension

Eine Mind Map (eine Gedächtniskarte) macht von all Ihren geistigen Fähigkeiten Gebrauch: dem Assoziations- und Vorstellungsvermögen Ihres Gedächtnisses, den Wörtern, Zahlen, Listen, Zahlenfolgen, der Logik und der Analyse Ihrer linken Gehirnrinde; von Farbe, Dimension, Rhythmus, Vorstellungskraft, Phantasie, Form (das Bild als Gesamtes) und von der räumlichen Vorstellungskraft der rechten Seite Ihrer Gehirnrinde; der Fähigkeit Ihrer Augen zu erkennen und zu vergleichen; der Macht Ihrer Hände, mit zunehmendem Können das zu duplizieren, was Ihre Augen gesehen haben; und der Fähigkeit Ihres gesamten Gehirns, das, was es gelernt hat, zu organisieren, zu speichern und wieder aufzurufen.

Statt mit einem normalen Satz oder in Listenform das darzustellen, an das Sie sich erinnern wollen, setzen Sie bei Aufzeichnungen für eine Mind Map ein Bild in die Mitte der Seite (als Konzentrations- und Gedächtnishilfe) und richten dann um das Bild herum Schlüsselwörter und -bilder an. Während Sie fortfahren, Ihre Mind Map zu gestalten, legt Ihr Gehirn eine vollständige Karte des gesamten intellektuellen Gebiets an, das Sie erforschen. Die Regeln für eine Mind Map lauten:

1. Stellen Sie ein farbiges Bild in den Mittelpunkt.
2. Hauptgedanken gehen vom Mittelpunkt aus.
3. Hauptgedanken sollten in größeren Buchstaben geschrieben werden als Nebenbemerkungen.
4. Schreiben Sie nur ein Wort in eine Zeile. Jedes Wort beinhaltet eine Vielzahl von Assoziationen, und diese Regel erlaubt jedem Wort eine größere Freiheit, Verbindungen zu anderen Assoziationen in Ihrem Gehirn herzustellen.
5. Wörter sollten immer in Druckbuchstaben geschrieben werden.
6. Wörter sollten immer auf die Zeile geschreiben werden (das versorgt Ihr Gehirn mit einem klaren Bild, an das es sich erinnern kann).

7. Die Zeilen sollten miteinander verbunden werden (das hilft Ihrem Gedächtnis, Verknüpfungen herzustellen). Diese Verbindungslinien sollten genauso lang wie das Bild oder das Wort sein, um Verknüpfung und Raumvorstellung effektiv zu gestalten.
8. Benutzen Sie so viele Bilder wie möglich (das fördert die Entwicklung einer ganzheitlichen Annäherung des Gehirns und erleichtert die Arbeit Ihres Gedächtnisses; ein Bild ist in diesem Zusammenhang 1.000 Wörter wert).
9. Nutzen Sie, wenn immer möglich, die Größe (Dinge, die deutlich hervortreten, merkt man sich leichter).
10. Verwenden Sie Zahlen oder Codes, um alles in die richtige Reihenfolge zu bringen und Verknüpfungen aufzuzeigen.
11. Verwenden Sie für das Codieren und Verbinden Pfeile, Symbole, Zahlen, Buchstaben, Bilder, Farben, Größe, Umrisse.

Bildtafel VI im Mittelteil des Buches zeigt eine Mind Map, die einen dreitägigen Kurs für Gehirntraining und Mind Mapping zusammenfaßt. Die Mind Map wurde von einem Familienvater und Firmenchef erstellt. Er verwendete dieselbe Mind Map, um den Kurs für sich zusammenzufassen und um ihn seiner Frau, den Kindern und Geschäftskollegen zu erklären. Das Bild in der Mitte stellt das Zusammenwirken von Gehirn und Körper dar. Die Linien, die im Uhrzeigersinn ab 9 Uhr mit „*Übungen*“ auseinanderstreben, fassen die Hauptthemen des Kurses zusammen. Die Mind-Map-Aufzeichnung für diesen 3-Tage-Kurs ist, wie Sie sehen können, nicht nur sinnvoll als Zusammenfassung all dessen, was behandelt wurde, sondern kann auch als Grundlage für eine Rede über den Kurs verwendet werden.

Anstelle von Wörtern dienen eher Bilder als prägnante Gedächtnishilfen. So wird die Mind Map zur „Aufzeichnung Ihres eigenen Gehirns“. Sie ermöglicht es Ihnen, sich anderen mitzuteilen und so den Kreis von Geschwindigkeit und selektivem Lesen zu schließen. Wenn die Mind Map richtig eingesetzt wird, verdreifacht sie die Leistung Ihres Lesens und Lernens und spart sehr viel Zeit.

## Zusammenfassung

1. Mind Mapping stellt eine wirksame, grafische Technik dar, die die ganze Bandbreite Ihrer geistigen Fähigkeiten nutzt und das wahre Potential Ihres Gehirns freisetzt.
2. Eine Mind Map kann für jeden Lese-, Studier- und Lernzweck eingesetzt werden und wird Ihren gesamten Leistungsbereich erweitern.

## So sollten Sie vorgehen

1. Als interessante Übung studieren Sie die Mind Map über den Kurs Gehirntraining und Mind Mapping, um festzustellen, wie ausführlich das Verständnis ist, das Sie aus dieser einseitigen Aufzeichnung gewinnen können.
2. Jetzt, da Sie Mind Mapping erlernt haben, wäre es nützlich, nochmals zu den Selbsttests der Kapitel 1, 4, 6, 8 und 10 zurückzukehren. Suchen Sie dann Schlüsselwörter, und erstellen Sie für jeden Aufsatz eine Mind Map. Auf diese Art werden Sie Ihre Speed-Reading-Fähigkeiten überprüfen, Ihre Aufzeichnungs- und Mind-Mapping-Techniken entwickeln und den Grundstein für ein Basiswissen im Bereich Gehirn, Psychologie, Kunst und Wissenschaft legen.
3. Wenn Sie mit *Speed Reading* fortfahren, machen Sie es sich zur Gewohnheit, jeden Selbsttest, den Sie gemacht haben, zu wiederholen, Schlüsselwörter und Konzepte zu unterstreichen und über den Artikel eine Mind Map anzulegen.
4. Beenden Sie das heutige Lesen damit, daß Sie einige Ihrer alten Notizen aus der Schulzeit oder aus anderen Quellen durchblättern und feststellen, wieviel vollkommen unnötig war, wieviel Zeit Sie erstens beim

Notieren und zweitens beim Wiederholen hätten sparen können. Viele Leute erkennen, daß nur 10 % wichtig waren. Wenn Sie Ihre Notizen und alten Bücher durchforsten, verwenden Sie ständig eine Lesehilfe und führen Ihr Geschwindigkeitstraining und die Übungen fort.

Das nächste Kapitel wird es Ihnen ermöglichen, Ihr Wissen über Schlüsselwörter auf eine Technik zur Strukturanalyse von Absätzen auszudehnen. Dies wiederum hilft Ihnen, Ihre Geschwindigkeit und Ihr Verständnis weiter zu verbessern.

# 14. Das Einzelne verstehen, um das Ganze zu wissen

Indem Sie die Komplexität eines Teiles verstehen, verstehen Sie die Komplexität des Ganzen besser, Sie verbessern Ihre Fähigkeit, alles zu assimilieren und zu verstehen.

## Analyse der einzelnen Absätze

### Erklärende Absätze

Dabei handelt es sich um Absätze, in denen der Autor darangeht, ein bestimmtes Konzept oder einen Gesichtspunkt zu erklären. Sie sind normalerweise sehr leicht zu erkennen und sollten relativ einfach zu verstehen sein. Der erste Satz oder die ersten beiden Sätze eines erklärenden Absatzes geben Ihnen eine allgemeine Vorstellung dessen, was erklärt oder erörtert wird, der letzte oder die letzten beiden Sätze enthalten das Ergebnis oder die Schlußfolgerung, und in der Mitte des Absatzes befinden sich die Details. Abhängig von Ihrem Leseziel werden Sie beim anfänglichen Überfliegen Ihre Aufmerksamkeit entsprechend steuern können.

### Beschreibende Absätze

Beschreibende Absätze bauen üblicherweise die Handlung auf oder erweitern Ideen, die zuvor bereits eingeführt worden sind. Solche Absätze haben oft ausschmückenden Charakter und sind deswegen meist weniger wichtig als diejenigen, die wesentliche Themen anschneiden. Es gibt natürlich

Ausnahmen, in denen die Beschreibung von Menschen oder Dingen wichtig ist, aber in solchen Fällen werden Sie die Bedeutung leicht erkennen und Ihre Aufmerksamkeit entsprechend konzentrieren können.

### Verbindende Absätze

Dabei handelt es sich um Absätze, die andere miteinander verbinden. Als solche enthalten sie oft Schlüsselinformationen, weil sie dazu tendieren, den Inhalt des Vorausgehenden oder Nachfolgenden zusammenzufassen. Zum Beispiel: „Die oben erklärte Evolutionstheorie wurde nun in Beziehung zu den jüngsten Entwicklungen im Bereich biochemischer Genforschung gesetzt." In diesem kurzen Satz erhalten wir eine außergewöhnlich große Menge an Information, die den Inhalt eines Teilbereiches dessen enthält, was wir gerade lesen. Verbindende Absätze können sehr nützliche Führer und Werkzeuge der Vorausschau und der Wiederholung sein.

## Struktur und Position der Absätze

Wie können Sie aus der Struktur der Absätze und ihrer Position im Text Nutzen ziehen, um Ihre Lesewirksamkeit zu erhöhen? Der wichtigste Punkt liegt darin, zu erkennen, daß z.B. in Zeitungs- und Zeitschriftenartikeln der erste und die letzten beiden Absätze normalerweise den Großteil der bedeutsamen Informationen enthalten, während in den mittleren Absätzen meistens die Details Platz finden. Wenn das Material, das Sie lesen, zu dieser Sorte gehört, konzentrieren Sie sich beim Überfliegen auf die einführenden und abschließenden Absätze.

Andere Autoren „räuspern" sich am Anfang, bevor sie zum Wesentlichen ihrer Darstellung kommen, das im dritten oder vierten Absatz enthalten ist, in diesen Fällen sollten Sie sich zuerst auf diesen konzentrieren.

Es gibt zwei „Spiele“, die Sie mit der Absatzstruktur spielen können und die Ihnen beim Verstehen und beim Aufrechterhalten Ihres Engagements außerordentlich helfen werden. Das erste besteht darin, sich beim Lesen ein Erinnerungswort für das Hauptthema und das Nebenthema jedes Absatzes auszudenken. Diese Übung zwingt Sie, mit dem Material in Kontakt zu bleiben und beim Lesen darüber nachzudenken. Sie sollten schließlich die Fähigkeit dahingehend entwickeln, diese Wörter beim Lesen ohne Pause oder Unterbrechung des Leseflusses auszuwählen.

Durch den Gebrauch dieser Schlüsselwörter ist es besonders in Form einer Mind Map möglich, die Details eines ganzen Buches im Gedächtnis zu behalten. Tatsächlich bilden die Schlüsselwörter für das Gedächtnis in Verbindung mit Bildern die Basisbausteine Ihrer Mind Map (vgl. *Das Mind Map Buch,* mvg, 1998).

Das zweite dieser Absatz-„Spiele“ besteht darin, den ersten Satz mit dem Rest zu verbinden, während Sie den Absatz durchlesen, indem Sie sich fragen, ob dieser einführend, überleitend oder umfassend ist oder vielleicht gar nichts mit den nachfolgenden Worten zu tun hat.

## So sollten Sie vorgehen

1. Machen Sie das erste Absatz-Spiel bei mindestens vier verschiedenen Absätzen.
2. Machen Sie das zweite Absatz-Spiel bei wenigstens vier verschiedenen Absätzen.
3. Verwenden Sie eine Lesehilfe, und überfliegen Sie das nächste Kapitel.
4. Bevor Sie fortfahren, lesen Sie verschiedenes Material, um Übung beim Erkennen diverser Absatztypen zu bekommen.

Durch das Wissen, wie Sie Absätze analysieren können, haben Sie die analytische Herrschaft über das Material, das Sie lesen, erhalten. Das nächste Kapitel wird Sie noch besser dazu befähigen, das Gesamtbild zu erkennen.

# 15. Die Durchsicht – Ihre geistige Erkundung

Studieren Sie die Landkarte, wenn Sie ein Land kennen wollen.

## Seien Sie Ihr eigener Kundschafter

Derjenige, der das Material durchsieht, kann mit einem Kundschafter verglichen werden, der den Truppen vorausgeht, um die Lage des Landes, die Position der feindlichen Kräfte und Gebiete, die einen taktischen Vorteil verschaffen, zu erkunden. Es ist leichter für eine Armee, auf unbekanntem Gebiet zu manövrieren und zu operieren, wenn sie wichtige Anhaltspunkte hat. Genauso ist es leichter für den Verstand, Information in Angriff zu nehmen oder zu verstehen, wenn er wichtige Orientierungspunkte hat, an die er sich halten kann.

Jede Art Material, das man zu lesen vorhat, sollte durchgesehen werden, egal ob es sich um Briefe, Berichte, Romane oder Artikel handelt. Es wird auf alle Fälle Ihr gesamtes Lesen beschleunigen und Ihr Verstehen verbessern, weil Sie nicht mehr länger über einzelne Punkte stolpern, sondern alle Teile zu einem ganzen Bild fügen können.

Um Texte schnell und effizient zu sichten, sollten Sie die in Kapitel 9 und in Kapitel 14 behandelten Elemente kombinieren. Mit anderen Worten, Sie werden das Material, das Sie zu lesen vorhaben, bewußt und schnell durchgehen, indem Sie die Bereiche auswählen, die die wahrscheinlich größten Informationsbrocken enthalten. Wenn Sie Material durchsehen, wenden Sie *immer* ihre Lieblings-Lesehilfe an.

Das hier beschriebene Konzept des Durchsehens ist bei Ihrer gesamten Lesetätigkeit von Nutzen.

# Durchsicht-Strategien

Das Spielen der folgenden „aktiven Lese-Spiele" garantiert, daß Ihre geistige Einstellung angemessener ist, Ihr zyklopisches Auge die beste Information beim Durchsehen sucht und der ganze Vorgang mehr Spaß macht.

## 1. Wenden Sie das an, was Sie bereits wissen

Wenn Sie das anwenden, was Sie bereits wissen, werden Sie oft feststellen, daß sie mehr wissen, als Sie gedacht haben! Viele Menschen nehmen fälschlicherweise an, daß der Autor ein Experte ist, während in Wirklichkeit der Leser oft genausoviel oder mehr als der Autor weiß. Machen Sie immer schnell eine Mind Map über Ihr Wissen zum Thema, unmittelbar bevor Sie ein neues Buch lesen. Sie können dann dieses Wissen nutzen, um neue Assoziationen durch das Buch herzustellen und die richtigen Fragen zu stellen.

## 2. Setzen Sie sich aktiv mit dem Autor auseinander

Wenn Sie ein Buch lesen, sollte es sich um eine Konversation zwischen Ihnen und dem Kopf, der das Buch geschaffen hat, handeln; nicht um eine einseitige Lektüre. Es ist äußerst wichtig, daß Sie sich mit jedem Text, den Sie lesen, auseinandersetzen, indem Sie Fragen oder Bemerkungen an den Buchrand oder auf ein eigenes Stück Papier schreiben.

## 3. Spielen Sie Detektiv

Versuchen Sie immer vorauszusagen, was als nächstes im Text passieren wird, welchen „Handlungsablauf" der Autor geplant hat. Versuchen Sie, bei der Auflösung des Puzzles über die Information, die Sie aufnehmen, immer einen Schritt voraus zu sein.

## So sollten Sie vorgehen

„Durchsicht" bedeutet, genau das, was das Wort sagt, wenn Sie es in seine Einzelteile zerlegen: Durch-Sicht – etwas durch-sehen. Wenn Sie es Ihrem Verstand ermöglichen, den ganzen Text durchzusehen, werden Sie beim zweiten Durchlauf wesentlich effektiver sein.

1. Sehen Sie innerhalb der nächsten zwei Wochen alles, was Sie lesen, zunächst durch, überprüfen Sie, wieviel Wissen Sie bei jedem Durchsehen erhalten und um wieviel besser Ihr Verständnis des Textes ist, wenn Sie das Material zum zweiten Mal lesen.
2. Üben Sie die Durchsicht-Praktiken, die Sie gelernt haben, an einem Buch, und benutzen Sie gleichzeitig eine fortgeschrittene Lesetechnik, um das ganze Buch in weniger als 10 Minuten zu lesen.
3. Sehen Sie die nächsten drei Kapitel über den Aufbau Ihres überragenden Wortschatzes durch.

Eines der Hindernisse auf dem Weg zum schnellen Lesen ist ein eingeschränkter Wortschatz. Das nächste Kapitel zeigt Ihnen, wie Sie Ihren Wortschatz weiter ausbauen können, als Sie es je für möglich gehalten hätten.

# 16. Entwickeln Sie Ihren überragenden Wortschatz – (I) Präfixe

Die Verbesserung des Vokabulars ist, historisch gesehen, einer der bedeutendsten Faktoren beim Anheben des menschlichen Bildungsniveaus.

## Die Bedeutung des Wortschatzes

Die Größe des eigenen Wortschatzes ist ein Anzeichen dafür, wieviel Material man fähig war, zu assimilieren und zu lesen. Für Schulen, Colleges und Universitäten stellen deshalb allgemeine Wortschatztests ein Hauptkriterium für die Eignungsprüfung bei Bewerbern dar, und der Erfolg oder Mißerfolg der Studenten hängt oft von deren Fähigkeit ab, Wörter richtig zu verstehen und zu gebrauchen.

Die Bedeutung des Wortschatzes reicht natürlich weit über den akademischen Bereich hinaus: Der Geschäftsmann, der einen größeren Wortschatz zur Verfügung hat als seine Kollegen, hat einen unmittelbaren Vorteil. Die Person im sozialen Bereich, die sowohl leicht verstehen als auch sich kritisch äußern kann, hat die Oberhand.

## Unsere drei Arten von Vokabular

Die meisten von uns besitzen mehr als nur einen Wortschatz. Wir haben in Wirklichkeit zumindest drei. Zunächst den Wortschatz, den wir in der *Konversation* benutzen, und dieser wird in vielen Fällen 20.000 Wörter nicht überschreiten (man nimmt an, daß die deutsche Sprache aus weit über 200.000 Wörtern besteht).

Unser zweites Vokabular benutzen wir beim *Schreiben.* Dieses ist üblicherweise größer als dasjenige, das wir beim Sprechen benutzen, da für den Aufbau und den Inhalt der Sätze mehr Zeit verwendet wird und weil auf dem Schreiber weniger Druck lastet.

Der größte der drei Wortschatzbereiche ist das *passive Vokabular* – die Wörter, die wir verstehen und erkennen, wenn wir sie beim Sprechen hören oder wenn wir sie lesen, aber die wir selbst wahrscheinlich weder beim Schreiben noch beim Sprechen verwenden – im deutschen Sprachraum etwa 94.000 Wörter. Im Idealfall sollte natürlich unser Wortschatz für das Sprechen und Schreiben genauso groß sein wie unser passiver Wortschatz, aber in der Praxis ist dies selten der Fall. Es ist jedoch möglich, alle drei Bereiche wesentlich zu verbessern.

## Die Kraft der Präfixe

Der Zweck dieses Kapitels liegt darin, Sie mit den häufigsten Präfixen bekannt zu machen (Buchstaben, Silben oder Wörter, die an den Beginn eines anderen Wortes gestellt werden). Viele von ihnen bezeichnen einen Standort, einen Gegensatz und eine Bewegung. Da die deutsche Sprache aus einem großen Anteil Griechisch und Latein besteht, stammen viele der Präfixe aus diesen beiden Sprachen.

Die Präfixe bestimmen die Bedeutung des Wortes grundlegend. Sie zu kennen führt logisch zu besserem Verstehen.

Studieren Sie folgende Liste genau; sie liefert Ihnen den Schlüssel zu Tausenden nicht vertrauten Wörtern. Diese Liste ist selbstverständlich nicht vollständig, gibt Ihnen aber einen guten Überblick über die gebräuchlichsten Präfixe aus dem Griechischen und Lateinischen.

(Ursprung: g = griechisch, l = lateinisch, e = englisch)

| Präfix | Bedeutung | Beispiel |
|---|---|---|
| a-, an- (g) | nicht, ohne | anaerob |
| ab- (l) | von, her, weg | abstinent |
| ad-, ac, af- (l) | zu, bis zu | Advent, Adveniat |
| aer-, aeris (l) | Luft | Aeroplan, Aeronaut |
| ambi- (g) | beide, um herum | ambivalent |
| amphi- (g) | beide, um herum | Amphitheater |
| ante- (l) | vor | ante Christum |
| anti- (l) | gegen | Antiserum |
| apo- (g) | weg von | Apostasie |
| auto- (g) | selbst | automatisch, Autokrat |
| bene- (l) | gut | Benediktion |
| by- (e) | zusätzlich | Bypass, |
| bi- (g) | zwei | Biennale, bizyklisch |
| bei- | hinzugefügt | Beipack, Beikost |
| cata- (g) | nieder | Katalog, Katarakt |
| centi- (l) | einhundert | Zentimeter |
| circum- (l) | um herum | Zirkel |
| co-, col-, com-, cor- con- (l) | gemeinsam, mit | Kompagnon, Kollekte, kooperieren |
| contra- (l) | gegen, dagegen | Kontradiktion, Kontrazeptivum |
| de- (l) | nieder, weg | Dezentralisieren |
| deca-, deci- (g) | zehn | Dekade, Dekaeder |
| dia- (g) | durch, zwischen | Diameter |
| dis- (l) | nicht, entgegen | Diskordanz, disharmonieren |
| duo- (g) | zwei | Duodrama, Duplex |
| dys- (g) | schlecht, hart | Dysentrie |
| e-, ex- (l) | aus, heraus | exhalieren, exkavieren |
| equi- (l) | gleich | equilibrieren |

| | | |
|---|---|---|
| epi- (g) | auf, zu, zusätzlich | Epidemie, Epidermis |
| extra- (l) | besonders | extraordinär |
| hemi- (g) | halb | Hemisphäre |
| hepta- (g) | sieben | Heptagon |
| hexa- (g) | sechs | Hexagon, Hexameter |
| hyper- (g) | über, über hinaus | hyperkritisch, Hypertrophie |
| il-, in-, im-, (l) | nicht | illegal, illoyal, inakzeptabel |
| inter- (l) | unter, zwischen | Interruption, intermediär |
| intra-, intro- (l) | innerhalb, innen | intravenös, introvertiert |
| iso- (g) | gleich | isobar, isotonisch |
| mal- (l) | schlecht, falsch | Malignom |
| meta- (g) | nach, darüber hinaus | Metabolismus, metaphysisch |
| mis- (g) | falsch | Misanthropie |
| mono- (g) | einzig, einfach | monoton, monokular |
| multi- (l) | viele | multipel, Multimillionär |
| non- (l) | nicht | Nonsens, Nonpareille |
| ob-, oc-, of-, op- (l) | vor, entgegen | obstruktiv, opponiert |
| octa-, octo- (g) | acht | Oktaeder, Oktave |
| para- (g) | seitwärts, darüber | Parabel, paradox |
| penta- (g) | fünf | Pentagon, Pentateuch |
| per- (l) | durch | perennierend |
| peri- (g) | um herum | Perimeter, |
| poly- (g) | viele | Polygamie, polytechnisch |

| | | |
|---|---|---|
| post- (l) | nach | Postskript, postnatal |
| pre-, prä- (l) | vor | prähistorisch, präventiv |
| prim- (l) | der erste, der wichtigste | primär, Premierminister |
| pro- (l) | vor, für | Pronomen, Protektor |
| quadr- (l) | vier | Quadriennale |
| re- (l) | wieder, zurück | reorganisieren, rezitieren |
| retro- (l) | zurück | retrograd, Retrospektive |
| se- | abseits, zur Seite | Sezession |
| semi- (g) | halb | Semifinale |
| sub- (l) | unter | submarin |
| super- (l) | über | Supraleiter |
| syl- | mit, zusammen | Syllogismus |
| syn-, sym (g) | zusammen | Sympathie, synchronisieren |
| tele- (g) | entfernt, in eine Richtung | Telegramm, Telepathie |
| tetra- (g) | vier | Tetraeder, Tetralogie |
| trans- (l) | über, durch | transatlantisch, Translation |
| tri- (l, g) | drei | Triangel, Tripartition |
| ultra- (l) | über | ultramarin, ultraviolett |
| un- (im) (l) | nicht | ungebrochen, unfähig |
| uni- (l) | ein | Uniform |
| vice- (l) | anstelle | Vizekönig, Vizepräsident |

# Übungen

Die folgenden Übungen sind keine Vokabeltests im engen Sinn. In einigen Fällen wurden die Definitionen „ausgedehnt", um ein Schlüsselwort mit dem passenden Präfix einzufügen. Am Beginn jeder Vokabelübung stehen 15 Wörter, aus denen Sie die richtige Antwort für jede der 15 Fragen auswählen können. Wenn Sie die Übung machen, zerlegen Sie jedes Wort in seine Einzelteile und versuchen seine Bedeutung aus der Struktur zu erkennen. Zu Ihrer Hilfe sollten Sie ein Wörterbuch bei der Hand haben. Wenn Sie jede der 15 Lücken mit dem Buchstaben des Wortes, das Sie für richtig halten, ausgefüllt haben, überprüfen Sie Ihre Antworten.

**Wortschatz 1 (a)**

| | | |
|---|---|---|
| **a.** Polyglotte | **b.** Amphibie | **c.** Desillusionierung |
| **d.** Zentimeter | **e.** Bipede | **f.** Konfluenz |
| **g.** illiterat | **h.** antipathisch | **i.** retrospektiv |
| **j.** kontravenieren | **k.** tertiär | **l.** inakzeptabel |
| **m.** Paragramm | **n.** Triumvirat | **o.** Imprägnierung |

**1.** Wenn Sie einer Sache oder Meinung unter keinen Umständen zustimmen wollen, ist das für Sie .........

**2.** Ein ......... ist ein Zweifüßler.

**3.** Die – scherzhafte – Buchstabenänderung in einem Wort nennt man ein .........

**4.** Wenn zwei Ströme zusammenfließen, spricht man von .........

**5.** Einen Zusammenschluß von drei Männern zu Regierungs- oder Verwaltungszwecken nennt man .........

**6.** Viele Menschen auf der Welt können nicht lesen, sie sind .........

**7.** ......... ist das Eindringen einer Substanz in eine andere.

**8.** Wie heißt der hundertste Teil des Meters? .........

**9.** ......... bedeutet die dritte Stelle in einer Reihe einnehmend, drittrangig.

**10.** Das Gegenteil von Faszination ist .........

**11.** Ordnungs-, gesetz-, vertragswidrig handeln heißt .........

**12.** Eine Kreatur, die sowohl an Land als auch im Wasser leben kann, heißt .........

**13.** ......... bedeutet rückblickend.

**14.** Ein Mensch, der viele Sprachen spricht, ist .........

**15.** Wenn Sie mit Abneigung oder Widerwillen gegen etwas erfüllt sind, nennt man das .........

## Auflösung

| | | |
|---|---|---|
| 1: l) | 2: e) | 3: m) |
| 4: f) | 5: n) | 6: g) |
| 7: o) | 8: d) | 9: k) |
| 10: c) | 11: j) | 12: b) |
| 13: i) | 14: a) | 15: h) |

## Wortschatz 1 (b)

| | | |
|---|---|---|
| **a.** intravenös | **b.** Autobiograf | **c.** abdizieren |
| **d.** Dekalog | **e.** Atheist | **f.** Paradigma |
| **g.** Supraleiter | **h.** isotherm | **i.** Monomane |
| **j.** Oktogon | **k.** Katakombe | **l.** obskur |
| **m.** Periskop | **n.** prominent | **o.** Hemianopsie |

**1.** Jemand, der nicht an Gott glaubt, ist ein .........

**2.** Jemand, der von einer Zwangsidee besessen ist, ist ein .........

**3.** Die Zehn Gebote heißen auch .........

**4.** Eine bekannte, berühmte Person nennt man .........

**5.** Eine Figur mit acht Ecken und Kanten heißt .........

**6.** Eine Geschichte mit beispielhaftem Charakter heißt .........

**7.** Eine ......... ist eine unterirdische Anlage zur Beisetzung von Toten.

**8.** Wenn jemand seinen Anspruch aufgibt, Verzicht leistet, spricht man von .........

**9.** Eine Injektion, die in die Vene hinein erfolgt, bezeichnet man als .........

**10.** ......... bedeutet dunkel, verdächtig, von zweifelhafter Herkunft sein.

**11.** Die modernen, hochleistungsfähigen Leitungen heißen .........

**12.** Der medizinische Begriff für Halbsichtigkeit, Ausfall einer Hälfte des Gesichtsfeldes ist .........

**13.** Ein ausfahrbares, drehbares Fernrohr nennt man .........

**14.** Die Verbindungslinie zwischen Orten mit gleicher Temperatur heißt .........

**15.** Ein ......... ist eine Person, die ihre eigene Lebensgeschichte niederschreibt.

**Auflösung**

| | | |
|---|---|---|
| 1: e) | 2: i) | 3: d) |
| 4: n) | 5: j) | 6: f) |
| 7: k) | 8: c) | 9: a) |
| 10: l) | 11: g) | 12: o) |
| 13: m) | 14: h) | 15: b) |

**Wortschatz 1 (c)**

| | | |
|---|---|---|
| **a.** methaphysisch | **b.** rejizieren | **c.** Prädezessor |
| **d.** extravagant | **e.** interpretieren | **f.** prämundan |
| **g.** Perenne | **h.** Diaphragma | **i.** Adjektiv |
| **j.** prädiktiv | **k.** indefinibel | **l.** Pentameter |
| **m.** Benefizium | **n.** perfundieren | **o.** Malediktion |

**1.** Eine Scheidewand zwischen zwei Bereichen wird ......... genannt.

**2.** ......... bedeutet überempirisch, jede mögliche Erfahrung überschreitend, unkörperlich, unstofflich.

**3.** Eine ......... ist ein Fluch.

**4.** Einen Antrag, eine Klage abweisen, verwerfen heißt .........

**5.** Etwas Unerklärbares, Unbeschreibbares ist .........

**6.** Ein Amtsvorgänger heißt auch .........

7. ......... nennt man das künstliche Durchdringen eines Organismus oder eines Gewebes.
8. Wenn Sie einen ausgefallenen Geschmack haben oder zeigen, sind Sie .........
9. Einen Vers aus fünf Versfüßen nennt man .........
10. ......... ist eine Wohltat, eine Begünstigung.
11. Eine mehrjährige, ausdauernde Pflanze heißt .........
12. Etwas, das vorhersagbar ist, nennt man auch .........
13. ......... heißt vorweltlich, vor der Entstehung der Welt vorhanden.
14. Ein Wort, das zu einem anderen gehört, nennt man .........
15. Etwas erklären, deuten heißt .........

**Auflösung**

| | | |
|---|---|---|
| 1: h) | 2: a) | 3: o) |
| 4: b) | 5: k) | 6: c) |
| 7: n) | 8: d) | 9: l) |
| 10: m) | 11: g) | 12: j) |
| 13: f) | 14: i) | 15. e) |

# Zusammenfassung

1. Das für die Konversation verwendete Vokabular einer Durchschnittsperson beträgt ungefähr 20.000 Wörter; die Anzahl der existierenden Wörter liegt bei über 200.000.
2. Von unseren drei Wortschatzebenen (gesprochener, geschriebener und passiver Wortschatz) ist die passive Wortschatzebene die größte.
3. Durch das Lernen von einigen Präfixen können Sie mit Ihrem Wortschatz einen wesentlichen Sprung nach vorne tun.

# So sollten Sie vorgehen

## Präfix-Detektiv-Arbeit

Lesen Sie mit Ihrem neu gewonnenen Wissen über Präfixe irgendeinen bereits abgeschlossenen Teil dieses Buches durch, und unterstreichen Sie alle möglichen Präfixe. Sie werden feststellen, daß diese sehr oft auftreten. Wiederholen Sie diese Übung am Ende der nächsten zwei Kapitel, indem Sie zuerst Suffixe und schließlich Wurzeln hinzufügen.

Nachdem Sie nun die Präfixe am Beginn der Wörter erkennen, gehen Sie nun dazu über, die Suffixe am Ende kennenzulernen.

# 17. Entwickeln Sie Ihren überragenden Wortschatz – (II) Suffixe

Der Gebrauch von zunehmend komplexeren und verfeinerten Sprachstrukturen und die Einheiten (das Vokabular), aus denen diese Strukturen bestehen, gehören zu den bezeichnenden Elementen in der evolutionären Entwicklung. Die Pflege und die Einübung Ihrer Fähigkeiten auf diesem Gebiet ist Ihr natürliches Recht und Ihre Verantwortung – zu Ihrem eigenen Nutzen.

## Die Macht der Suffixe

Dieses Kapitel stellt Ihnen Suffixe vor. Viele von ihnen drücken Eigenschaften oder Qualitäten aus oder ändern einen Teil der Sprache in einen anderen um (z.B. Adjektive in Adverbien).

| **Suffix** | **Bedeutung** | **Beispiel** |
|---|---|---|
| -al, ial | bezugnehmend | phänomenal, kordial |
| -arium | örtlich gebraucht | Aquarium |
| -orium | örtlich gebraucht | Auditorium |
| -ation, | Bedingung | Animation |
| -ition | Bedingung | Kondition |
| -bar | Ausdruck der Möglichkeit | denkbar, vorstellbar |
| -haft | Qualität | zauberhaft, lebhaft |
| -heit | Bildung von Nomen | Bosheit, Feigheit Klarheit |

| | | |
|---|---|---|
| - ig | Adjektivbildung | geduldig, lebendig zittrig |
| -isch | Adjektivbildung | gespenstisch, närrisch |
| -in | feminine Endung | Köchin, Ärtzin |
| -ismus | Qualität, Doktrin | Sozialismus, Realismus |
| -itis | Krankheiten | Bronchitis |
| -ist | jemand, der handelt | Pessimist, Idealist |
| -iv | Eigenschaften | kreativ, destruktiv |
| -keit | Nomenbildung | Heiterkeit, Herzlichkeit |
| -ling | Nomenbildung | Feigling, Sonderling |
| -lich | Eigenschaften | freundlich, reichlich |
| -los | Eigenschaften | furchtlos, gesichtslos |
| -meter | Maßangaben Meßgeräte | Gasometer, Geometer |
| -nis | Nomenbildung | Kenntnis, Ereignis, Erzeugnis |
| -or | Nomenbildung | Generator, Radiator |
| -al | Nomenbildung | Drangsal, Mühsal |
| -sam | Eigenschaften | wachsam, seltsam |
| -schaft | Nomenbildung | Eigenschaft, Verwandtschaft |
| -tum | Nomenbildung | Reichtum, Besitztum |
| -tät | Nomenbildung | Loyalität, Destruktivität |
| -ung | Nomenbildung | Werbung, Befreiung |
| -voll | Eigenschaft | wundervoll |
| -wärts | Richtungsangabe | rückwärts, vorwärts |

# Übungen

**Wortschatz 2 (a)**

**a.** unermüdlich
**b.** Agoraphobie
**c.** demobilisieren
**d.** Salvator
**e.** Realist
**f.** denkbar
**g.** Ligatur
**h.** Abkömmling
**i.** widerspenstig
**j.** Emulation
**k.** Chauvinist
**l.** Priorin
**m.** Hedonismus
**n.** encouragieren
**o.** Hörigkeit

**1.** Wenn Sie sich etwas vorstellen können, ist es für Sie .........

**2.** Eine ......... ist die Vorsteherin eines Frauenklosters.

**3.** Ein Mensch mit extrem patriotischer, nationalistischer Haltung ist ein .........

**4.** ......... bedeutet unlenksam, störrisch, halsstarrig, schwer zu bearbeiten.

**5.** Ein ......... ist jemand, der alles nüchtern und sachlich betrachtet.

**6.** Einen Nachfahren nennt man auch .........

**7.** ......... bedeutet Retter, Erlöser.

**8.** Jemanden ......... bedeutet, ihm Mut zusprechen, ihm die Angst zu nehmen.

**9.** Als ......... bezeichnet man jene Lehre, deren höchstes ethisches Prinzip das Streben nach Lust und Genuß ist.

**10.** Wenn Sie 12 Stunden am Tag ohne Pause arbeiten können, wenn Sie stundenlang ein körperliches Training durchhalten können, dann sind Sie .........

**11.** Nachahmung der Funktionen eines anderen Computers nennt man .........

**12.** Die krankhafte Angst vor großen Plätzen nennt man .........

**13.** Die Zusammenfassung mehrerer Noten zu Notengruppen nennt man .........

**14.** Das Überführen aus dem Kriegszustand in Friedensverhältnisse nennt man .........

**15.** Wenn man entweder physisch oder psychisch an jemanden oder etwas gebunden ist und nicht davon loskommt, spricht man von .........

**Auflösung**

| | | |
|---|---|---|
| 1: f) | 2: l) | 3: k) |
| 4: i) | 5: e) | 6: h) |
| 7: d) | 8: n) | 9: m) |
| 10: a) | 11: j) | 12: b) |
| 13: g) | 14: c) | 15: o) |

**Wortschatz 2 (b)**

| | | |
|---|---|---|
| **a.** jovial | **b.** minimal | **c.** Irritation |
| **d.** Enervierung | **e.** eloquent | **f.** Bellizist |
| **g.** Voliere | **h.** Corpuskulum | **i.** Magnat |
| **j.** karmosieren | **k.** odiös | **l.** placido |
| **m.** Osmose | **n.** Planetarium | **o.** Martyrium |

**1.** Ein schweres Leiden um des Glaubens oder der Überzeugung willen nennt man ein .........

**2.** Ein kleines Teilchen einer Sache wird oft als ......... bezeichnet, obwohl man diesen Begriff heute vor allem im medizinischen Bereich für kleine Gebilde im Organismus verwendet.

**3.** Ein Mensch, der sich betont wohlwollend verhält, ist .........

**4.** ......... heißt soviel wie sehr klein, sehr wenig, niedrigst.

**5.** Den Übergang einer Lösung in eine stärker konzentrierte Lösung durch eine feinporige Scheidewand nennt man .........

**6.** Ein ......... ist ein Ort, den man besucht, wenn man Modelle oder Projektionen des Sonnensystems oder anderer Teile des Universums sehen will.

**7.** Leute, die sehr beredt sind, bezeichnet man auch als .........

**8.** Eine Überbeanspruchung der Nerven nennt man .........

9. Das Umranden eines großen Edelsteins mit mehreren kleinen heißt .........
10. Ein ......... ist ein Anhänger und Befürworter des Krieges.
11. Einen Ort, an dem Vögel gehalten werden, nennt man .........
12. Ein ......... Blick ist bösartig, voll Rachsucht.
13. Ein Mensch mit viel Macht und von hohem Ansehen ist ein .........
14. Eine ruhige, stille, gemessene Vortragsweise im musikalischen Bereich nennt man .........
15. Ein Reiz oder eine Reizung, die auf jemanden oder eine Sache ausgeübt wird, heißt .........

**Auflösung**

| | | |
|---|---|---|
| 1: o) | 2: h) | 3: a) |
| 4: b) | 5: m) | 6: n) |
| 7: e) | 8: d) | 9: j) |
| 10: f) | 11: g) | 12: k) |
| 13: i) | 14: l) | 15: c) |

**Wortschatz 2 (c)**

| | | |
|---|---|---|
| **a.** mondän | **b.** narzistisch | **c.** Intellektuelle |
| **d.** unersättlich | **e.** intensivieren | **f.** Rhetoriker |
| **g.** Deifikation | **h.** Philosophie | **i.** Physiologie |
| **j.** Pestilenz | **k.** Verwegenheit | **l.** Annulierung |
| **m.** Anthropoide | **n.** metabolisch | **o.** indolent |

1. Geistig träge und gleichgültig sein, keine Gemütsbewegung erkennen lassen, heißt ......... sein.
2. Ein guter Redner ist ein .........
3. Als ......... bezeichnet man jene gebildeten Menschen, die oft die öffentliche Meinung prägen.
4. ......... heißt, im Stoffwechselprozß entstanden sein.
5. Ein ......... ist ein Menschenaffe.

6. Die Wissenschaft von Lebensvorgängen und Funktionen des menschlichen Organismus nennt man .........
7. Ein Synonym für Kühnheit, Mut, Dreistigkeit ist .........
8. ......... bedeutet „nach Art der großen Welt, modern, von auffälliger Eleganz".
9. Eine Krankheit, die sehr ansteckend ist und seuchenähnlichen Charakter hat, bezeichnet man auch als .........
10. Von ......... spricht man, wenn ein Vertrag oder eine Ehe für ungültig erklärt wird.
11. Ein ......... Mensch handelt wie der schöne Jüngling der griechischen Sage, der sich in sein Spiegelbild verliebte.
12. ......... bedeutet verstärken, steigern.
13. ......... heißt einen Menschen verherrlichen, ihm gottähnliche Qualitäten zuordnen.
14. Ein Mensch, dessen Appetit nicht gestillt werden kann, ist .........
15. Das Fragen und Streben nach Erkenntnis nennt man .........

**Auflösung**

| | | |
|---|---|---|
| 1: o) | 2: f) | 3: c) |
| 4: n) | 5: m) | 6: i) |
| 7: k) | 8: a) | 9: j) |
| 10: l) | 11: b) | 12: e) |
| 13: g) | 14: d) | 15: h) |

## Suffix-Erweiterungs-Übung

Sobald Sie die Wortschatztests zu Ihrer Zufriedenheit beendet haben, blättern Sie ein Wörterbuch durch, und studieren Sie die Art, wie diese Suffixe gebraucht werden. Machen Sie sich eine Liste von besonders guten Beispielen oder von Beispielen, die Sie interessant oder nützlich finden.

Jetzt, da Sie über Präfixe und Suffixe Bescheid wissen, können Sie übergehen zu ihren Wurzeln, jenen Elementen der griechischen und lateinischen Sprache, die überall im modernen Sprachgebrauch zu finden sind.

# 18. Entwickeln Sie Ihren überragenden Wortschatz – (III) Wurzeln

Die Feder ist mächtiger als das Schwert, wenn nur der Kopf dahinter weiß, wie er das Wort handhaben muß.

## Fünf Schritte zur Erweiterung Ihres Wortschatzes

Nachdem dies das letzte Kapitel ist, das von Wörtern und ihren Bedeutungen handelt, möchte ich einige Hinweise geben, wie Sie auch in Zukunft Ihren Wortschatz erweitern können.

1. Machen Sie die in Kapitel 17 beschriebenen Übungen; schmökern Sie also in einem guten (Fremd-)Wörterbuch, und studieren Sie die verschiedenen Arten der Anwendung der von Ihnen gelernten Präfixe, Suffixe und Wurzeln. Machen Sie eine Liste von beachtenswerten und sinnvollen Wörtern (falls Sie einen persönlichen Universal Professional Organizer (UPO) besitzen, ordnen Sie diese Liste in die Abteilung kreative Entwicklung ein).
2. Bleiben Sie beständig und konzentriert dabei, jeden Tag wenigstens ein neues Wort in Ihren Wortschatz aufzunehmen. Neue Wörter kann man sich nur merken, wenn sie einige Male wiederholt werden; sobald Sie Ihr Wort oder Ihre Wörter ausgewählt haben, überzeugen Sie sich davon, daß Sie sie oft und effektiv anwenden.

3. Halten Sie in der Konversation nach neuen und aufregenden Wörtern Ausschau. Wenn Sie es unangenehm finden, den Sprecher um eine Erklärung für seinen Begriff zu fragen, machen Sie sich eine kurze geistige Notiz oder schreiben Sie das Wort schnell auf und schlagen Sie es später nach.
4. Achten Sie bei allem, was Sie lesen, wie ein Adler auf unbekannte Wörter. Schreiben Sie sie während des Lesens nicht auf, machen Sie sich jedoch mit dem Bleistift eine Anmerkung und schlagen Sie sie später nach.
5. Wenn Sie das gerne tun möchten, gehen Sie in Ihr lokales Buchgeschäft oder in die Bibliothek, und fragen Sie nach einem Buch zum Aufbau des Wortschatzes – es gibt einige davon, und die meisten sind ganz nützlich.

## Die Herkunft der Wörter

| **Wurzel** | **Bedeutung** | **Beispiel** |
|---|---|---|
| aer | Luft | aerob, Aeronaut |
| am (amare) | lieben | amourös, Amateur, |
| ann (annus) | Jahr | annuell, Annuarium |
| aud (audire) | hören | Auditorium, Audit |
| bio | Leben | Biografie |
| cap (capire) | nehmen | kaptativ |
| cap (caput) | Kopf | Kapitol, dekapitieren |
| chron | Zeit | Chronologie, Chronik |
| cor | Herz | kordial |
| corp (corpus) | Körper | Korporation |
| dei (deus) | Gott | Deifikation, Deismus |
| dic (dicere) | sagen | Diktat |
| duc (ducere) | führen | Aquädukt |

| | | |
|---|---|---|
| foto | Licht | Fotografie |
| ego | ich | Egoismus |
| equi | gleich | equilibrieren |
| fac, fic (facere) | machen | Manufaktur, effizient |
| frater | Bruder | Fraternität |
| geo | Erde | Geologie |
| graf (graphein) | schreiben | Kalligrafie |
| graph | | Graphologe, Telegraf |
| loc (locus) | Ort | Lokalität, lokal |
| loqu (loquil) | sprechen | Eloquenz, |
| luc (lux) | Licht | illuminieren |
| man (manus) | Hand | Manuskript, manipulieren |
| mit, miss, (mittere) | senden | Admission, Permission |
| mort (mors) | Tod | Immortalität |
| omni | all- | omnipotent, Omnibus |
| pater | Vater | paternalistisch |
| path | leidend, fühlend | Sympathie, Pathologie |
| ped (pes) | Fuß | Pedal, Pediküre |
| phobia, phobe | Angst | Hydrophobie |
| pneum | Luft, Atem | Pneumonia |
| pos, posit | Platz | Deposit, Position |
| pot, poss, poten (ponere) | fähig sein | Potention, Possibilität |
| quaerere | fragen, suchen | inquirieren, Inquisition |
| rog (rogare) | fragen | interrogativ |
| scrib, scrip, (scribere) | schreiben | Skript, inskribieren |

| | | |
|---|---|---|
| sent, sens, (sentire) | fühlen | sensitiv, Sensibilismus |
| sol | alleine | Solist, isolieren |
| soph | weise | Philosoph |
| spect (spicere) | sehen | introspektiv, inspizieren |
| spir (spirare) | atmen | Inspiration |
| therm | warm | Thermometer |
| ten | strecken | extendieren, Tendenz |
| utilis | nützlich | Utilitarismus |
| ven | kommen | Advent |
| vert, vers | drehen | reversieren, adversativ |
| vid, vis | sehen | Supervisor, Vision |

# Übungen

**Wortschatz 3 (a)**

| | | |
|---|---|---|
| **a.** exhaiieren | **b.** transparent | **c.** Indiz |
| **d.** Sophist | **e.** Annuität | **f.** Arachnophobie |
| **g.** Querulant | **h.** amibil | **i.** thermal |
| **j.** Indoktrination | **k.** Graphologe | **l.** impotent |
| **m.** Telepathie | **n.** Monolog | **o.** homolog |

**1.** Eine freundliche und nette Person wird oft als ......... bezeichnet.

**2.** Ein ......... ist ein weiser oder gebildet wirkender Mann.

**3.** Material, das Licht durchläßt, nennt man .........

**4.** Ein leistungsschwacher, unfähiger, untüchtiger Mensch ist .........

**5.** Eine ......... ist eine jährliche Zahlung.

**6.** Wenn ein Schauspieler allein auf der Bühne steht und ein Selbstgespräch führt, nennt man das .........

7. Der medizinische Ausdruck für ausatmen, ausdünsten heißt .........
8. Die Beeinflussung eines einzelnen oder einer Gruppe heißt .........
9. Die Gedankenübertragung von einer Person zur anderen über eine gewisse Distanz nennt man .........
10. ......... bedeutet gleichliegend, gleichlautend, übereinstimmend in Größe, Wert oder Struktur.
11. Jemand, der streitsüchtig und nörglerisch ist und sich mit Hilfe von Fragen beschwert, ist ein .........
12. ......... bedeutet auf Wärme bezogen, die Wärme betreffend.
13. Ein ......... ist ein Hinweis, ein Anzeichen.
14. ......... nennt man die umstrittene Kunst, die Persönlichkeit aus der Handschrift abzulesen.
15. Wenn Sie unter Angst vor Spinnen leiden, heißt das .........

**Auflösung**

| | | |
|---|---|---|
| 1: h) | 2: d) | 3: b) |
| 4: l) | 5: e) | 6: n) |
| 7: a) | 8: j) | 9: m) |
| 10: 0) | 11: g) | 12: i) |
| 13: c) | 14: k) | 15: f) |

**Wortschatz 3 (b)**

| | | |
|---|---|---|
| **a.** tendenziös | **b.** Artefakt | **c.** radizieren |
| **d.** dekapitieren | **e.** materiell | **f.** Passameter |
| **g.** Äquinoktium | **h.** Deliberation | **i.** Abduktion |
| **j.** egozentrisch | **k.** Geomorphologie | **l.** Omnipotenz |
| **m.** Interdikt | **n.** Utilitarist | **o.** Parrizida |

1. ......... bedeutet Reinigung bzw. Entfernung der Oxidationsschichten von Metallen
2. Ein ......... Argument ist ein nicht objektives Argument.

**3.** ......... ist die Wissenschaft von den Formen der Erdoberfläche und deren Veränderungen.

**4.** ......... bedeutet Beratschlagung, Überlegung.

**5.** Jemand, der sich selbst als den Mittelpunkt des Universums empfindet, ist .........

**6.** ......... ist ein Begriff, der normalerweise auf Gott Anwendung findet, manchmal aber auch auf Menschen, die alles zu wissen scheinen.

**7.** Ein ......... ist jemand, der Wert nur anerkennt, wenn er dem einzelnen oder der Gesellschaft nutzt.

**8.** Ein ......... ist etwas, das zwischen eine Person und seine beabsichtigte Handlung kommt, eine Strafe, ein Verbot.

**9.** Wenn jemand seinen eigenen Vater tötet, spricht man von einem .........

**10.** Ein durch menschliches Können hervorgerufenes Kunsterzeugnis, etwas künstlich Geschaffenes nennt man .........

**11.** ......... ist jene Zeit im Jahr, in der Tag und Nacht gleich lang sind.

**12.** Ein ......... ist ein Feinmeßgerät für Außenmessung.

**13.** Die Wurzel einer Zahl zu ziehen heißt .........

**14.** Etwas, das eine körperliche Beschaffenheit hat, bezeichnet man auch als .........

**15.** ......... ist das Wegführen, das Bewegen von Körperteilen oft durch Gewaltanwendung.

**Auflösung**

| | | |
|---|---|---|
| 1: d) | 2: a) | 3: k) |
| 4: h) | 5: j) | 6: l) |
| 7: n) | 8: m) | 9: o) |
| 10: b) | 11: g) | 12: f) |
| 13: c) | 14: e) | 15: i) |

**Wortschatz 3 (c)**

| | | |
|---|---|---|
| **a.** Chronometer | **b.** Reputation | **c.** subrogieren |
| **d.** illuminieren | **e.** unsensibel | **f.** obsolat |
| **g.** morbid | **h.** vertiginös | **i.** remittieren |
| **j.** fraternisieren | **k.** Empathie | **l.** Pneumatik-Hammer |
| **m.** Bioplasma | **n.** Aerodynamik | **o.** Präventivmedizin |

1. Jemanden, der empfindungs- und gefühllos ist, bezeichnet man als .........
2. .........ist die Bereitschaft oder Fähigkeit, sich in die Einstellung anderer Menschen einzufühlen.
3. .........bedeutet festlich beleuchten, erhellen.
4. Ein ......... funktioniert mit zusammengepreßter Luft.
5. Ein Instrument, das mit großer Genauigkeit die Zeit mißt, ist ein .........
6. Die vorbeugende Gesundheitsfürsorge heißt .........
7. Eine Zahlung für empfangene Leistung einsenden nennt man .........
8. ......... ist die Lehre von der Bewegung gasförmiger Stoffe, besonders der Luft.
9. Die Keimzelle allen Lebens ist das .........
10. Wenn Menschen sich verbrüdern, heißt das .........
11. Etwas, das ......... ist, erinnert uns an den Tod.
12. .........bedeutet Ruf, Ansehen.
13. Von ......... spricht man, wenn man ein Recht an einen anderen abtritt.
14. ......... heißt veraltet, ungebräuchlich.
15. ......... heißt schwindelig.

**Auflösung**

| | | |
|---|---|---|
| 1: e) | 2: k) | 3: d) |
| 4: l) | 5: a) | 6: o) |
| 7: i) | 8: n) | 9: m) |
| 10: j) | 11: g) | 12: b) |
| 13: c) | 14: f) | 15: h) |

# Zusammenfassung

In diesem Teil haben wir uns darauf konzentriert, die grundsätzlichen Bausteine Ihres Intellekts zu etablieren, indem wir gelernt haben, wie man eine Mind Map anlegt und wie man das Wissen um die Absatzstruktur in Verbindung mit Durchseh-Techniken nutzen kann. Die drei Kapitel über den Aufbau Ihres Wortschatzes helfen Ihnen, Ihr gesamtes Denkvermögen zu erweitern und Ihr Verständnis wesentlich zu verbessern. Auch Ihre Lesegeschwindigkeit wird sich erhöhen, weil Sie Ihre Fähigkeit gesteigert haben, Schlüsselwörter und Konzepte zu erstellen, und Ihr ständig wachsender Wortschatz ein Zurückspringen und eine Regression ausschließen wird.

Sie besitzen jetzt alles Grundwissen über Ihre Augen, Ihr Gehirn und über grundsätzliche Lerntechniken. Sie sind nun so weit, sich mit fortgeschrittenen Techniken zu befassen, die es Ihnen erlauben werden, wirksamer zu studieren, über Ihre wachsenden Berge von Zeitschriften, Zeitungen und Memos die Kontrolle zu behalten, mit elektronischer Information umzugehen, gute Literatur (inklusive Romane und Gedichte) besser zu schätzen, sich Ihre eigene, wachsende Wissensbibliothek anzulegen und Ihre außergewöhnlichen Fähigkeiten zukünftig noch besser zu nutzen.

# Teil V
# Der Weg zum Meisterleser

Seit 1966 habe ich die Grundprinzipien des schnellen und gezielten Lesens in mehr als 50 Ländern gelehrt. In jedem Land, in jedem Alter und unabhängig von der Person des einzelnen werden immer wieder dieselben Fragen über die Anwendung der Theorie auf den eigentlichen Leseprozeß gestellt. Die sechs wichtigsten Fragen lauten:

**1.** „Ich verstehe, wie Sie diese Theorie in anderen Bereichen anwenden, aber man kann sie doch nicht wirklich im wissenschaftlichen Bereich nutzen, oder?"
**2.** „Sie würden Speed Reading und selektives Lesen nicht für Literatur und Poesie einsetzen, nicht wahr?"
**3.** „Gewiß würden Sie eine Detektivgeschichte nicht überblicksweise lesen!"
**4.** „Bei wirklich schwierigem Lesestoff müßten auch Sie langsam lesen, oder?"
**5.** „Sicherlich würden Sie Speed Reading und das selektive Lesen nicht anwenden, wenn Sie sich entspannen wollen oder zum Vergnügen lesen?"
**6.** „Ich lese aber, um einschlafen zu können – wie kann ich diese Techniken dafür verwenden?"

Verblüffenderweise lautet die Antwort, daß Sie Ihr wachsendes Verständnis über das Wie des Lesens bei allen zuvor genannten Situationen anwenden können. Was Sie bereits gelernt haben und weiter lernen werden, ist eine große Auswahl von Lesefähigkeiten, aus denen Sie die passenden, individuellen Details oder Kombinationen an Details für Ihre spezielle Leseaufgabe/Ihr spezielles Leseziel herauspicken können.

Die Kapitel in diesem Teil versorgen Sie mit genaueren Kenntnissen über fortgeschrittene Anwendungen mittels der neuen Information über Ihr Auge-Gehirn-System und führen Sie in das revolutionäre neue Konzept der Wissensdatei ein.

# 19. Die organische Mind-Map-Studientechnik (OMMST)

Wissen ist Macht. Die Macht liegt in Wahrheit in der Fähigkeit, aufzunehmen, zu begreifen, zu verstehen, zu speichern, zu erinnern, mitzuteilen und der daraus resultierende Fähigkeit, neues Wissen aus Ihrer existierenden multidimensionalen geistigen Enzyklopädie zu schaffen. Der Schlüssel zu dieser Macht liegt darin, zu lernen, wie man lernt.

## Vorbereitung und Anwendung

Das Lesen zu Studienzwecken ist ein Bereich, auf den alle in diesem Buch enthaltenen Techniken anwendbar sind. Während des 19. Jahrhunderts erkannten Pädagogen immer mehr, daß ein Multi-Level-Lesen weit effizienter für Studienzwecke ist, als das einfache, einmalige Durchlesen eines Buches, und sie dachten sich verschiedene Methoden aus. Die OMMST besteht aus den Hauptelementen dieser frühen Lerntechniken und aus den Fähigkeiten, die vor allem vom Gehirn gesteuert sind, wie Mind Mapping, den Grundregeln und Methoden des Gedächtnistrainings und den Speed-Reading-Verfahren. OMMST wird im *Mind Map Buch* genau behandelt. Grundsätzlich wird die Technik in zwei Teile eingeteilt: die Vorbereitung und die Anwendung.

### Vorbereitung

**1.** Das Durchsehen
Verwenden Sie die in Kapitel 15 erklärten Vorschau-Techniken, um sich einen Überblick über den Text zu verschaffen.

**2.** Zeit und Menge
Legen Sie die Zeit und die Menge an Material fest, das in dieser Zeit behandelt werden muß, (s. Abb. 14 und 15).

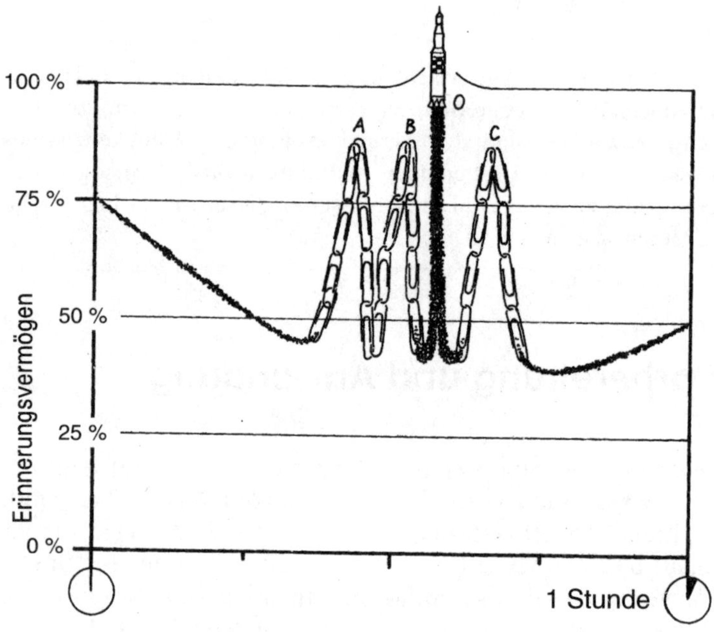


Abb. 14: Die Grafik zeigt, daß wir uns am meisten vom Beginn und Ende einer Lernphase merken. Wir können uns auch besser erinnern, wenn Dinge miteinander verbunden oder verknüpft sind (A, B, C) und wenn etwas hervorsticht oder einzigartig ist (O)

**3.** Vorwissen in Form einer Mind Map
Erstellen Sie eine Mind Map, suchen Sie dabei Ihr Gedächtnis nach bisherigem Wissen zum Thema ab, und motivieren Sie sich so, die richtige geistige Einstellung mitzubringen.

**4.** Ziele und Resultate
Legen Sie genau fest, warum Sie das Material lesen, und welche Resultate Sie erzielen wollen.

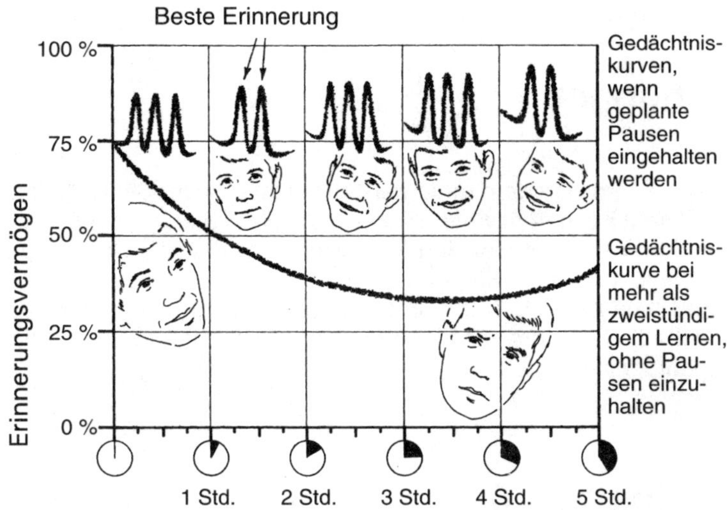


Abb. 15: Erinnerungsvermögen beim Lernen – mit und ohne Pausen. Eine Lernperiode von 20-50 Minuten erzielt das beste Verhältnis zwischen Verstehen und Erinnerung

## Anwendung

1. Überblick
   Verschaffen Sie sich einen zweiten, „genaueren" Überblick, und denken Sie dabei an Ihre Ziele und Fragen, um die richtigen Informationsstellen auszuwählen.
2. Durchsehen
   Wenn Sie festgestellt haben, wo die Basisinformationen enthalten sind, beginnen Sie, die entsprechenden Bereiche einzukreisen, wobei Sie sich auf Anfang und Ende konzentrieren.
3. Ergänzen
   Ergänzen Sie den Hauptteil der restlichen Information, und erstellen Sie Ihre Mind Map, wobei Sie schwierige Bereiche bis zum Schluß aufbewahren.
4. Überprüfung
   Die endgültige Ausarbeitung: Vervollständigen Sie Ihre Mind Map, lösen Sie übriggebliebene Probleme, beantworten Sie noch offene Fragen, und versuchen Sie, Ihre Ziele zu erreichen.

# Übungen

Sie nähern sich dem Ende der Selbsttests! Bevor Sie Selbsttest 6 durchführen, motivieren Sie sich, machen Sie Tempoübungen mit Ihrer Lesehilfe, stellen Sie sicher, daß Sie das Buch in geeignetem Abstand halten, verschaffen Sie sich einen Überblick und benutzen Sie die entsprechende Information aus der OMMST, um Ihre Geschwindigkeit und Ihr Verständnis noch mehr zu steigern.

# Selbsttest 6

## Die erwachende Erde: unser nächster Entwicklungssprung – das Globale Gehirn

**von Peter Russell**

Es ist heute üblich, über die zunehmende Schnellebigkeit zu sprechen und mit Nostalgie auf das weniger hektische Leben unserer Großeltern zurückzuschauen. Ein kurzer Blick auf die Evolutionsgeschichte zeigt jedoch, daß diese Beschleunigung nichts Neues ist; sie existiert seit Beginn des Universums vor ca. 15 Milliarden Jahren. Da dieser Zeitaum unser Vorstellungsvermögen überschreitet, ist es schwierig, die zunehmende Geschwindigkeit zu erfassen. Wir erhalten ein leichter faßbares Bild, wenn wir die 15 Milliarden Jahre zu einem Film von der Dauer eines Jahres komprimieren – das längste, was wir uns an Epik vorstellen können.

Der „Große Knall", mit dem der Film beginnt, ist im Bruchteil einer Sekunde erledigt – das Universum wird innerhalb der ersten Sekunde des ersten Tages in diesem neuen Jahr erschaffen! Die ersten Atome entstehen 25 Minuten nach dem großen Knall. Den restlichen ersten Tag über finden keine bedeutenden Veränderungen mehr statt, auch nicht im restlichen Januar (Sie werden entsprechend viel Popkorn benötigen): Alles, was Sie sehen, ist eine sich ausdehnende Gaswolke. Im Februar und März beginnen die Gaswolken sich langsam zu

Galaxien und Sternen zu verdichten. Wochen und Monate vergehen, und gelegentlich explodieren Sterne und bilden eine Supernova, aus den Überresten entstehen neue Sterne. Anfang September entstehen dann schließlich unsere eigene Sonne und unser Sonnensystem – nachdem acht Monate des Films bereits gelaufen sind!

Nun bewegen sich die Dinge etwas schneller, komplexe Moleküle nehmen Gestalt an. Innerhalb von zwei Wochen, ungefähr Anfang Oktober, treten die ersten Algen und Bakterien auf. Dann tritt eine relative Flaute ein (und mit ihr steigt der Popkornverbrauch!), während der sich die Bakterien langsam entwickeln, was eine Woche später zur Photosynthese führt. Mitte November treten die ersten komplexen Zellen mit gut definiertem Zellkern in Erscheinung, die eine sexuelle Vermehrung ermöglichen, und mit Abschluß dieses Vorgangs beschleunigt sich die Evolution wieder. Es ist jetzt Ende November, und der Großteil des Films ist abgelaufen. Die Entwicklung des Lebens hat gerade erst begonnen.

Die ersten kleinen, aus mehreren Zellen bestehenden Organismen tauchen Anfang Dezember auf. Die ersten Wirbeltiere kriechen eine Woche später zwischen Weihnachten und dem 30. Dezember um die Mittagszeit an Land. Unsere ersten affengleichen Vorfahren treten ungefähr Mitte des letzen Tages auf, aber erst gegen 11 Uhr abends gehen sie aufrecht. Jetzt, am Silversterabend, kurz vor Beginn des neuen Jahres, nach 365 Tagen und Nächten des Films, finden einige der faszinierendsten Entwicklungen statt. Die menschliche Sprache beginnt sich eineinhalb Minuten vor Mitternacht zu entwickeln. In der letzten halben Minute beginnt der Ackerbau. Buddha erlangt fünfeinhalb Sekunden vor Jahresende Erleuchtung unter dem Bodhi-Baum, und Christus erscheint eine Sekunde später. Die Industrielle Revolution findet in der letzten halben Sekunde statt, und der Zweite Weltkrieg beginnt weniger als eine Zehntelsekunde vor Mitternacht.

Wir befinden uns jetzt im letzten Teil, im letzten Millimeter eines hunderte Kilometer langen Films. Der Rest der modernen Geschichte spielt sich in einem Aufblitzen ab, das nicht viel länger ist als das Aufblitzen am Beginn des Films. Zusätzlich beschleunigt sich die Evolution, und diese zeigt keine Anzeichen eines Nachlassens. Die Veränderungen in vielen Lebensbereichen sind nun so schnell, daß es schwer vorauszusagen ist, wo wir in den nächsten 50 Jahren sein werden, ganz zu schweigen davon, wie wir uns die Zivilisation in 1.000 Jahren oder in 1 Million Jahren vorstellen sollen. Der Schluß liegt nahe, daß wir, die wir heute leben, wohl kaum an einem einzigartigen Punkt in der Evolution stehen.

In mancher Hinsicht beginnt sich die Menschheit wie ein Planetensystem im Aufbruch zu verhalten, und wir können Parallelen von den Entwicklungsphasen im frühkindlichen Gehirn zu dem ziehen, was jetzt mit der Menschheit passiert.

1980 bestand das weltweite Telekommunikationsnetz aus 440 Millionen Telefonen und beinahe einer Million Telex-Anschlüssen. Aber dieses Netzwerk, so vollständig es auch scheinen mag, bildet im Vergleich zu den Kommunikationsstellen in unserem Gehirn nur ein winzigen Teil der Trillionen von Synapsen, mit deren Hilfe Nervenzellen interagieren. Dem britischen Computerspezialisten John McNulty zufolge war das globale Telekommunikationsnetz im Jahre 1975 im Vergleich zum Gehirn flächenmäßig nicht größer als eine Erbse. Aber die weltweite Datenvernetzung verdoppelt sich alle zweieinhalb Jahre, und wenn diese Geschwindigkeit beibehalten wird, wird das weltweite Telekommunikationsnetz um das Jahr 2000 die Komplexität des Gehirns erreicht haben – wenn Ihnen das in unglaublich naher Zukunft vorkommt, dann denken Sie an die Beschleunigung der Entwicklung in der letzten Stunde vor Mitternacht in unserem Film, und multiplizieren Sie diese Beschleunigung mit der Anzahl der Stunden zwischen Mitternacht des 1. Januar 1997 und dem Silvesterabend, der uns in das 21. Jahrhundert führen wird.

Die daraus resultierenden Veränderungen werden so weitreichend sein, daß ihr Ausmaß möglicherweise sogar die Vorstellungskraft unseres Gehirns sprengen wird! Wir werden uns nicht länger als isolierte Individuen sehen können; *wir werden uns selbst als Teil eines schnell wachsenden globalen Netzwerkes verstehen, als Nervenzellen eines erwachenden, globalen Gehirns.* Obwohl dies eine mögliche Richtung für die Menschheit sein kann, steht dennoch fest, daß sich unsere Spezies in einer schweren Krise befindet und sie zielbewußt und erfinderisch handeln muß, um es in das nächste Jahrhundert zu schaffen.

Wir sind tief verstrickt in ein äußerst komplexes Netz sozialer, politischer, ökologischer und sonstiger Krisen der menschlichen Geschichte. Sind diese Krisen die Vorläufer eines Evolutionssprungs? Vielleicht. Gewiß besitzen wir jede Menge Weltuntergangsprojektionen, die die Möglichkeiten einer Apokalypse im Detail in sich tragen, aber die Geschichte der Evolution enthüllt uns die Möglichkeit eines ganz anderen Szenarios – daß die *Krise ein evolutionärer Katalysator in Richtung einer Anstrengung in eine höhere Ordnung sein kann*.

Lassen Sie uns einige der großen Krisen in der Evolution betrachten und erkennen, daß das, was als „negativ" erschienen sein mag, aus entwicklungstechnischer Sicht tatsächlich äußerst positiv war. Eine frühe Krise in der Entwicklung des Lebens trat wahrscheinlich auf, als die einfachen organischen Komponenten knapp wurden, von denen sich die ersten primitiven Zellen ernährten. Es handelte sich dabei eigentlich um eine Nahrungsmittelkrise. Die Antwort war die Entstehung der Photosynthese – die Fähigkeit, sich direkt mit Hilfe des Sonnenlichts zu ernähren. Die Photosynthese aber produzierte als Nebenprodukt Sauerstoff, und obwohl wir heute recht glücklich mit ihm leben, bedeutete er für die damaligen Kreaturen den Tod.

Eineinhalb Millionen Jahre später, als sich der Sauerstoff in der Atmosphäre aufbaute, gab es eine weitere große Krise, die Zeit der Verschmutzung und Vergiftung. Die Antwort der Evolution war die Entwicklung von sauerstoffatmenden Zellen. Zu Beginn sieht jede Krise schmerzhaft und gefährlich aus. Stellen Sie sich vor, was eine Abordnung von Bakterien über die Umweltbelastungen der Pläne einer kleinen Gruppe von Bakterien gesagt hätte, die die Photosynthese nutzen wollten: „Der Sauerstoff, der durch diesen Vorgang erzeugt wird, ist ein gefährliches Zeug. Er ist für alle bekannten Lebensformen giftig und auch leicht entzündlich und verbrennt uns wahrscheinlich alle zu Asche. Er führt beinahe sicher zur völligen Zerstörung allen Lebens."

Zweifelsohne wäre die Photosynthese als „selbstsüchtig, unnatürlich und unverantwortlich" verbannt worden. Wir können von Glück sagen, daß kein derartiges Komitee existiert und die Photosynthese sich durchgesetzt hat. Sie brachte wirklich eine große Krise mit sich, rief aber auf der anderen Seite auch Pflanzen, Tiere, Sie und mich ins Leben.

Unsere gegenwärtige globale Problemsituation kann sich als genauso wichtig für unsere Weiterentwicklung herausstellen wie die Sauerstoffkrise. Noch niemals in der Geschichte der Menschheit waren die Gefahren so extrem, und wir scheinen uns dem kritischen Punkt schnell zu nähern. Das Ergebnis wird entweder ein Niedergang oder ein Durchbruch sein. In ihrer Rolle als evolutionäre Katalysatoren können Krisen genau das sein, was wir brauchen, um in eine höhere Entwicklungsstufe gedrängt zu werden.

Die Idee, daß Krisen sowohl negative wie positive Aspekte beinhalten, findet sich in dem chinesischen Wort für Krise: *wei-chi*. Der erste Teil des Wortes heißt: „sei auf der Hut, Gefahr". Der zweite Teil hat jedoch eine ganz andere Bedeutung: „Gelegenheit zur Änderung". Das Konzept des *wei-chi* ermöglicht es uns, die Wichtigkeit beider Aspekte der Krise zu erkennen. In den letzten Jahren hat sich unsere Aufmerksamkeit üblicherweise auf das *wei* konzentriert, auf die vielen Möglichkeiten einer globen Katastrophe und wie man sie verhindern kann. Das wird auch weiterhin notwendig sein, wenn wir versuchen, mit den vielen großen Problemen, denen wir gegenüberstehen, fertigzuwerden. Gleichzeitig können wir uns jedoch mit unseren Grundhaltungen und Werten auseinandersetzen: Warum sind wir hier? Was möchten wir wirklich? Liegt nicht mehr Sinn im Leben? Diese Fragen machen uns offen für den anderen Aspekt der Krise – die Möglichkeit, die Richtung zu ändern, die großartigen und atemberaubenden Gelegenheiten, die vor uns liegen, zu nutzen.

Wenn wir den Übergang nicht schaffen, können Tausende von Jahren vergehen, bevor die Menschheit wieder an der Schwelle steht. Oder es wird der menschlichen Spezies nie gelingen. Wenn wir uns selbst zerstören, kann es für eine andere Spezies Millionen von Jahren dauern, bis sie dasselbe Potential entwickelt. Vielleicht passiert es nicht einmal auf diesem Planeten; aber es kann viele andere Planeten in unserer Galaxie geben und viele in anderen Galaxien. Das Universum wird sich weiter in Richtung höherer Integrations- und Komplexitätsstufen entwickeln – ob mit oder ohne uns.

Wenn die Menschheit andererseits Wege findet, die verschiedenen Probleme und Konflikte, denen sie gegenübersteht, zu lösen, wird sie bewiesen haben, daß sie sich erfolgreich anpassen kann. In dieser Hinsicht *dienen Krisen sowohl als evolutionäre Katalysatoren als auch als evolutionäre Tests*, die die Anpassungsfähigkeit und Lebensfähigkeit des Systems erproben.

Die ständig wachsende Krisensituation der Menschheit könnte sehr wohl in diesem Licht gesehen werden: Wir stehen vielleicht vor dem letzten Test unserer Tauglichkeit zur weiteren Evolution. Zusätzlich besitzt der Test ein Zeitlimit. Wir haben nicht ewig Zeit zum Experimentieren; *wir, die wir heute leben, müssen diese Fragen beantworten, um uns selbst im fortschreitenden evolutionären Prozeß eine Chance zu geben.*

Ob wir ihn bestehen oder nicht, liegt an uns. Wenn wir ihn bestehen, ist es leicht möglich, daß wir in unsere nächste Entwicklungsphase überwechseln. Die Aufgabe, zu beweisen, ob die Menschheit tauglich ist oder nicht, liegt bei uns – bei jedem von uns. Anders als andere Spezien der Vergangenheit kann die Menschheit mit ihrer unglaublichen Gehirnleistung die Zukunft vorausahnen, bewußte Entscheidungen treffen und ihr Schicksal überlegt ändern. Zum ersten Mal in der gesamten Entwicklungsgeschichte ist die Verantwortung für die weiterreichende Entwicklung der Evolution auf die sich entwickelnde Materie übertragen worden. Wir sind nicht länger passive Zeugen eines Prozesses – wir können die Zukunft aktiv gestalten. Wir sind nun die Wächter des evolutionären Fortschritts auf der Erde. In unseren eigenen Händen – oder eher in unseren eigenen Gehirnen und Köpfen – liegt die evolutionäre Zunkunft dieses Planeten.

Stoppen Sie jetzt Ihre Uhr, berechnen Sie die benötigte Zeitspanne: ......... Minuten.

Indem Sie die Anzahl der Wörter im Absatz (in diesem Fall 1.711) durch Ihre gestoppte Zeit (in Minuten) dividieren, erhalten Sie Ihre derzeitige Lesegeschwindigkeit in Wörtern pro Minute (WpM):

$$\text{Wörter pro Minute (WpM)} = \frac{\text{Anzahl der Wörter}}{\text{Zeit}}$$

Wenn Sie Ihre Berechnung beendet haben, tragen Sie das Resultat in das Feld WpM in Ihre Fortschrittstabelle und Ihr Fortschrittsdiagramm auf Seite 235 f. ein.

Weiter im Selbsttest: Jetzt geht es darum, wieviel des Testtextes Sie verstanden haben. Überprüfen Sie die Statements auf Richtigkeit, und beantworten Sie die Fragen (ohne Nachblättern im Text!):

**1.** Das Universum entstand vor ungefähr:
a) 5 Milliarden Jahren b) 75 Milliarden Jahren
c) 12 Milliarden Jahren d) 15 Milliarden Jahren

**2.** Wann verdichteten sich in Russels „einjährigem Universum“ die Gaswolken langsam zu Galaxien und Sternen:

a) im Januar/Februar
b) im Februar/März
c) im März/April
d) im April/Mai

**3.** In Russels „einjährigem Universum“ entstanden schließlich unsere Sonne und unser Sonnensystem Anfang:
a) Juli
b) August
c) September
d) Oktober

**4.** In Russels „einjährigem Universum“ erscheinen einfache Algen und Bakterien:
a) Anfang September
b) Anfang Oktober
c) Anfang November
d) Anfang Dezember

**5.** In Russels „einjährigem Universum“ begannen unsere affenähnlichen Vorfahren aufrecht zu gehen im:
a) Oktober
b) November
c) in den letzten zwei Wochen
d) in der letzten Stunde des letzten Tages

**6.** In Russels „einjährigem Universum“ entwickelt sich die menschliche Sprache:
a) während der letzten zwei Wochen
b) während der letzten Woche
c) zu Anfgang der letzten Stunde
d) eineinhalb Minuten vor Mitternacht

**7.** In Russels „einjährigem Universum“ findet der Zweite Weltkrieg statt:
a) einen Tag vor Mitternacht
b) eine Stunde vor Mitternacht
c) weniger als eine Zehntel Sekunde vor Mitternacht
d) eine hundertstel Sekunde vor Mitternacht

**8.** John McNulty schätzte, daß das globale Telekommunikationsnetz des Jahres 1975 im Vergleich zum menschlichen Gehirn nicht größer war als eine .........

**9.** Peter Russel glaubt, daß Krisen als evolutionärer Katalysator in Richtung einer höheren Entwicklungsstufe dienen.

**10.** Das Produkt der Photosynthese, das für die Kreaturen der damaligen Zeit den Tod bedeutete, war:
a) Kohlenwasserstoff
b) Sauerstoff
c) Wasser
d) Sonnenlicht

**11.** Was wäre als „eigennützig, unnatürlich und unverantwortlich“ verbannt worden, hätten die Kreaturen der Zeit das Sagen gehabt, als dieses Phänomen auftrat?

**12.** Im chinesischen Ausdruck *wei-chi* bedeutet der erste Teil des Wortes:
a) Möglichkeit zur Änderung b) viel Glück
c) Achtung! Gefahr! d) ein glückliches Leben

**13.** Im chinesischen Ausdruck *wei-chi* bedeutet der zweite Teil des Wortes:
a) Möglichkeit zur Änderung b) viel Glück
c) Achtung! Gefahr! d) ein glückliches Leben

**14.** Russel glaubt, daß die Menschheit ihr eigenes Schicksal ändern und die Zukunft aktiv gestalten kann.

**15.** Die evolutionäre Zukunft des Planeten liegt:
a) im Schoß der Götter
b) in unseren eigenen Händen
c) in unseren Gehirnen und Köpfen
d) in der Chaos-Theorie

Überprüfen Sie nun Ihre Antworten. Dann teilen Sie Ihre Anzahl richtiger Antworten durch 15 und multiplizieren sie mit 100, um Ihren Prozentwert an Verständnisfähigkeit zu errechnen.

**Auflösung**

| | | |
|---|---|---|
| 1: d) | 2: b) | 3: c) |
| 4: b) | 5: d) | 6: d) |
| 7: c) | 8: Erbse | 9: Richtig |
| 10: b) | 11: Photosynthese | 12: c) |
| 13: a) | 14: Richtig | 15: c) |

$$\text{Verständnisleistung: } \frac{\text{Anzahl richtiger Antworten x 100 \%}}{15}$$

Tragen Sie jetzt Ihr Ergebnis in Ihre Fortschrittstabelle und in Ihrem Fortschrittsdiagramm auf Seite 235 f. ein.

## Zusammenfassung

1. Die organische Mind-Map-Studientechnik besteht sowohl aus all den wichtigen Elementen früherer Methoden als auch aus den Kerninformationen über Ihr Gehirn, Mind Mapping und den Meta-Lesehilfen.
2. Beginnen Sie mit der Vorbereitung (Überfliegen, Festlegung der benötigten Zeit und des zu bearbeitenden Materials, Erstellung einer Mind Map über das bisherige Wissen, Festlegung der Ziele). Gehen Sie dann über zur Anwendung (Überfliegen, Durchsicht, Ergänzung und Überprüfung).

## So sollten Sie vorgehen

1. Wählen Sie einen einführenden, leichten Text über ein Thema, über das Sie schon immer etwas lernen wollten, das Sie aber irgendwie nie genauer studiert haben. Wenden Sie die organische Mind-Map-Studientechnik und all Ihre fortgeschrittenen Lesefähigkeiten an, um das Buch in weniger als einer Stunde zu beenden. Legen Sie über das Ergebnis eine Mind Map an.
2. Nehmen Sie sich jeden Tag fünf Minuten Zeit zum Üben, um Ihre Lesegeschwindigkeit mit Ihrer Lesehilfe zu verbessern.

Wie oft fühlten Sie sich angesichts der Menge an Informationen aus Zeitungen, Zeitschriften und anderen Papieren, die sich auf Ihrem Schreibtisch oder Ihren Regalen türmen, deprimiert und entmutigt? Das folgende Kapitel zeigt Ihnen, wie Sie diese Situation erfolgreich und mit Freude in den Griff bekommen.

# 20. So lesen Sie Zeitungen, Zeitschriften und Bildschirme

Zeitungen, Zeitschriften und Bildschirme sind einige Ihrer Fenster zur Welt und immer mehr auch zum Universum. Wenn Sie deren Natur verstehen und einige neue Zugänge zu ihnen finden, ist es möglich, Ihre Effizienz auf diesem Gebiet um das Zehnfache zu steigern.

## Zeitungen

Zeitungen sind so sehr Teil unseres täglichen Lebens, daß wir selten innehalten, um daran zu denken, daß sie eine sehr neue Errungenschaft darstellen. Vor dem 20. Jahrhundert existierte die Stimme des Journalismus, sofern die Massen betroffen waren, eigentlich nicht. Zeitungen waren hauptsächlich „Blätter mit Neuigkeiten“, die sehr wenig Analysen oder redaktionellen Kommentar enthielten. Es gab allerdings eine bemerkenswerte Ausnahme: Die *Times*, deren kritische Berichte über den Krim-Krieg 1855 als maßgeblich für den Sturz des Kabinetts und die Reorganisation der British Army erachtet wurden.

Das 19. Jahrhundert sah sich einem steten Wachstum der Weltpresse gegenüber, die durch die Einführung der „Foudrinier-Maschine“ angeregt wurde, die Endlospapier produzierte. Parallel zu dieser Entwicklung stand das weltweite Wachstum der Kommunikationsnetze und der Bildung: Mehr Informationen wurden immer schneller verlangt, und mehr Menschen konnten lesen. So wurden viele große Zeitungen zwischen 1840 und 1900 gegründet.

Im frühen 20. Jahrhundert nahmen Zeitungen einen Aufschwung, aber jetzt, nach einer relativ kurzen Existenz, gehen viele schwierigeren Zeiten entgegen. Gründe dafür sind z.B. das Aufkommen des Fernsehens mit seinen in bewegliche Bilder gefaßten Neuigkeiten, die Verbreitung der Bildschirm-Berichterstattung und das Internet, das eine schnellere und persönlichere Fassung von Neuigkeiten ermöglicht. Zeitungen schlagen gegenwärtig zurück, indem sie sich in dieses Netzwerk integrieren. Im Westen könnten wir gut an der Schwelle einer Zeit stehen, in der die Zeitungen ihre Funktion ändern, indem sie weniger unmittelbar Neues als mehr Zusammenfassungen, Analysen und Kommentare liefern.

## Zugänge zum Zeitunglesen

1. Am wichtigsten ist ein organisierter Zugang. Viele Menschen verbringen Stunden damit, eine Zeitung zu lesen, wobei sie danach nicht das Gefühl haben, mehr zu wissen als am Anfang.
2. Welche Zeitung Sie auch lesen, es ist immer hilfreich, vorher genau zu entscheiden, was Ihre Absicht ist. Um Ihnen bei dieser Entscheidung zu helfen, überfliegen Sie die Zeitung immer kurz, bevor Sie sie lesen, und wählen Sie die einzelnen Passagen und Artikel aus, die Sie genauer lesen möchten.
3. Beachten Sie auch das Layout und die Typografie. Zu wissen, wo Artikel fortgesetzt werden, vermeidet sinnloses Herumblättern und Suchen.
4. Viele Leute haben den Hang, eine Zeitung zu kaufen, die ihren allgemeinen Ansichten entspricht – mit anderen Worten, sie klopfen sich selbst auf die Schulter! Es kann aber eine ausgesprochen interessante Übung sein, jeden Tag der Woche eine andere Zeitung zu kaufen, ihre unterschiedliche Aufmachung zu vergleichen, die politische Richtung, den Zugang der Reporter, die Interpretation neuer Ereignisse und das Ausmaß des erfaßten Personenkreises. Versuchen Sie das in der kommenden Woche.

5. Berichte in Zeitungen sollten auf Stimmigkeit untersucht werden – ich bin sicher, daß jene von Ihnen, die bei einer Veranstaltung oder einem Ereignis dabei waren, über das am nächsten Tag berichtet wurde, oft gedacht haben: Das entspricht überhaupt nicht dem, was wirklich geschehen ist! Nachrichten werden von Menschen geschrieben, die eine politische Meinung haben oder einer bestimmten Blattlinie folgen. Diese „Falschberichte", wenn wir sie so nennen können, sind nicht unbedingt beabsichtigt. Jeder Mensch tendiert dazu, eine gegebene Situation in einem unterschiedlichen Licht zu sehen. Zeitungsjournalisten sind Individuen, und sie sehen manchmal ein Ereignis, das gerade stattfindet aus einer anderen Perspektive oder von einem anderen örtlichen Standpunkt aus. (So führt es zwangsläufig zu unterschiedlichen Artikeln, je nachdem, ob man sich etwa inmitten einer rasenden Menge befindet oder ob man in einem Gebäude ist, um die Menge rasen zu sehen.)
6. Indem wir diese grundlegende und unvermeidbare Tendenz akzeptieren, gehen wir weiter zum eigentlichen Bericht über ein Ereignis. Der Journalist wird sich kurze Notizen über das machen, was er berichten will, er wird Zeit mit der Rückreise zu seinem Computer verbringen und dann vor seinem geistigen Auge die Ereignisse wiedererstehen lassen, die stattgefunden haben. Noch einmal wird es leichte und unvermeidbare Veränderungen in der Akzentuierung geben, die durch die Worte ausgeschmückt werden, die zum Beschreiben der Situation verwendet werden. Sobald der Bericht geschrieben ist, muß er redigiert und dann wieder redigiert werden, bevor er endlich die Seiten der Zeitung erreicht. Man kann sehen, daß es sogar mit den aufrichtigsten Absichten fast unmöglich ist, einen gänzlich objektiven Bericht zu erstellen. Zeitungen, Zeitschriften und Journale sollten deshalb mit einem viel kritischeren Auge gelesen werden als gewöhnlich, und was sie berichten, sollte mit anderen Quellen wie z.B. Radio, Fernsehen, anderen Zeitungen und Computernetzen, überprüft werden.

7. Nachdem Sie sich die Schritte 1 bis 6 angesehen haben, können Sie nun Ihr Zeitungslesen einen gewaltigen Schritt vorwärtsbringen, wenn Sie diesen Richtlinien folgen:

   a) Treffen Sie eine Entscheidung über Ihre wichtigsten Ziele, wenn Sie eine Zeitung lesen, und bemühen Sie sich, so nah wie möglich an diesen Zielen zu bleiben.
   b) Überfliegen und durchblättern Sie Artikel und Seiten, indem Sie die in Kapitel 9 dargestellten Techniken verwenden.
   c) Verwenden Sie eine Lesehilfe.
   d) Wenn Sie überfliegen und durchblättern, markieren Sie alle Artikel, die von besonderem Interesse sind.
   e) Schneiden Sie alle Artikel aus, die für Sie längerfristig von Nutzen und Interesse sind.
   f) Werfen Sie den Rest der Zeitung so bald wie möglich weg.
   g) Verwenden Sie ein Merkheft, um jede wichtige neue Information aufzuschreiben oder jede Information, die auf einen täglichen, wöchentlichen oder jährlichen Grundsatz aufbaut.

## Zeitschriften

Zeitschriften sind in vielerlei Hinsicht wie Zeitungen und deshalb treffen die Dinge, die bis jetzt dargestellt wurden, auch auf sie zu. Es gibt jedoch einige signifikante Unterschiede, die es Wert sind, zur Kenntnis genommen zu werden.

1. Die Artikel in Zeitschriften sind allgemein länger als Artikel in Zeitungen.
2. Zeitschriften haben sowohl mehr Abbildungen als auch mehr Farbe in diesen Bildern.

3. Zeitschriften werden nicht innerhalb eines so engen Rahmen erstellt und sind deshalb oft allgemeiner gehalten.

Wegen dieser Unterschiede ist es gewöhnlich leichter, einen logischen Aufbau in einem Zeitschriftenartikel herauszufinden. Tatsächlich wird den meisten Zeitschriften-Journalisten gelehrt: „Sag deinem Leser, was du ihm sagen wirst, sag es ihm und dann sag ihm, daß du es ihm gesagt hast."

Das heißt, daß die meisten Zeitschriftenartikel mit einem „Fopper" oder „Aufhänger" beginnen, dem sofort eine zwingende Aussage zum Zweck des Artikels folgt. Das alles ergibt die Richtlinie „Sag deinem Leser, was du ihm sagen wirst". Als nächstes werden der Kern und der Hauptteil des Artikels folgen. In einem guten Artikel wird dieser logische Argumente, Ausführungen, Bilder und andere Elemente beinhalten, die und helfen sollen, Sie von der Meinung des Schreibers zu überzeugen. Das ist das „Sag es ihm". Der letzte Teil des Artikels, sein Höhepunkt, ist der, in dem der Schreiber eine Art dramatisches Ende benutzt, das einen Rückblick auf die Hauptthesen enthält. Das ist das „Sag ihm, daß du es ihm gesagt hast".

Sie werden bemerken, wie nah diese Formel an der Kurve „Abruf während des Lernens" (Seite 194) ist, was auch so sein sollte.

Die Kenntnis dieses Aufbaus wird es Ihnen erlauben, alle Zeitschriftenartikel weit effektiver zu überfliegen, denn Sie werden genau wissen, wo Sie nach Ihrer Information suchen müssen. Das Durchblättern wird auch viel leichter sein, wenn Sie es mit diesem Artikelaufbau im Gedächtnis tun.

## „Blitzangriff" auf Zeitschriften

Eine wunderbare und erfreuliche Art, seine Magazine durchzuarbeiten, ist es, einen monatlichen „Blitzangriff" auf Zeitschriften zu starten. Das bedeutet, all seine Zeitschriften für eine spezielle monatliche Gelegenheit aufzusparen, bei der Sie sich darauf vorbereiten, jede Seite jeder Zeitschrift, die

Sie gesammelt haben, mit der Super-Meta-Lesehilfe-Geschwindigkeit durchzugehen.

Es ist hilfreich, Ihr Metronom auf mindestens 60 Schläge pro Minute einzustellen, und sich zu zwingen, bei jedem Schlag eine Seite umzublättern, indem Sie Ihre Meta-Lesehilfe die Seite hinunterpeitschen. Der Zweck dieser Übung für Sie ist, nur die Seiten der Zeitschrift auszuwählen, von denen Sie annehmen, daß sie für Sie von Interesse sind. Sie sollten diese Seiten sofort herausreißen und dann in der Geschwindigkeit des Metronoms mit dem Durchsehen der Zeitschrift fortfahren. Die Seiten, die Sie auswählen, sollten Artikel von besonderem Interesse, Fotos oder Bilder beinhalten, die besonders ansprechend sind, Cartoons, die Sie besonders mögen, Anzeigen, die von Nutzen sind, etc. Diese behalten Sie auf einem ordentlichen Haufen, während Sie das unwichtige Material mit Schwung wegwerfen.

In den „Lesekursen für Fortgeschrittene", die im Buzan-Center für Studenten, Berufstätige und „Leseratten" stattfinden, hat eine Studie folgendes ergeben: In über 99 % der Fälle macht der durchschnittliche Betrag des zurückbehaltenen Materials nach dem ersten Lesen zwischen 2 und 10 % aus. Einige Studenten, aber ebenso Führungskräfte, fühlten sich so erleichtert durch ihre plötzliche Entlastung von dem Gewicht des ungelesenen Materials, das aufgearbeitet werden mußte, daß sie fröhlich ihre aussortierten Zeitschriften in die Mitte des Klassenzimmers warfen!

Wenn Sie einmal das relevante Material aussortiert haben, machen Sie einen zweiten Lesedurchgang, dieses Mal, indem Sie es in passende Kategorien einteilen und prüfen. Wegen der Ähnlichkeit der Zeitschriften, die auf den gleichen Leser abzielen, werden Sie oft feststellen, daß eine Anzahl von Artikeln ähnliche Bereiche abdeckt, und Ihr Lesevolumen wird dadurch sogar noch mehr reduziert. Besonders schöne Bilder oder witzige Cartoons können entweder in anderes Lesematerial eingefügt werden, um Ihnen wunderbare Pausen beim Studieren zu verschaffen, oder können in eigene Sektionen eingeordnet werden.

Gewöhnlich endet das darin, daß weniger als 1 % der Zeitung wirklich gelesen werden muß, und man spart sich die anderen 99 % der Anstrengung!

Wenn Sie dann Ihren „Blitzkrieg“ auf die Zeitschriften vollendet haben, kann das gesamte verbleibende Material, das Sie behalten möchten, in Ihre „Wissensdatei“ integriert werden – vgl. Kapitel 21.

# Computerbildschirme

Das Lesen von Computerbildschirmen kann einfacher gemacht werden, indem man hauptsächlich zwei Variablen reguliert: die Umgebung (besonders die Lichtverhältnisse) und Ihre Lesetechnik.

## Verbessern Sie Ihre Bildschirm-Umgebung

- **Licht:** Experimentieren Sie mit verschiedenen Lichtarten. Sie brauchen ein gleichmäßiges, klares, weiches Licht ohne grellen Glanz. Unpassendes Licht kann Ihre Lesegeschwindigkeit bis zu 50 % reduzieren, stellen Sie also sicher, daß es Ihren Bedürfnissen entspricht.
- **Kontrast:** Großer Kontrast erleichtert das Lesen, verbessert deshalb das Verständnis und erhöht die Geschwindigkeit. Unterschiedliche Menschen bevorzugen unterschiedliche Farbkombinationen für Druck und Hintergrund, also noch einmal: Experimentieren Sie, um das Passende für Sie zu finden. Allgemeine Vorlieben schließen schwarze Schrift auf weißem Hintergrund, orange auf schwarz und marineblau auf weiß ein. Was auch immer Ihre Vorliebe sein mag, stellen Sie den Kontrast und die Helligkeit Ihres Bildschirms ein, bis Sie die größtmögliche Druckschärfe erreichen. Wenn das Licht in Ihrem Büro variiert, verändern Sie den Bildschirmkontrast, um das zu kompensieren.

## Speed Reading am Computerbildschirm

- **Verwenden Sie eine Meta-Lesehilfe:** Eine lange, dünne Meta-Lesehilfe, eventuell ein chinesisches Eßstäbchen oder eine Stricknadel, ist besonders nützlich, wenn man von einem Computerbildschirm abliest. Es erlaubt Ihnen, bequemer zu lesen und eine größere Distanz zum Bildschirm zu halten. Die Technik ist identisch mit dem Lesen einer Buchseite.
  Sie können die Meta-Lesehilfe in Verbindung mit den Cursor-Steuertasten verwenden. Drücken Sie auf die Taste mit dem Pfeil nach unten, stellen Sie sie auf eine passende Geschwindigkeit ein, und lassen Sie die Lesehilfe vorwärts und zurück wandern, so wie die Seiten sich vor Ihnen auftun. Wenn Ihre Körperhaltung und Ihre Kopfhaltung passend sind, werden Sie entspannter sein und sich wohler fühlen als derjenige, der keine Meta-Lesehilfe benutzt.
  Wenn man diese Technik anwendet, verliert sich die Anstrengung für die Augen, die von Computer-Lesern gewöhnlich empfunden wird. Sie hilft auch, einen steifen Hals, verkrampftes Atmen, zusammengezogene Schultern und Schmerzen im unteren Rückenbereich zu vermeiden. Stellen Sie sicher, daß das Speed Reading am Computer alle 10 oder 15 Minuten von einer visuellen Pause unterbrochen wird, in der Sie Ihren Augen erlauben, im Zimmer idealerweise in mittlerem und langem Abstand herumzuwandern. Auf diese Weise werden Sie die übliche Ermüdung der Augen vermeiden.
- **Wählen Sie die richtige Schriftart:** Der moderne Computer hat eine Reihe von Schriftarten. Bleiben Sie nicht auf „Standard" hängen. Wählen Sie die Schriftart aus, die es Ihrem Auge-Gehirn-System zum jeweiligen Zeitpunkt am einfachsten macht, sich anzupassen.
- **Wählen Sie den richtigen Zeilenabstand:** Ihr Computer hat eine Vielzahl an Möglichkeiten, den Zeilenabstand einzustellen. Wählen Sie eine aus, die Ihnen am meisten zusagt. Am gebräuchlichsten ist der einzeilige Abstand, denn dieser erlaubt es Ihrer Randsehkraft, durch Anfixieren große Informationseinheiten aufzunehmen.

Chefsekretärinnnen, die kürzlich an einem europäischen Spezial-Managementkurs für Direktionsassistenten multinationaler Organisationen teilgenommen haben, berichteten, daß sie 20 bis 60 % ihres Tages mit dem Lesen von Informationen direkt vom Computerbildschirm oder von Ausdrucken zubringen. Sie sagten, daß sich dieser Prozentsatz mit dem Ansteigen der Menge an Faxmaterial und E-Mail-Nachrichten ständig erhöht. Das Bedürfnis, schnell zu lesen, ist deshalb in einem modernen Büro noch größer.

Die oben angeführten Hinweise werden Ihre Lesegeschwindigkeit am Computerbildschirm zumindest verdreifachen. Das bedeutet, daß die Anzahl der Stunden, die Sie vor Ihrem Bildschirm verbringen müssen, um denselben Faktor reduziert wird, was die Anstrengung für Ihre Augen deutlich verringert.

## So sollten Sie vorgehen

Das Lesen von Zeitungen, Zeitschriften und Computerbildschirmen kann angenehm, unterhaltsam, schnell und produktiv werden, wenn Sie die folgenden Techniken kennen und anwenden.

1. Abonnieren Sie eine oder zwei Zeitungen für das kommende Monat, am besten suchen Sie eine, die sich von dem unterscheidet, was Sie vorher gelesen haben. Wenden Sie für diesen Monat *alle* Techniken an, die Sie ab Seite 206 beschrieben finden.
2. Starten Sie einen „Blitzangriff" auf den Stapel Zeitschriften, den Sie seit Monaten (oder sogar Jahren!) lesen wollten. Wenn Sie nicht in dieser alltäglichen Situation sind, sammeln Sie einige ansprechende Zeitschriften während der kommenden Wochen und machen Sie dann einen „Blitzangriff" auf sie.
3. Üben Sie Speed Reading am Computer an jedem Bildschirm, zu dem Sie in den nächsten Tagen Zugang haben.

Mit Ihrer zunehmenden Gewandtheit beim schnellen Lesen und dem Aneignen von Informationen sowie Ihrer neu gewonnenen Fähigkeit, Informationen aus Zeitungen, Zeitschriften und vom Computer zu selektieren und zu ordnen, ist es wichtig, daß Sie ein „Super-System“ entwickeln, um Ihre wachsenden Kenntnisse in Ihrer eigenen persönlichen Bibliothek aufzubewahren.

# 21. Gestalten Sie Ihre Wissensdatei – Ihre Datenbank außerhalb Ihres Gehirns

Kenntnis ist das eine, organisierte Kenntnis ist tausendmal mehr wert!

## Ihre Wissensdatei

### Wie Sie Ihre Wissensdatei anlegen

Um Ihre Wissensdatei zu gestalten, brauchen Sie einen gewöhnlichen Ringordner, der idealerweise groß genug ist, um 500 Seiten aufzunehmen. Darin sollten sich Trennblätter für jedes Ihrer Hauptwissensgebiete befinden. Sie können diese leicht entdecken, wenn Sie eine Mind Map anlegen. Ihr Zentrum bildet Ihr Bild mit einem fragenden Ausdruck im Gesicht. Notieren Sie schnell alle Wissensgebiete, die von größtem Interesse für Sie sind. Die wichtigsten Abzweigungen Ihrer Mind Map werden Ihnen eine adäquate erste Definition Ihrer speziellen Interessensgebiete geben.

### Wie Sie Ihre Wissensdatei führen

Wenn Sie Ihre wichtigsten Interessensgebiete definiert haben, ist der nächste Schritt, Informationen in jeder Sektion zu sammeln. Das machen Sie, indem Sie alle zusammenfassenden Mind Maps, die Sie vielleicht während Ihres Lesens oder Ihrer Studien gemacht haben, einordnen und besonders die Artikel, die Sie beim Lesen Ihrer Zeitungen und Zeitschriften (vgl. Kapitel 20) gesammelt haben, aufnehmen.

## Wie Sie Ihre Wissensdatei pflegen

Es ist wichtig, seine Zeit, seine Wissensdatei und sich selbst erstklassig und effektiv einzuteilen. Ein Weg, das zu tun, liegt in der Auswahl passender Artikel und Informationen über einen Zeitraum von einem Monat und dem Gestalten dieser Informationen als Buch. Lesen Sie es am Ende des Monats. Kombinieren Sie Ihre Speed-Reading-Fähigkeiten mit der organischen Mind-Map-Studientechnik (vgl. Kapitel 19), und Ihre Lese-Effektivität wird auf vielerlei Arten gesteigert. Zuerst werden Sie, während Sie jeden Artikel und jede Information lesen, eine ähnliche geistige Struktur feststellen; zum zweiten werden Sie eine Gestalt (ein ganzes Bild) aller Informationen erlangen, und drittens haben viele „verschiedene" Artikel, die in etwa zur selben Zeit veröffentlicht wurden, die Tendenz, ähnliche Informationen zu wiederholen – Sie können sich deshalb viel Anstrengung ersparen, wenn Sie sich wiederholende Gebiete überfliegen.

# Bauen Sie Ihre Wissensdatei aus Mind Maps auf

Wenn Sie Ihre Wissensdatei auf diese Art lesen, legen Sie ständig wachsende Zusammenfassungen in Form von Mind Maps über Ihr erweitertes Wissen an. Dieser konstante Prozeß des Zurückblickens und Integrierens wird Ihnen nicht nur größeres Verständnis des Materials garantieren, sondern auch ein viel exakteres Erinnerungsvermögen daran. Diese Kombination wird Sie zur nächsten Stufe führen: der Master-Mind-Map. Auf Ihrer Master-Mind-Map fassen Sie alle wesentlichen Bestandteile jedes vorhandenen Wissensgebiets zusammen. Das ist der „Master-Code", mit dem Ihr Gehirn auf seine riesige Datenbank zugreifen kann.

Wenn Ihre Master-Mind-Map anwächst, werden seine Grenzen anfangen, sich mit denen anderer Gebiete zu verknüpfen; und das, was Sie bereits wissen, wird zunehmend eine Assoziationshilfe zu noch mehr Wissen werden. Die verschiedenen Wissensgebiete werden anfangen, komplizierter ineinanderzugreifen, und Sie werden schließlich die Ebene erreichen, wo Sie ein wirklich umfassendes Allgemeinwissen haben. Wenn das geschieht, werden Sie erkennen, daß es um so leichter wird, mehr zu wissen, je mehr Wissen Sie schon haben!

### Phantastisch schrumpfende Wissensdateien?!

Einige meiner Studenten, die Wissensdateien und Master-Mind-Maps angelegt haben, sind mit mir auf eine außergewöhnliche Tatsache gestoßen, die nach zwei bis fünf Jahren eintritt – unsere Wissensdateien haben tatsächlich zu schrumpfen begonnen. Das kommt daher, daß Ihre Erinnerungs- und Ihre zusätzliche Integrationsfähigkeit genauso wachsen wie Ihr Basiswissen.

Wenn Sie fortfahren, Ihre Wissensdatei zu nähren, werden Sie erkennen, daß viele Artikel, die Sie einmal für wichtig hielten, aussortiert werden können. Ihre Wissensdatei wird dadurch eine kompensierte, geschmackvolle und zeitlose Zusammenfassung von wesentlichen Dingen Ihrer speziellen Interessen. Sie werden ein „Experte im Lernen“ sein.

## So sollten Sie vorgehen

**1.** Gestalten, bauen und benutzen Sie Ihre Wissensdatei.
**2.** Üben Sie ihre fortgeschrittenen Meta-Lesehilfe-Techniken und bereiten Sie sich auf Ihren abschließenden Selbsttest und Ihre Höchstgeschwindigkeit vor.
**3.** Wiederholen Sie das ganze Buch, indem Sie Ihre Meta-Lesehilfen verwenden, um für die abschließende Mind Map bereit zu sein.

# 22. Der Wert von Literatur und Poesie

Warum sollte man Poesie und Literatur lesen? Weil die großen Denker der Geschichte uns in ihnen leichte Zugänge in die Welt der Vorstellung, Phantasie, der Ideen, Philosophie, des Lachens und der Abenteuer verschafft haben; weil Sie durch ihr Lesen Ihr Wissen und Ihre eigenen historischen und kulturellen Datenbanken erweitern; weil sie Nahrung für Ihre Seele sind.

## Die literarischen Elemente

Viele Menschen behaupten, daß man eine Erzählung nicht schnell lesen kann, denn man werde so die Bedeutung nicht verstehen und den Rhythmus der Sprache nicht erkennen. Nichts könnte von der Wahrheit weiter entfernt sein.

Ein Roman kann mit einem Ozean verglichen werden. Die kleinen Wellen, die wir an die Küste schlagen sehen, werden tatsächlich auf Wellen getragen, die so lang sind wie neun normale Wellen. Diese Wellen werden selbst von Wellen getragen, die wiederum neun von diesen bewegen, und diese größeren Wellen werden gleichermaßen von Wellen getragen, die neun von *ihnen* transportieren. Einige Wellen im Ozean sind Meilen lang.

Ähnlich verhält es sich mit einem Roman. Der Rhythmus der Sprache kann mit den Oberflächenwellen verglichen werden. Die größeren Rhythmen sind andere, tiefergehende Elemente des Romans. Der Schnelleser kann sie alle würdigen.

## Handlung/Plot

Die Handlung ist die strukturelle Basis der Geschehnisse in einem Roman; der „rote Faden“ der Geschichte, wenn man so will. Er mag in hauptsächlich beschreibendem Erzählen eine relativ untergeordnete Rolle spielen oder eine Hauptrolle in den spannenden Romanen.

## Thema

Das Thema gibt an, worum sich die Handlung dreht. In der *Forsythe-Saga* etwa, einer Reihe von Erzählungen, die sich um eine viktorianischen Familie drehen, könnte das Hauptthema unterschiedlich erachtet werden: Kapitalismus versus Kreativität, Konservatismus versus Liberalismus, Konformität versus Individualität oder Reichtum versus Armut. Untergeordnete Themen, die parallel zum Hauptthema verlaufen, tauchen in Romanen häufig auf. Diese betreffen oft unbedeutende Liebesgeschichten oder nebengeordnete Charaktere.

## Philosophie

Die Philosophie ist das Ideensystem, welches die Gesamtheit der Arbeit beherrscht, und kann oft als Kommentar des Autors zu den Themen erachtet werden, um die sich das Buch dreht. Zu den Romanautoren, die für ihren philosophischen Inhalt in ihren Romanen bekannt sind, gehören Dostojewsky, Dickens, Sartre und Thomas Mann.

## Standpunkt/Erzählperspektive

Der Standpunkt ist nicht notwendigerweise nur die Sichtweise des Autors oder der persönliche Eindruck über das, was er schreibt. Er ist viel öfter der physische Standpunkt, von dem aus die Geschehnisse, die beschrieben werden, gesehen werden. Der Autor kann beispielsweise „allwissend" sein, abseits stehen und die Vergangenheit, Gegenwart und die Zukunft der Handlung betrachten, die er beschreibt (Henry James trat für eine Abschaffung dieses Kunstgriffs ein, da er der Meinung war, sie würde die wahre Darstellung trüben).

Im Gegensatz zu diesem allwissenden Erzähler kann der Autor selbst zum Ich-Erzähler werden, wie in Hammond Innes Abenteuergeschichten und Nabokovs *Lolita*.

## Entwicklung der Charaktere

Die Entwicklung der Charaktere betrifft die Veränderungen, die die Menschen in der Geschichte durchlaufen. Sie mag von einem Extrem wie Ian Flemings James Bond reichen, der durch die Reihe seiner Romane komplett unverändert bleibt, bis hin zu Etienne in Zolas *Germinal*, der als rebellischer Jüngling auftaucht und sich zu einem reifen, pflichtbewußten Mann entwickelt. Die Entwicklung der Charaktere kann sich auch auf die Art beziehen, wie der Autor seine Charaktere vorstellt, indem er ihre physischen oder mentalen Eigenheiten, Beweggründe etc. beschreibt.

## Stimmung und Atmosphäre

Diese zwei Ausdrücke beziehen sich auf die Art, auf die der Autor ein Gefühl der Realität oder Irrealität und die emotionelle Antwort des Lesers hervorruft. Manche ziehen es vor, nur einen dieser Termini zu verwenden, obwohl sie voneinander unterschieden werden können: Stimmung kann als die Reaktion beschrieben werden, die das Individuum aufgrund der Atmosphäre eines geschriebenen Stücks empfindet. Die Atmosphäre in den Erzählungen von Edgar Allen Poe könnte etwa als morbid und bedrohlich beschrieben werden, während die Stimmung des Lesers wahrscheinlich zwischen erschrocken und angeregt schwankt.

## Setting

Das Setting bezeichnet die physische Örtlichkeit und den Zeitabschnitt, in dem die Handlungen stattfinden. Weil der Hintergrund normalerweise gut ersichtlich ist, wird seine Bedeutung oft unterschätzt – tatsächlich haben die leichtesten Unterschiede in Zeit oder Ort aber sehr deutliche Auswirkungen auf die Handlung, die Stimmung, Atmosphäre und Bildhaftigkeit.

## Bildhaftigkeit

Mit Bildhaftigkeit werden oft Gleichnisse und Metaphern bezeichnet, was bedeutet, daß Dinge, Menschen und Begebenheiten in kreativer und phantasievoller Sprache beschrieben werden. Die Wortwurzel „Bild" ist vielleicht am hilfreichsten, um zu einem Verständnis dieses Ausdrucks zu kommen. Z.B.: Sir Walter Scott beschreibt Edinburgh in *The heart of Midlothian* als „das pulsierende Herzstück der schottischen Szenerie", und Dickens benutzt die Bilder von Tod und Begräbnis, schweren Kränzen, Farben der Fäulnis und ausgemergelten Köpfen und Gestalten in *A tale of two cities*, wenn er die Befreiung eines Gefangenen beschreibt, der 18 Jahre lebendig begraben war. Dunkelheit und Schatten beherrschen das Bild.

## Symbolgehalt

Einfach erklärt, bedeutet Symbolgehalt, daß eine Sache für eine andere steht oder sie repräsentiert. Durch weite Teile der Literaturgeschichte symbolisierte die Erde z.B. Fruchtbarkeit und Geburt.

Seit der Veröffentlichung der Freudschen Theorien ist die Symbolhaftigkeit ein immer stärker werdendes wichtiges Element in der Literatur, mit einer neuen Betonung der Sexualität. Jedes herausragende Objekt, wie ein Gewehr oder ein Baum, kann verwendet werden, um die männlichen Sexualorgane darzustellen; jedes runde oder muldenartige Objekt, wie eine Büchse oder ein kreisrunder Teich, kann verwendet werden, um die weiblichen Sexualorgane zu symbolisieren.

Ein ausgezeichnetes Beispiel für den Symbolgehalt kann in *A tale of two cities* gefunden werden, als ein Faß roten Weines ausgeschüttet wird. Der Pöbel trinkt den schmutzigen Bodensatz mit Wonne, was den rasenden Hunger anzeigt, der später zum Vergießen echten Blutes in der Französischen Revolution führt. In *The fox* von D. H. Lawrence symbolisiert die eisige Einöde, in der zwei Frauen leben, ihre Frigidität, während das Erschießen des Fuchses durch den männlichen Charakter (was die verbreitete Meinung der männlichen Bedrohung symbolisiert) ihn zur dominanten männlichen Figur macht.

Der Symbolgehalt eines Werkes ist oft viel verborgener als in diesen Beispielen.

## Sprachgebrauch

Der Gebrauch der Sprache durch die Autoren variiert vom harten maskulinen Stil eines Hemingway zu der fließenden und poetischen Prosa eines Nabokov. Die Sprache, die ein Autor benutzt, ist immer enthüllend, und wenn Sie sorgfältig darauf achten, werden Sie oft eine viel tiefere Einsicht in die Bedeutungsabstufungen und die Stimmung innerhalb des Werkes erlangen.

Ich habe die unterschiedlichen Aspekte eines Romans einzeln behandelt, aber es ist wichtig, sich in Erinnerung zu rufen, daß sie alle miteinander verwoben sind. Der Schauplatz der Geschichte kann z.B. symbolisch sein – und so ist das auch bei anderen Aspekten. Wenn Sie Literatur lesen, versuchen Sie immer, sich der komplexen ineinander verwobenen Beziehungen all dieser Aspekte bewußt zu sein.

# Poesie

Viele Menschen bestehen darauf, daß Poesie sehr langsam gelesen werden sollte. Unsere Sprechgeschwindigkeit beträgt ungefähr 200 Wörter pro Minute, aber viele von uns tendieren dazu, Poesie mit einer Geschwindigkeit von weniger als 100 Wörtern pro Minute zu lesen. Tatsächlich behindert das eine angemessene Würdigung, denn ein langsames, schwerfälliges Hindurchstapfen durch ein Gedicht zerstört den natürlichen Rhythmus und verbirgt vor dem Leser viel von der Bedeutung. In Schulen wird dieses Problem von Lehrern verschlimmert, die es verabsäumen, Schüler zu korrigieren, wenn sie jede Zeile lesen, als läge die Bedeutung an ihrem Ende. Das ist oft einfach nicht der Fall. Intellektuelle Poeten lassen ihre Bedeutung *durch* die Zeilen fließen. Der beste Zugang zum Lesen der Poesie ist wie folgt:

**1.** Beginnen Sie mit einem sehr schnellen Überblick, der es Ihnen in Grundzügen ermöglicht festzustellen, worum sich das Gedicht dreht und wohin es führt.
**2.** Lesen Sie es dann schnell, aber gründlich noch einmal, um einen genaueren Eindruck von der Art zu erhalten, wie sich die Zeilen aufeinander beziehen und die Art, wie Gedanken und Rhythmus ineinandergreifen und fortschreiten.
**3.** Nun machen Sie eine gemächliche Wanderung durch das Gedicht, indem Sie sich auf Stellen von besonderem Interesse konzentrieren.
**4.** Lesen Sie das Gedicht laut.

Bei der endgültigen Analyse ist die Geschwindigkeit oft irrelevant, wenn man sich mit Literatur und Poesie beschäftigt – was am besten mit dem Musikhören oder der Wertschätzung für Kunst verglichen werden kann. Man hört sich Beethovens „Fünfte Symphonie" nicht nur einmal an und wirft die Aufnahme mit dem triumphierenden Aufschrei fort: „Also, jetzt habe ich das mit einer Geschwindigkeit von 33 Wörtern pro Minute geschafft!"

Wenn Sie Literatur und Poesie lesen, bringen Sie all Ihr Wissen und Ihre persönliche Urteilskraft ins Spiel, und wenn Sie das Gefühl haben, daß es sich dabei um die Art des Schreibens handelt, die Sie für immer in Ehren halten möchten, vergessen Sie das Schnellesen dabei, und reservieren Sie die Literatur für Gelegenheiten, wo Sie nicht unter Zeitdruck stehen.

## Zusammenfassung

1. Ein Roman kann mit einem Ozean verglichen werden – er hat viele Bedeutungsebenen. Jeder kann man sich auf unterschiedliche Weise und mit einer anderen Lesegeschwindigkeit nähern.
2. Alle Elemente eines Romans sind untereinander verknüpft.
3. Poesie sollte, wie der Roman, in Ebenen gelesen werden, und grundsätzlich viel schneller, als es die meisten Menschen für angebracht halten.

## So sollten Sie vorgehen

1. Kaufen oder borgen Sie sich einen Gedichtband und lesen Sie ihn in der beschriebenen Weise. Ihr Zugang sollte der sein, den Sie von allem, was Sie gelernt haben, am passendsten finden. Sie sollten jetzt anfangen, Ihre eigenen Entscheidungen zu treffen, auf welche Weise Sie jedes vorhandene Material angehen.
   Wenn Sie diese Entscheidungen treffen, gibt es sicher Dinge, die konstant bleiben sollten, dazu gehören der Gebrauch Ihrer Lesehilfe, Ihre Konzentration auf die Leseziele und Ihre sich entwickelnde Fähigkeit, Ihre Lesegeschwindigkeit zu steigern, während Sie Ihr Verständnis beibehalten und verbessern.

2. Wählen Sie einen Roman eines Ihrer Lieblingsautoren aus, und lesen Sie ihn, indem Sie Speed-Reading-Fertigkeiten anwenden, die Sie sich bis jetzt angeeignet haben. Gehen Sie sicher, daß Sie sich einen Überblick verschaffen, legen Sie eine Mind Map an, verwenden Sie Ihre Lesehilfe, und analysieren Sie den Text.
3. Lesen Sie die folgenden Gedichte, die von mir stammen, indem Sie die vorhin beschriebenen Vorgehensweisen benutzen. Ein Schlüssel zum ersten Text ist, daß er sich sehr stark auf die Informationen vom Kapitel 4 bezieht. Ein Schlüssel zum zweiten Text ist, daß er sich sehr stark auf das fortschreitende Thema der Lesegeschwindigkeit bezieht: das Auge-Gehirn-Wahrnehmungs-System. Ich wüßte Ihre Interpretationen und Kommentare zu schätzen.

## Verblüffend

Ein Bild ist soviel wie tausend Worte wert.

Man lehrt mich zu verstehen, daß meine drei Millionen Lichtpunkte der Netzhaut
alle 5 Hundertstel einer Sekunde
je
1.200 Millionen Lichtquanten absorbieren

Fünfhundert
realitätsnahe
Schnappschüsse von Dir
jede Sekunde

Wie ich betrachte,
staunend,

und Du fragst
irgendwo aus der Ferne:

„Was denkst Du?"

„Warum sprichst Du nicht mit mir?"

## Die Klippe und der Mann

Die Kante der Klippe winkte ihn heran,
bat ihn näher zu kommen,
sich an die Kante zu stellen;

aber er trickste sie aus,
kam auf Katzenpfoten näher,
und krümmte sich
eine eigene Körperlänge entfernt –
bewegte seinen Körper sanft vorwärts;
schob sicher sein Sehen hinüber.

Und sie brachte ihn lachend ins Schwimmen,
dehnte ihn in ihre Weite,
zerrte die Schnürsenkel seines Geistes
hinunter zu den bemoosten felsigen Kanten der Tiefe,
wirbelte ihn ihre Wände und Riffe hinunter,
spielte mit seine Augen Yo-Yo
und ganz weit unten
brüllte ihn ihre See an.

Er kämpfte mit ihrem Angebot,
zog seinen kleinen Raum zusammen;
hüllte sie ein.

So schleuderte sie ihm ihren Erdvogel entgegen
die Seemöve
die seinen Geist
zur Extase trieb,
ritt den Trichter
ihrer Tiefe
legte den Wind, der ihn streifte, mit Federn aus
noch immer am Klippenrand
fegte über jede Krümmung
brachte jeden Windhauch zum Schweigen
brachte jeden aufsteigenden Lufthauch herein
löschte jedes Riff und jede Kante für ihn aus
zog ihn, zog ihn hinaus

Der Verführer war verführt.

# 23. Ihre außergewöhnlichen Möglichkeiten für die Zukunft

Gestalten Sie sich. Sie gestalten die Zukunft.

Ihr Speed-Reading-Kurs nähert sich nun dem Ende seiner ersten Etappe. Diese Etappe ist der Abschluß dieses Buches. Die nächste Etappe wird daraus bestehen, Ihre neuen Fähigkeiten zu üben und Mind Maps aller Bücher zu erstellen, die Sie von jetzt an lesen und an die Sie sich erinnern möchten.

An diesem Punkt wäre es hilfreich, noch einmal kurz auf das ganze Buch zurückzublicken und die wichtigsten Punkte in Mind Maps festzuhalten. Sie können auch die Mind Maps der Abbildungen I, IV, V, VI, VII und VIII verwenden, um sich dabei Hilfe zu holen.

Ihr dauerhafter Erfolg in allen Bereichen des Speed Reading hängt sowohl von Ihrer persönlichen Entscheidung ab, die Arbeit fortzuführen, die Sie begonnen haben, als auch von der Fähigkeit Ihres Gehirns zu lesen, zu vergleichen, zu verstehen, sich zu erinnern, zu kommunizieren und zu gestalten – eine Fähigkeit, von der wir wissen, daß sie unbegrenzt ist! Ihr Erfolg ist deshalb garantiert!

Ihr abschließender Selbsttest wird Ihnen weitere Informationen über Ihr erstaunliches Gehirn geben. Während Sie ihn lesen, bringen Sie das ganze relevante Wissen, das Sie durch das *Schnellesebuch* erworben haben, zur Anwendung und versuchen alles, was Ihnen möglich ist, um Ihre vorhergehenden Übungen zu übertreffen. Wenn Sie „Ihr Gehirn – der außergewöhnliche Webstuhl" lesen, werden Sie erkennen, daß Sie sogar noch erstaunlicher sind, als Sie es bisher von sich gedacht haben.

# Die vorerst letzte Übung!

## Selbsttest 7

## Ihr Gehirn – der außergewöhnliche Webstuhl

„Das menschliche Gehirn ist ein außergewöhnlicher Webstuhl, in dem Millionen von umherflitzenden Webschiffchen ein ineinander übergehendes Muster weben, immer ein bedeutungsvolles Muster, doch nie ein beständiges. Es ist, als ob die Milchstraße einen kosmischen Tanz beginnen würde."
Sir Charles Sherrington

### Das menschliche Gehirn und seine Leistungsfähigkeit

Das Gehirn mit einer Galaxie zu vergleichen, ist tatsächlich eine vernünftige Analogie. Jeder gesunde Mensch auf unserem Planeten trägt diese 1,75 Kilo schwere Zellmasse mit sich herum, ohne viele Gedanken daran zu verschwenden; dennoch ist jedes normale Gehirn in der Lage, mehr Verbindungsmuster zu erzeugen, als es Atome im Universum gibt.

Das Gehirn besteht aus ungefähr 10 Milliarden Nervenzellen, und jede kann Tausende Male jede Sekunde an einer enorm großen Anzahl von komplexen Verbindungen beteiligt sein. Allein auf mathematischer Ebene ist die Komplexität erstaunlich. Jede der 10 Milliarden Neuronen im Gehirn verfügt über die Kapazität von $10^{28}$ möglicher Verbindungen. Verständlicher ausgedrückt bedeutet das: Wenn man die theoretische Anzahl der möglichen Verbindungen in Ihrem Gehirn als Zahl ausschriebe, würde diese mit 1 beginnen und ungefähr 10,5 Millionen Kilometer Schreibmaschinen-Nullen lang sein.

Trotz der vielfältigen, detaillierten Entdeckungen der Neuro-Physiologie ist es die Kapazität Ihres Gehirns, die am aufregendsten ist. Es ist unbestritten, daß wir alle unser Gehirn unterfordern – wenn wir es nicht sogar mißbrauchen. Das ist kaum überraschend. Wenige von uns werden je ein menschliches Gehirn sehen. Jene, die es gesehen haben, beschreiben es als einen nicht besonders bemerkenswerten Anblick.

Ein Konzertpianist oder ein Tischler weiß seine Hände über alles zu schätzen, ein Maler seine Augen, ein Läufer seine Beine. Aber Hände sind ohne Gehirn genauso nutzlos wie ein Piano ohne Spieler. Gerade wegen seiner Omnipräsenz wurde die Kapazität des Gehirns weitgehend unterschätzt. Es ist in alles, was wir tun, eingebunden, in alles, was uns widerfährt, und so stellen wir fest, daß ohne dieses Organ nichts möglich wäre für uns – dieses Organ, das wir oft gar nicht wahrnehmen, das jede Erfahrung für uns klassifiziert und wieder abrufbar hält.

Wir kümmern uns viel zu viel um Unterschiede zwischen den Menschen, zwischen den Dingen, zwischen allem, was wir beobachten. Seit wir wissen, daß Gehirne existieren, haben wir die meisten unserer Anstrengungen nicht darauf verwandt, sie zu verbessern, sondern Systeme zu ersinnen, um die Unterschiede zwischen ihnen zu demonstrieren. Das gilt nicht nur in der Schulerziehung, wo Bestehen oder Versagen das ultimative Kriterium ist, sondern für jeden Aspekt unseres Lebens. Wir sind Amerikaner *oder* Chinese, Gelehrter *oder* Bauer, Künstler *oder* Wissenschaftler. Diese Unterschiede existieren natürlich, und es wäre dumm, sie gänzlich abzutun. Aber die angeborene Fähigkeit jedes Gehirns in seiner eigenen Berechtigung ist auch wichtig. In jedem Kopf gibt es ein bemerkenswertes Kraftwerk, ein kompaktes, effizientes Organ, dessen Kapazität sich immer weiter in Richtung Unendlichkeit auszudehnen scheint, je mehr wir davon lernen. Wir sollten also weniger auf die Unterschiede achten als vielmehr auf vorhandene Potentiale!

John Rader Platt drückte diese Ansicht so aus: „Wenn dieses Vermögen an Komplexität irgendwie in sichtbare Helligkeit transformiert werden könnte, so daß es vor unseren Sinnen deutlicher hervorstäche, würde die biologische Welt im Vergleich mit der physischen ein sich bewegendes Lichtfeld werden. Die Sonne mit ihren gewaltigen Eruptionen würde zu einer bleichen Einfachheit verblassen, wenn man sie mit einem Rosenbusch vergliche, ein Erdwurm wäre ein Leuchtfeuer, ein Hund eine Lichterstadt, und menschliche Wesen würden wie flammende Sonnen der Komplexität hervorstechen, wie funkelnde Bedeutungsexplosionen zueinander durch die dämmrige Nacht der physischen Welt dazwischen. Wir würden einander blenden. Sehen Sie sich die mit einem Glorienschein umgebenen Köpfe Ihrer seltenen und komplexen Gefährten an. Ist es nicht so?“

Die Basis dieses „Vermögens an Komplexität“ ist die Nervenzelle – das Neuron. Sogar jene, die mikroskopisch klein sind, sind in sich bemerkenswert komplex. Neuronen unterscheiden sich von den meisten anderen Zellen darin, daß sie eine kompliziertere Form und viele zweigartige Verlängerungen haben, die in der Lage sind, sich untereinander zu verbinden, um Nervenimpulse weiterzugeben. Innerhalb des Nervensystems variieren die Neuronen gewaltig in der Größe. Einige, die von den Zehen oder den Fingern zum Rückenmark verlaufen, können eine Länge von bis zu 1 Meter erreichen. Andere, in der Großhirnrinde z.B., sind mehr als tausendmal kleiner.

Alles, was wir tun, vom Bewegen eines Muskels bis zum Denken großartiger Gedanken, schließt komplizierte neuronale Funktionen ein. Welche Aktivität auch immer, der Vorgang ist jedenfalls ähnlich und im Reiz der Neuronen begründet. Er besteht aus elektrochemischen Signalen, die von einem Neuron zum anderen übermittelt werden; nicht einfach einzeln und langsam, sondern in schnellen, vielfältigen Kommunikationswellen. Jedes Neuron hat einen Hauptkörper, der spezielle chemische und genetische Informationen zum Inhalt hat, und ein Axon, das die vitalen Nervenimpulse führt. Es hat auch eine variable Anzahl astförmiger Verzweigungen. Das sind die Empfänger der Impulse oder Informationen, entweder direkt vom Sinnesorgan oder noch häufiger von anderen Neuronen im Verbindungsteppich.

Der präzise Ort der Impulsübermittlung von einem Neuron zum anderen ist die Synapse, wo die Information über einen mikroskopisch kleinen Spalt „fließt", dem Funken einer Zündkerze oder dem Verteiler im Inneren eines Verbrennungsmotors nicht unähnlich. Physik und Chemie dieses Prozesses sind immens kompliziert. In der Synapse werden chemische Substanzen freigesetzt, die es den elektrischen Impulsen ermöglichen, übertragen zu werden. Und die Synapse hat außerdem eine Schwelle, die beeinflußt, wie schnell der Impuls angenommen wird. In bekannten oder reflexartigen Aktivitäten ist die Schwelle niedriger, so daß der Kreislauf schneller funktioniert. Eine höhere Schwelle bedeutet, daß das Signal schwieriger zu übermitteln ist.

Ein Impuls von einem einzelnen Neuron verursacht Aktivität in der Synapse, die es mit anderen bildet, und sogar der einfachste mentale oder physikalische Prozeß involviert Hunderte von Neuronen, die Impulse in komplexen kaskadenartigen Kommunikationswellen und Kooperation empfangen und übermitteln. Hunderttausend neuronale Nachrichten in einer Sekunde sind üblich.

Alles, was wir tun und erfahren, schließt deshalb diesen komplizierten bio-elektrischen Prozeß ein – vom Tennisspielen bis zum Zahlen von Rechnungen. Das ist nicht so verwirrend, wie es scheinen mag. Wir wissen, daß die Augen nicht selbst sehen: Sie sind hauptsächlich Linsen. Die Ohren hören nicht selbst: Sie sind sozusagen Mikrophone. Wenn wir im Fernsehen ein Kricketspiel ansehen, sehen wir nicht die Spieler selbst, sondern deren elektronische Vergegenständlichungen auf der Bildröhre. Was zwischen der Katze ist, die man körperlich sieht, und dem Bild Ihres Gehirns von der Katze sind Abfolgen neurophysiologischer Prozesse, genauso wie es Abfolgen elektronischer Prozesse zwischen dem aktuellen Kricketspiel gibt und dem Bild, das Sie im Fernsehen sehen.

Unsere Gehirne sind, wörtlich genommen, fast alles. Wir können ihnen mehr geben, und sie können uns im Gegenzug und in Ergänzung dazu versorgen. Das Gehirn ist unsere geheime, stille Waffe. Wenn wir nur beginnen können, mehr von seiner Kraft zu nutzen, werden wir tatsächlich ein Licht sehen, das unsere Augen blenden, aber auch erstaunen wird. Um John Rader Platt zu zitieren: „Viele unserer sensibelsten Denker sehen den Menschen heute noch als den Antihelden; das hilflose Opfer der Waffen und Kriege, der Regierungen und Mechanismen sowie seelenzerstörender Organisationen und Computer – so, wie er es wirklich ist. Aber inmitten der von Menschenhand gemachten und inhumanen Entropie wächst, wie ein Viertes Gesetz der Menschheit, sogar in den Laboratorien eine Erkenntnis, daß der Mensch auch geheimnisvoll und schwer zu definieren ist, selbstbestimmt und ewig. Ein Leuchtturm der Komplexität und das bestimmende Kind des Universums. Ausgestattet und dazu ausersehen sich einzusetzen, zu wählen, zu handeln, zu kontrollieren und zu sein."

Stoppen Sie jetzt Ihre Uhr, berechnen Sie die benötigte Zeitspanne: ......... Minuten.

Indem Sie die Anzahl der Wörter im Absatz (in diesem Fall 1.197) durch ihre gestoppte Zeit (in Minuten) dividieren, erhalten Sie Ihre derzeitige Lesegeschwindigkeit in Wörtern pro Minute (WpM):

$$\text{Wörter pro Minute (WpM)} = \frac{\text{Anzahl der Wörter}}{\text{Zeit}}$$

Wenn Sie Ihre Berechnung beendet haben, tragen Sie das Resultat in das Feld WpM in Ihre Fortschrittstabelle und Ihr Fortschrittsdiagramm auf Seite 235 f. ein.

Weiter im Selbsttest: Jetzt geht es darum, wieviel des Textes Sie verstanden haben. Überprüfen Sie die Statements auf Richtigkeit, und beantworten Sie die Fragen (ohne Nachblättern im Text!):

**1.** Wer beschrieb das menschliche Gehirn als außergewöhnlichen Webstuhl?
a) Sir Charles Sherrington b) Peter Russell
c) John Rader Platt d) Isaac Newton

**2.** Das menschliche Gehirn wiegt ungefähr:
a) 2 Kilo b) 1,5 Kilo
c) 1,75 Kilo d) 2,25 Kilo

**3.** Die Anzahl der möglichen Verbindungen für eine Gehirnzelle ist:
a) $10^{10}$ b) $10^{19}$
c) $10^{28}$ d) $10^{39}$

**4.** Seit wir wissen, daß solche Dinge wie Gehirne existieren, haben wir jede Anstrengungen unternommen:
a) sie zu verbessern
b) Systeme zu ersinnen, um die Unterschiede zwischen ihnen zu demonstrieren
c) sie zu mißbrauchen
d) sie zu zerstören

**5.** Wer verglich die Komplexität des Gehirns, das man in sichtbare Helligkeit umwandelt, mit der physischen Welt?
a) Sir Charles Sherrington b) John Rader Platt
c) Galileo d) Einstein

**6.** „Die Sonne mit ihren gewaltigen Eruptionen würde zu bleicher Einfachheit verblassen, verglichen mit ………"

**7.** Und „ein Hund wäre"
a) ein Rosenbusch b) ein Signalfeuer
c) eine Sonne d) eine Lichterstadt

**8.** Die Basis des Vermögens an Komplexität des Gehirns ist:
a) die Nervenzelle oder das Neuron
b) die Verzweigung

c) ein Axon
d) die Großhirnrinde

**9.** Neuronen unterscheiden sich von den meisten anderen Zellen darin, daß sie:
a) einfacher sind
b) eine kompliziertere Form haben
c) größer sind
d) kleiner sind

**10.** Neuronen können eine Größe erreichen von:
a) einem Zentimeter b) 2,5 Zentimeter
c) 30 Zentimeter d) einem Meter

**11.** Der Prozeß der elektrochemischen Signale, die von einem Neuron zum anderen übermittelt werden, schreitet fort:
a) einzeln und langsam
b) in schnellen, vielfältigen Kommunikationswellen
c) schneller als die Lichtgeschwindigkeit
d) nur, wenn wir denken

**12.** Ein Axon:
a) ist größer als eine Gehirnzelle
b) ist der Hauptteil der Synapse
c) führt vitale Nevenimpulse
d) ist ein anderer Name für eine Gehirnzelle

**13.** Physik und Chemie der Prozesse in der Synapse sind grundsätzlich einfach.

**14.** Eine übliche Anzahl von neuronalen Nachrichten pro Sekunde ist:
a) 100 b) 1.000
c) 10.000 d) 100.000

**15.** Wer schrieb über das „Vierte Gesetz der Menschheit“:
a) Einstein b) Freud
c) Platt d) Sherrington

Überprüfen Sie nun Ihre Antworten. Dann teilen Sie Ihre Anzahl richtiger Antworten durch 15 und multiplizieren sie mit 100, um Ihren Prozentwert an Verständnisfähigkeit zu errechnen.

**Auflösungen**

| | | |
|---|---|---|
| 1: a) | 2: c) | 3: c) |
| 4: b) | 5: b) | 6: Rosenbusch |
| 7: d) | 8: a) | 9: b) |
| 10: d) | 11: b) | 12: c) |
| 13: Falsch | 14: d) | 15: c) |

$$\text{Verständnisleistung: } \frac{\text{Anzahl richtiger Antworten x 100 \%}}{15}$$

Tragen Sie jetzt Ihr Ergebnis in Ihre Fortschrittstabelle und in Ihrem Fortschrittsdiagramm auf Seite 235 f. ein.

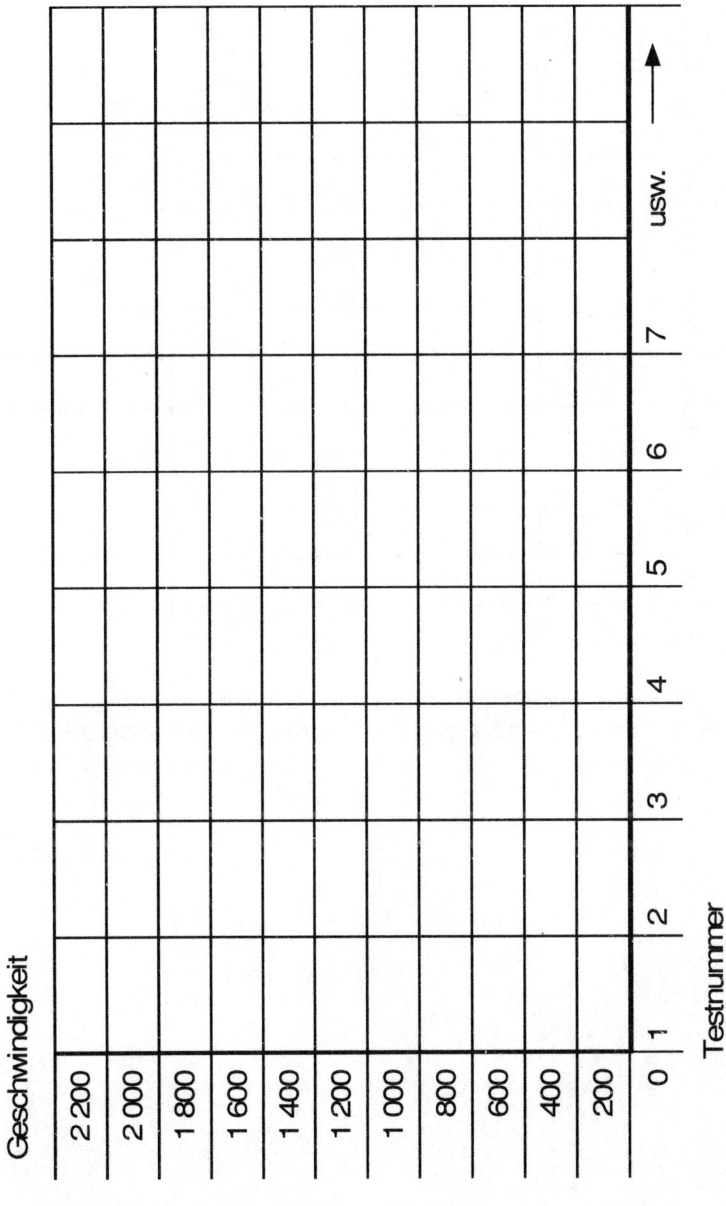


Abb. 16 a: Fortschrittstabelle

| Lesetest-Nr. | Zeit [min., sec] | Geschwindigkeit [WpM] | Verständnis [ % ] |
|---|---|---|---|
| 1 | | | |
| 2 | | | |
| 3 | | | |
| 4 | | | |
| 5 | | | |
| 6 | | | |
| 7 | | | |
| 8 | | | |
| 9 | | | |
| 10 | | | |

Abb. 16 b: Fortschrittsdiagramm. Benutzen Sie idealerweise eine Farbe für Ihre Geschwindigkeit und eine andere für Ihr Verständnis

# Über den Autor

Tony Buzan ist Begründer der Mind-Map-Methode®, Präsident der Brain Foundation, Gründer des Brain Trusts und der Brain Clubs.

Er wurde 1942 in London geboren, graduierte 1964 an der Universität von British Columbia, wo er einen zweifachen akademischen Titel in Psychologie, Englisch, Mathematik und allgemeinen Naturwissenschaften erwarb. Er arbeitete für den *Daily Telegraph* und war der Herausgeber des *International Journal of MENSA* .

Er hat bislang 44 Bücher (inkl. zwei Gedichtbänden) veröffentlicht. Seine Bücher und Videos wie *Das Mind Map Buch*, mvg, 1997), *Use Your Head, Use Your Memory, Make the Most of Your Mind, Buzan's Book of Genius and Study Guides – The Next Generation* sind mittlerweile in 50 Ländern veröffentlicht und in 22 Sprachen übersetzt worden.

Tony Buzan tritt in vielen Rundfunk- und Fernsehsendungen auf. Er berät Regierungen und Gesellschaften (BP, Barclays International, Digital Equipment, Electronic Data Systems, Hewlett Packard und IBM) und hält regelmäßig Vorträge. Bei den Mitgliedern der Young Presidents' Organization (einer Vereinigung von Multimillionären) ist er liebevoll unter dem Namen „Mr. Brain" bekannt. Er ist der Gründer der Memoriad (der Welt-Gedächtnis-Meisterschaft) und Mitbegründer der Mind Sports Olympiad (der „Mentalen Olympischen Spiele"). In vielen Arbeiten versucht er Menschen mit Lernschwierigkeiten zu helfen. Er ist außerdem der Inhaber des weltweit höchsten „Kreativitäts-IQ's".

In den 90er Jahren startete er zwei Initiativen: die Academy, die Kurse und Seminare anbietet, und das Intelligence Institute, das eine intellektuelle Einsatzgruppe zur Verfügung stellt, um Gesellschaften, Regierungen, Stiftungen und Erziehungseinrichtungen zu beraten.

Tony Buzan ist Berater für das britische Olympia-Ruder- und Schachteam. Zu vielen Ehrenbezeichnungen kam kürzlich der „Eagle Catcher"-Preis, eine Auszeichnung für Menschen, die das Unmögliche versuchen und es erreichen!

# Literatur

Atkinson, Richard C. und Shiffrin, Richard M., The control of Short-term Memory. Scientific American, August 1971

Baddeley, Alan D., The Psychology of Memory. N.Y. 1976

Banton Smith, Ph.D., Nila, Speed Reading Made Easier. N.Y.

Berg, Howard Stephen, Super Reading Secrets. N.Y. 1992

Borges, Jorge L., Fictions (especially Funes, the Memorious). London, Weidenfeld & Nicolson, 1962

Brown, M., Memory Matters. Newton Abbot, 1977

Brown, R. und McNeil, D.,The „Tip-of-the-Tongue“ Phenomenon. Journal of Verbal Learning and Verbal Behaviour 5, 325 - 37

Buzan, Tony (mit Barry Buzan), Das Mind Map Buch, mvg, 1998

Buzan, Tony, (mit Vanda North), Get Ahead. IBC Publ. 1993

Buzan, Tony, Make the Most of Your Mind. London, Pan, 1988

Buzan, Tony, Use Your Head. London, BBC Books, 1989

Buzan, Tony, Use Your Memory. London, BBC Books, 1989

Coman, Marcia J. und Heavers, Kathy L., NTC Skill Builders, What You Need to Know About Reading Comprehension & Speed. Skimming & Scanning, Reading for Pleasure, Illinois, USA, National Textbook Company, 1992

Cutler, Wade E, Triple Your Reading Speed. USA, Macmillan

Ebbinghaus, H., Über das Gedächtnis. Leipzig, Duncker, 1885 op.

Frank, Stanley D., Remember Everything You Read. The Evelyn Wood 7-Day Speed Reading & Learning Program, N.Y.

Fry, Ron, How to Study Program. Improve Your Reading. Career Pr.

Gelb, Michael, Present Yourself. London, Aurum Press, 1988

Haber, Ralph N., How to Remember What We See. Scientific American 105, May 1970

Howe, J. A., und Godfrey, J., Student Note-Taking as an Aid to Learning. Exeter, Exeter University Teaching Service, 1977

Howe, M. J. A., Using Students' Notes to Examine the Role of the Individual Learner in Acquiring Meaningful Subject Matter. Journal of Educational Research 64, 61 - 3

Hunt, E. und Love, T., How Good Can Memory Be? In Coding Processes in Human Memory, 237-60, edited by A. W. Melton und E. Martin. Washington DC, Winston/Wiley, 1972 op.

Hunter, I. M., An exceptional memory. British Journal of Psychology 68, 155-64, 1977

Keves, Daniel, The Minds of Billy Milligan. N.Y., Random House, 1981, London, Bantam, 1982

King, Graham, The Secrets of Speed Reading. London, Mandarin, in association with the Sunday Times, 1993
Klaeser, Barbara Macknick, Reading Improvement. Chicago, 1977
Loftus, E. F., Eyewitness Testimony. Cambridge, Mass., Harvard University Press 1980
Luria, A. R., The Mind of a Mnemonist. Cambridge, Mass., 1987
Maberly, Norman C., Mastering Speed Reading. N.Y., 1978
Maddox, Henry, How to Study. N.Y., Fawcett Premier, 1988
Minninger, Ph.D., Joan, Rapid Reading in 5 Days. N.Y., Perigee Books (The Berkley Publishing Group), 1994
O'Brian, Dominic, How to Pass Exams. Headline Books, 1995
Penfield, W und Perot, P., The Brain's record of Audience and Visual Experience. Brain 86, 595-702
Penfield, W. und Roberts, L., Speech and Brain-Mechanisms. Princeton, NJ, Princeton University Press, 1959 op.
Ruger, H. A. und Bussenius, C. E., Memory. N.Y., 1913 op.
Russel, Peter, The Brain Book. London, Routledge & Kegan Paul, 1966, Ark, 1984
Schaffzin, Nicholas Reid, The Princeton Review – Reading Smart. N.Y., Villard Books
Standing, Lionel, Learning 10.000 Pictures. Quarterly Journal of Experimental Psychology 24, 207-22
Stratton, George M., The Mnemonic Feat of the „Shass Pollak", Physiological Review 24, 244-7
Suzuki, S., Nurtured by Love, a New Approach to Education. N.Y., Exposition Press, 1969
Thomas, E. J., The Variation of Memory of Time for Information Appearing During a Lecture. Studies in Adult Education, 57-62, April 1972
Tulving, E., The Effects of Presentation and Recall of Materials in Free-Recall Learning. Journal of Verbal Learning and Verbal Behaviour 6,175-84
von Restorff, H., Über die Wirkung von Bereichsbildung im Spurenfeld. Psychologische Forschung 18, 299-342
Wagner, D. Memories of Marocco, the Influence of Age, Schooling and Enviroment on Memory. Cognitive Psychology 10, 1-28, 1978
Yates, F. A., The Art of Memory. London, Routledge & Kegan Paul, 1966, Ark, 1984
Zorn, Robert, Speed Reading, New Yoek, Harper Perennial, 1991

# Stichwortverzeichnis